W0216519

ZAPATOS ITALIANOS

colección andanzas

Libros de Henning Mankell en Tusquets Editores

SERIE WALLANDER
(por orden cronológico)

Asesinos sin rostro, 1991 (Andanzas 431)
Los perros de Riga, 1992 (Andanzas 493)
La leona blanca, 1993 (Andanzas 507)
El hombre sonriente, 1994 (Andanzas 523)
La falsa pista, 1995 (Andanzas 456)
La quinta mujer, 1996 (Andanzas 408)
Pisando los talones, 1997 (Andanzas 537)
Cortafuegos, 1998 (Andanzas 556)
La pirámide, 1999 (Andanzas 572)

El retorno del profesor de baile, 2000 (Andanzas 586)

SERIE LINDA WALLANDER

Antes de que hiele, 2002 (Andanzas 598)

El cerebro de Kennedy (Andanzas 614)
Profundidades (Andanzas 631)
Zapatos italianos (Andanzas 643)

SERIE AFRICANA

Comedia infantil (Andanzas 475)

HENNING MANKELL

ZAPATOS ITALIANOS

Traducido del sueco
por Carmen Montes Cano

TUSQUETS
EDITORES

Título original: *Italienska skor*

1.ª edición en Tusquets Editores España: noviembre de 2007
1.ª edición en Tusquets Editores México: noviembre de 2007

© Henning Mankell, 2006. Publicado por acuerdo con Leopard Förlag AB, Estocolmo, y Leonhardt & Hoier Literary Agency aps., Copenhague.

© de la traducción: Carmen Montes Cano, 2007
Diseño de la colección: Guillemot-Navares
Reservados todos los derechos de esta edición para
Tusquets Editores México, S.A. de C.V.
Campeche 280-301 y 302, 06100 México, D.F.
Tel. 5574-6379 Fax 5584-1335
www.tusquetseditores.com
ISBN: 978-970-699-191-1
Fotocomposición: Foinsa - Passatge Gaiolà, 13-15 - 08013 Barcelona
Impresión: Programas Educativos, Calz. Chabacano 65-A - 06850, México, D.F.
Impreso en México

Índice

Cuando el zapato se ajusta bien, nadie piensa en el pie.

Zhuang Zhou

Existen dos clases de verdades: las triviales, cuyo opuesto es, evidentemente, imposible, y las verdades profundas, que se caracterizan porque su opuesto también es una verdad profunda.

Niels Bohr

El amor es una mano blanda que, muy despacio, hace que el destino se aparte.

Sigfrid Siwertz

Primera parte
El hielo

1

Siempre me siento más solo cuando hace frío.

El frío del exterior me hace pensar en el de mi propio cuerpo. Me veo atacado desde dos frentes. Pero yo no dejo de oponer resistencia contra el frío y contra la soledad. De ahí que, cada mañana, salga a cavar un agujero en el hielo. Si alguien me observase desde la helada bahía con unos prismáticos, creería que estoy loco y que lo que hago es preparar mi propia muerte. ¿Un hombre desnudo en el gélido frío invernal, con un hacha en la mano cavando un agujero en el hielo?

En realidad, tal vez sea eso lo que espero, que un día haya alguien ahí fuera, una negra sombra que se recorte contra la inmensa blancura que me rodea, que me mire y se pregunte si llegará a tiempo de intervenir antes de que sea demasiado tarde. Pero no necesito que nadie me salve, puesto que no tengo intención de suicidarme.

Hace años, cuando la gran catástrofe, la desesperación y la ira se apoderaban de mí con tal violencia que, en alguna ocasión, sopesé la posibilidad de acabar con mi vida. Pero jamás lo intenté. La cobardía ha sido siempre para mí una fiel compañera. Entonces, como ahora, pensaba que la vida consiste en no cejar. La vida es una frágil rama que se mece sobre un abismo. Y seguiré colgado de ella tanto tiempo como yo mismo resista. Después me precipitaré al fondo, como todos, y no sé qué me espera. ¿Habrá algo sobre lo que caer o no existirá nada más que una oscuridad fría y dura precipitándose hacia mí?

El mar está helado.

El invierno se ha presentado duro este año, al principio del nuevo milenio. Esta mañana, cuando me desperté en las tinieblas propias del mes de diciembre, me pareció oír el canto del hielo. No sé de dónde he sacado la idea de que el hielo puede cantar. Tal vez sea algo que, de niño, le oí contar a mi abuelo, nacido aquí, en el archipiélago.

Pero el hecho es que me desperté en la oscuridad a causa de un ruido. Y no había sido el gato, ni el perro. El sueño de esos dos animales que me acompañan es más profundo que el mío. El gato es viejo y el perro está sordo del oído derecho y la capacidad auditiva de su oído izquierdo está seriamente mermada. Puedo incluso pasar junto a él sin que se dé cuenta.

Pero ¿y ese ruido?

Intenté orientarme en la oscuridad. Me llevó unos minutos comprender que debía de ser el hielo que se movía, pese a que aquí, en la bahía, tiene un grosor de varios decímetros. La semana pasada, un día en que me sentía más inquieto de lo habitual, fui hasta la frontera donde el hielo se encuentra con el mar abierto. Y se extendía un kilómetro más allá de los islotes más remotos. Es decir, que la placa de hielo no debería moverse aquí, en la bahía. Sin embargo, se elevaba y descendía, crujía y cantaba.

Presté atención al ruido aquel, y, de pronto, pensé que la vida ha pasado muy rápido. Y aquí me veo ahora.

Un hombre de sesenta y seis años, económicamente independiente, con un recuerdo que es para mí una tortura constante. Crecí en medio de una pobreza imposible de imaginar hoy en este país. Mi padre, que tenía sobrepeso, era un simple camarero y mi madre hacía milagros para estirar el dinero. Yo salí trepando de ese pozo de pobreza. Cuando era niño, pasaba los veranos jugando en este lugar, sin sospechar en absoluto que el tiempo siempre va a menos. En aquella época, mis abuelos aún trabajaban, la vejez no había reducido sus vidas a inmovilidad y espera. Él olía siempre a pescado y a mi abuela le faltaban todos los dientes. Pese a que siempre se portaba bien conmigo, había algo aterrador cada vez que su sonrisa le dibujaba en el rostro un agujero negro.

No hace nada que me encontraba en el primer acto. Y ya ha empezado el epílogo.

El hielo cantaba en la oscuridad y yo me pregunté si no estaría sufriendo un ataque al corazón. Me levanté y me tomé la presión sanguínea. Estaba bien, ciento cincuenta y cinco sobre noventa; y el pulso también era normal, sesenta y cuatro pulsaciones. Comprobé si me dolía algo. Sentía cierto dolor en la pierna izquierda. Suele sucederme, pero no me preocupa. El hielo, en cambio, hacía que me sintiese abatido. Sonaba como un extraño coro de voces ambiguas. Me senté en la cocina y aguardé el alba. Las vigas crujían, bien porque el frío tensaba la madera o a causa de algún ratón que circulaba por sus túneles secretos.

El termómetro del exterior marcaba diecinueve grados bajo cero.

Hoy haré lo que todos los días de invierno. Me pondré un albornoz, me calzaré un par de zuecos, tomaré el hacha y bajaré al muelle. Cavar un agujero no me lleva mucho tiempo, puesto que, donde voy haciendo el mío, el hielo no está demasiado duro. Después me quitaré la ropa y me mojaré en las turbias aguas. Es doloroso, pero cuando salgo y vuelvo a pisar el hielo, tengo la sensación de que el frío se transforma en intenso calor.

Me sumerjo en mi agujero negro para sentir que sigo vivo. Después es como si la soledad fuese esfumándose poco a poco. Hago pie, de modo que no corro el riesgo de perderme bajo la capa de hielo. Me quedaré en el agujero, cuya abertura no tardará en volver a congelarse. Y ahí me encontrará Jansson, el encargado de repartir el correo por el archipiélago.

Pero a mí no me importa. He acondicionado mi casa como una fortaleza inexpugnable en la isla que heredé. Cuando subo a la cima de la montaña que se alza detrás de la casa, veo el mar en toda su inmensidad. No hay nada más que islotes y arrecifes cuyas negras espaldas se entrevén justo a ras de la superficie del agua o de la banquisa. Si miro en la otra dirección, aumenta el número de islas. Pero por ninguna parte veo otra casa que la mía.

Claro que no era así como yo me había imaginado mi vida.

Ésta iba a ser mi casa de veraneo. No la última muralla a cuya defensa deba entregarme. Cada mañana, una vez que he terminado de practicar mi agujero o después de darme un baño en unas aguas templadas por el estío, vuelvo a preguntarme qué fue de mi vida realmente.

Yo sé lo que pasó. Cometí un error. Y me negué a aceptar sus consecuencias. De haber sabido entonces lo que sé hoy, ¿qué habría hecho? Lo ignoro. Lo único de lo que estoy seguro es de que no habría tenido que pasarme la vida aquí junto al mar abierto, como un prisionero.

Mi vida se habría desarrollado según el plan preestablecido.

Ya a muy temprana edad, decidí ser médico. Fue el día en que cumplí quince años y, ante mi asombro, mi padre me invitó a comer en un restaurante. Él, que era camarero y que, como manifestación de una batalla permanente por su dignidad sólo trabajaba durante el día, nunca por la noche. Si le ordenaban que cambiase al turno de tarde, se despedía. Aún recuerdo los accesos de llanto y de desasosiego de mi madre cuando, alguna que otra vez, llegaba a casa y nos comunicaba que había dejado el trabajo. Pero aquel día me llevó a comer a un restaurante. Oí que mis padres discutían sobre si era conveniente que yo fuese o no. La disputa terminó cuando mi madre se encerró en el dormitorio, cosa que solía hacer si las cosas se le ponían en contra. Durante periodos de dificultad extrema, se pasaba casi todo el tiempo encerrada en su habitación, donde siempre olía a lágrimas y a lavanda. Yo dormía en el sofá de la cocina y, en esas ocasiones, mi padre suspiraba y extendía un colchón en el suelo.

A lo largo de mi vida me he relacionado con muchas personas que lloraban. Durante los años que ejercí la medicina, me enfrentaba a los moribundos y a quienes se veían obligados a aceptar la enfermedad incurable de algún pariente. Pero jamás observé que sus lágrimas exhalasen un perfume similar al de las lágrimas de mi madre. Camino del restaurante, mi padre me explicó que mi madre era hipersensible. Aún me pregunto lo que yo contesté entonces. ¿Qué podía decir, en realidad? Mis primeros recuerdos consisten en imágenes de mi madre llorando porque no teníamos dinero, por la pobreza que consumía todos los aspectos de nuestra vida. Mi padre no parecía oír su llanto. Que, cuando él volvía a casa del trabajo, ella estaba de buen humor, estupendo. Que, por el contrario, se la encontraba en la cama llorando lágrimas con perfume de lavanda, le parecía igualmente estupendo. Mi padre solía pasarse las tardes ordenando su inmensa colección de soldaditos de plomo y colocándolos según reconstrucciones de batallas de la Historia. Antes de que me durmiese, venía a sentarse un rato en el borde de mi cama, me acariciaba la cabeza y me decía que lamentaba que mi madre adoleciese de una sensibilidad tal que resultaba imposible pensar siquiera en darme un hermano.

Crecí en una tierra de nadie, entre lágrimas y soldaditos de plomo. Y con un padre que se empecinaba en afirmar que un camarero y un cantante de ópera tenían en común la necesidad de disponer de unos buenos zapatos para realizar su trabajo.

Al final hicimos lo que él quería: fuimos al restaurante. Un camarero se acercó para tomarnos el pedido. Mi padre formuló abundantes y complejas preguntas sobre el asado de ternera por el que al final se decidió. Yo, por mi parte, opté por el arenque. Había aprendido a apreciar el pescado durante mis veranos en la isla. El camarero se retiró.

Era la primera vez que me permitían tomar vino. Y me embriagué enseguida. Después de la comida, mi padre me observó con una sonrisa y me preguntó a qué había pensado dedicar mi vida.

Yo no lo sabía. Él me había obligado a asistir a la escuela profesional, un centro docente desagradable donde los hubiera, con sus maestros hastiados y sus pasillos perfumados de lana que no me permitían reflexionar sobre el futuro. Se trataba de sobrevivir hasta el día siguiente, de que no te pillaran sin haber estudiado la lección y de no llevar observaciones en la ficha. El día de mañana estaba siempre muy próximo, era imposible imaginar un horizonte más allá del fin del próximo semestre. Aún hoy sigo sin recordar una sola ocasión en que mis compañeros y yo hablásemos del futuro.

–Tienes quince años –me dijo mi padre–. Ha llegado el momento de que empieces a pensar a qué vas a dedicarte en el futuro. ¿Quieres empezar en el ramo de la hostelería? Tal vez puedas ir a América si te pones a fregar platos cuando te hayas graduado. Sería bueno que fueras pensándolo. Pero recuerda que debes llevar un par de buenos zapatos.

–Yo no quiero ser camarero.

Respondí con absoluta resolución. Y no fui capaz de interpretar si para mi padre supuso una decepción o un alivio. Dio un pequeño sorbo al vino y se pasó el índice por el puente de la nariz antes de preguntarme si era cierto que no tenía ningún tipo de proyecto para el futuro.

–No.

–En algo debes de haber pensado. ¿Cuáles son las asignaturas que más te gustan?

–Música.

–Vaya, ¿sabes cantar? Eso sí que no lo sabía.

–No, no sé cantar.

–Y entonces, ¿por qué es la música lo que más te gusta?

–El profesor de música, Ramberg, no se fija en mí.

–¿Qué quieres decir con eso?

–Él sólo se fija en los que cantan bien. A los demás, ni nos ve.

–O sea, que la asignatura que más te gusta es aquella en la que pasas inadvertido, ¿es eso?

–Bueno, la química tampoco está mal.

Mi padre estaba visiblemente sorprendido. Por un instante, dio la impresión de estar rebuscando entre remotos recuerdos de su miserable vida escolar por ver si tenían esa asignatura siquiera. Yo lo miraba como embrujado, pues se transformaba ante mis ojos. Hasta entonces, lo único que cambiaba en él era su ropa, sus zapatos y el color de su cabello, cada día más gris. Pero aquel día ocurrió algo imprevisto. Parecía como si fuese víctima de una suerte de indefensión repentina que yo no había detectado hasta entonces. Pese a que se sentaba a menudo al borde de mi cama o salía a nadar conmigo en la bahía, siempre había estado muy distante. Ahora, en ese estado de precariedad, lo sentí más próximo. Yo era más fuerte que el hombre que tenía frente a mí, al otro lado del blanco mantel del restaurante donde una banda interpretaba canciones que nadie escuchaba y el humo de los cigarrillos se mezclaba con olorosos perfumes mientras el vino desaparecía de su copa.

Entonces decidí en un segundo lo que iba a contestar. Descubrí mi futuro o lo inventé en aquel preciso momento. Mi padre me miró con sus ojos de color gris azulado como recuperado de su indefensión. Pero yo la había percibido y no la olvidaría jamás.

–¿De modo que te atrae la química? ¿Por qué?

–Porque pienso ser médico. Y para eso hay que saber de sustancias químicas. Quiero operar a la gente.

Entonces, me miró con expresión de repugnancia.

–¿Quieres decir que piensas ponerte a despedazar gente?

–Sí.

–Pero no podrás ser médico con el graduado en formación profesional, ¿no?

–Quiero seguir y estudiar el bachillerato.

–¿Para luego hurgar en las entrañas de las personas?

–Quiero ser cirujano.

En ese instante, el plan de mi vida cobró forma. Jamás se me había pasado por la cabeza ser médico. No es que me desmayase al ver sangre o cuando me ponían una inyección, pero nunca había imaginado que mi vida pudiese transcurrir por los pasillos de un hospital o entre quirófanos. Cuando, aquella noche de abril, emprendimos el regreso a casa, mi padre algo ebrio y yo, un adolescente cansado por el alcohol, comprendí que no sólo le había dado una respuesta a mi padre, sino que además me había hecho una promesa a mí mismo.

Sería médico. Dedicaría mi vida a seccionar cuerpos humanos.

2

Hoy no hay correo.

Tampoco hubo ayer. En cambio, sí que viene Jansson, el cartero del archipiélago. No tiene correo para mí. Se lo he prohibido. Hace ya doce años le advertí que no llegase hasta mi muelle cuando sólo tuviese folletos publicitarios. Me cansé de todas esas ofertas especiales de ordenadores y solomillos. Le dije que no tenía ningún interés en exponerme a la influencia de personas que sólo querían dirigir mi vida persiguiéndome con sus ofertas especiales. Intenté explicarle que la vida no consiste en precios reducidos. La vida consiste, de hecho, en algo sustancial. No sé qué es, pero uno debe *creer* que la vida tiene una sustancia y que el sentido oculto se encuentra en un nivel que está por encima de todos los cupones de descuento y los sorteos.

Discutimos. Pero ésa no fue la última vez. A veces me da por pensar que es esa irritación nuestra la que nos mantiene unidos. Sin embargo, después de aquella ocasión nunca más volvió a traerme publicidad. La última vez que me trajo una carta, era del ayuntamiento. Y de eso hace siete años y medio. Fue un día de otoño de marea baja y fuerte ventisca del nordeste. Me comunicaban que me habían asignado una plaza en el cementerio. Según Jansson, se la daban a todo el mundo. Era un nuevo servicio: todos los contribuyentes vivos tenían derecho a saber dónde iban a ser enterrados, por si querían visitarlo y ver a quiénes iban a tener de vecinos.

Ésa es la única carta que he recibido en los últimos doce años. A excepción de los tristes justificantes de mi pensión, la declaración y los extractos del banco. Jansson siempre se presenta sobre las dos. Sospecho que tiene que llegar hasta aquí para poder exigirle a Correos la compensación económica por el uso del barco o del hidrocóptero. He intentado sonsacárselo, pero él no me ha dicho nada. Puede que sea por mí por quien sigue trabajando. Tal vez sea para poder atracar en mi muelle tres veces durante el invierno y cinco los veranos por lo que aún no lo han retirado.

Hace quince años había unos cincuenta habitantes permanentes en estas islas. Incluso había un barco que recogía a cuatro niños y los llevaba a la escuela del pueblo. Hoy quedamos siete, uno de ellos con menos de sesenta años: Jansson. Él es el más joven y, por ello, al que más le interesa que nos mantengamos vivos y sigamos aquí, en el archipiélago. De lo contrario, se quedará sin trabajo.

A mí me trae sin cuidado. A mí no me gusta Jansson. Es uno de los pacientes más pesados que he tenido nunca. Pertenece al grupo de los hipocondriacos más difíciles de tratar. En una ocasión, hace cuatro años, le miré la garganta y le tomé la tensión cuando, de repente, me dijo que creía que tenía un tumor cerebral que le afectaba a la vista. Le respondí que no tenía tiempo de prestar atención a sus fantasías. Pero él insistió. Algo estaba ocurriendo en su cerebro. Le pregunté por qué creía tal cosa. ¿Le dolía la cabeza? ¿Sufría vértigos? ¿Otros síntomas? No se dio por vencido hasta que lo metí en el cobertizo, que estaba más oscuro, y le examiné las pupilas con una linterna antes de explicarle que todo parecía normal.

Estoy convencido de que Jansson es, en el fondo, una persona sanísima. Su padre tiene noventa y siete años y vive en una residencia, pero conserva la cabeza. Jansson y su padre llevan sin hablarse desde 1970, cuando Jansson se cansó de trabajar ayudándole en la pesca de la anguila y empezó a trabajar en una serrería de Småland. Jamás he podido explicarme por qué eligió una serrería. Claro que comprendo que no soportase más al tirano de su padre. Pero ¿una serrería? De nada sirven mis esfuerzos por comprenderlo, puesto que carezco casi por completo de información. Pero, desde aquella ocasión, en 1970, no se hablan. Jansson no volvió de Småland hasta que su padre tuvo que mudarse a la residencia a causa de su avanzada edad. Y no se hablan.

Jansson tiene una hermana mayor llamada Linnea, que vive en tierra firme. Estuvo casada y regentaba una cafetería que abría los veranos. Pero después murió su marido, se cayó por la pendiente que lleva hasta el supermercado Konsum; entonces cerró la cafetería y se dedicó a la religión. Ella hace de mensajera entre padre e hijo.

Me pregunto qué pueden tener que decirse. ¿Acaso la hermana se dedica a transmitir el gran silencio que los separa a ambos, año tras año?

La madre de Jansson lleva ya muchos años muerta. Yo sólo la vi una vez. Y entonces ya estaba entrando en el horrible mundo de tinieblas de la senilidad y creyó que yo era su padre, que había fallecido en los años veinte. Fue una experiencia conmovedora.

De haber ocurrido hoy, mi reacción no habría sido tan desmesurada. Pero entonces yo era diferente.

En realidad, no sé nada en absoluto sobre Jansson, salvo que su nombre de pila es Ture y que es empleado de Correos. Ni yo lo conozco a él ni él me conoce a mí. Pero, cuando aparece rodeando el cabo, suelo esperarlo en el muelle. Me quedo allí, preguntándome por qué aun a sabiendas de que no obtendré respuesta.

Es como esperar a Dios o a Godot, sólo que yo espero a Jansson.

Me siento ante la mesa de la cocina y abro el diario que llevo escribiendo hace años, desde que vivo aquí. No tengo nada que contar ni a nadie que, un día, pudiera estar interesado en lo que escriba. Y, aun así, escribo. Todos los días del año, unos renglones cada día. Sobre el tiempo, la cantidad de pájaros que veo en los árboles por mi ventana, mi salud. Sólo eso. Si lo deseo, puedo abrirlo por cualquier fecha de hace diez años y constatar que había en el muelle un herrerillo común o una urraca de mar cuando bajé a esperar a Jansson.

Lo que escribo es la crónica de una vida que ha perdido el hilo.

Ya había pasado la mañana.

Había llegado la hora de ponerse el gorro, salir a enfrentarse con el amargo frío y ponerse a esperar en el muelle la llegada de Jansson. En este tiempo, debe de pasar un frío terrible en el hidrocóptero. A veces creo percibir un leve aroma a alcohol cuando atraca en el muelle. Y lo comprendo.

Cuando me levanté de la silla de la cocina, los animales se despertaron. El gato fue el primero en acercarse a la puerta; el perro es mucho más lento. Les abrí para que salieran y me puse el apolillado chaquetón de piel que un día perteneció a mi abuelo materno, me abrigué con la bufanda y me encajé bien el grueso gorro militar de la segunda guerra mundial. Después bajé al muelle. El frío cortaba la respiración. Me detuve a escuchar. Aún no se oía ningún ruido. Ni pájaros, ni siquiera el hidrocóptero de Jansson.

Podía imaginármelo perfectamente. Era como si condujese un viejo tranvía de esos cuyos conductores iban al descubierto. Su ropa de invierno era prácticamente indescriptible. Abrigos, capotes, trozos de algún tipo de piel, incluso en días tan frescos como hoy llegaba a ponerse encima un viejo albornoz. Antes solía preguntarle por qué no se compraba uno de esos acolchados monos modernos que he visto en las tiendas de tierra firme. Pero él me decía que no le inspiraban ninguna confianza. Aunque, naturalmente, lo decía sólo porque es un tacaño. En la cabeza suele llevar un gorro de piel como el mío. Se cubre el rostro con un pasamontañas y un par de viejas gafas de motorista.

Le pregunté si el Servicio de Correos no tenía el deber de proporcionarle ropa adecuada. Pero me respondió con un murmullo indescifrable. Jansson quiere que su relación con Correos se reduzca al mínimo posible, pese a que le da trabajo.

Una gaviota yacía congelada sobre el hielo, junto al muelle. Tenía las alas cerradas y las patas rígidas y tiesas. Sus ojos parecían dos cristales relucientes. La dejé en la playa, sobre una piedra. Al mismo tiempo, oí el ruido del motor del hidrocóptero. No tenía que mirar el reloj para saber que llegaba puntual. Jansson venía de Vesselsö. Allí vive una vieja que se llama Asta Carolina Åkerblom. Tiene ochenta y ocho años y sufre intensísimos dolores en los brazos, pero se niega a abandonar el tipo de vida que lleva en la isla donde nació. Jansson me ha contado que no ve muy bien, pero que sigue tejiendo jerséis y calcetines para sus numerosos nietos, que viven repartidos por todo el país. Le pregunté cómo quedaban los jerséis. ¿Será posible tejer y seguir un modelo cuando se es medio ciego?

El hidrocóptero se acercó bordeando el cabo que da a Lindsholmen. Es un curioso espectáculo donde la nave, como un insecto gigantesco, se deja ver de repente con la figura de un hombre envuelto en mil capas de abrigo tras el volante. Jansson apagó el motor, la gran hélice dejó de hacer ruido por fin y el hombre bajó al muelle y se quitó las gafas y el pasamontañas. Tenía el rostro enrojecido y sudoroso.

–Me duelen las muelas –explicó tan pronto como, con algo de esfuerzo, puso el pie en el muelle.

–¿Y qué quieres que haga yo?

–Tú eres médico.

–Pero no dentista.

–Me duele aquí abajo, en el lado izquierdo.

Jansson abrió la boca de par en par, como si, de repente, hubiese divisado una aparición horrenda detrás de mí. Mis dientes están en un estado bastante aceptable. Me basta con visitar al dentista una vez al año.

–Pues yo no puedo hacer nada. Tendrás que ir al dentista.

–Bueno, podrías mirar, por lo menos.

Jansson no se rendía. Entré en el cobertizo y busqué hasta encontrar una linterna y un depresor.

–¡A ver, abre la boca!

–Ya la tengo abierta.

–Más.

–No puedo.

–Entonces no puedo ver nada. Vuelve la cara hacia mí.

Enfoqué la linterna en la boca de Jansson y aparté la lengua con el depresor. Tenía los dientes amarillos y llenos de sarro. Se veían muchos empastes, pero las encías parecían sanas y no descubrí ninguna caries.

–No veo nada.

–Pues a mí me duele.

–Tendrás que ir al dentista. ¡Tómate un analgésico!

–Se me han terminado.

Saqué del maletín una caja de analgésicos que él se guardó en el bolsillo. Como de costumbre, no hizo ni amago de preguntar cuánto era. Ni la consulta ni las pastillas. Jansson es un hombre que da por supuesta mi amable generosidad. Lo más probable es que ésa sea la razón por la que me disgusta. Es muy duro tener por mejor amigo a una persona que no te gusta.

–Hoy tengo un paquete para ti. Es un regalo de Correos.

–¿Desde cuándo hace regalos Correos?

–Es un regalo de Navidad. Todo el mundo recibe su regalo de Correos.

–¿Y eso por qué?

–No lo sé.

–Pues yo no quiero nada.

Jansson rebuscó en sus sacos y me dio un pequeño paquete. En el envoltorio había una nota: el director general de Correos me deseaba feliz Navidad.

–No cuesta nada. Si no lo quieres, tíralo.

–No querrás que me crea que Correos da algo gratis.

–No quiero que te creas nada. Te digo que todo el mundo recibe el mismo paquete. Y no cuesta nada.

La obstinación de Jansson podía llegar a resultarme agotadora. No tuve fuerzas para seguir discutiendo con aquel frío. Y abrí el paquete. Contenía dos adhesivos reflectantes y un mensaje: «Sea cauto con el tráfico. Saludos de Correos».

–¿Y para qué quiero yo los reflectantes? Aquí no hay coches y yo soy el único peatón.

–Quizás un día te canses de vivir aquí. Entonces, pueden serte útiles. ¿Me das un poco de agua? Tengo que tomarme una pastilla.

Yo jamás le he permitido a Jansson que entre en mi casa. Y no tenía intención de hacerlo ahora tampoco.

–Tendrás que derretir un poco de nieve en una jarra junto al motor.

Entré en el cobertizo y busqué la vieja jarra de un termo y coloqué dentro una bola de nieve bien apretada. Jansson puso dentro una de las pastillas efervescentes. Aguardamos en silencio mientras la nieve se derretía junto al motor ardiendo. Después, Jansson apuró el contenido de la jarra.

–Volveré el viernes. No hay correo los días de Navidad.

–Lo sé.

–¿Cómo piensas celebrar la Navidad?

–No pienso celebrar la Navidad.

Jansson señaló hacia arriba con la mano, en dirección a mi casa, de color rojo. Era tan aparatoso su atuendo que temí que se cayese hacia atrás como un caballero provisto de una armadura demasiado pesada que fuese abatido.

–Deberías decorar tu casa con unos hilos de luces. Eso anima mucho.

–No, gracias. La prefiero a oscuras.

–¿Por qué no quieres crearte un ambiente algo agradable?

–Esto es, exactamente, lo que quiero.

Me di la vuelta y comencé a caminar hacia la casa. Arrojé los dos reflectantes en la nieve. Cuando llegué a la leñera, oí el rugido del motor del hidrocóptero al arrancar. Sonó como un animal a punto de morir. El perro me esperaba sentado en la escalera. Tiene suerte de estar sordo. El gato merodeaba por el manzano mientras observaba los ampelis que revoloteaban alrededor de una corteza de tocino.

En ocasiones, echo de menos tener a alguien con quien hablar. Mis conversaciones con Jansson no pueden calificarse de tales. Es simple charla. Charla en el muelle. Él me trae chismorreos sobre cosas que a mí no me interesan. Me pide que diagnostique sus enfermedades imaginarias. Mi muelle y mi cobertizo se han convertido en una especie de clínica privada con un único paciente. En el transcurso de los años he ido incorporando tensiómetros y otros instrumentos médicos y he ido retirando los viejos rollos de hilo de pescar que hay en el cobertizo. El estetoscopio está colgado de un perchero de madera, junto con un reclamo para la caza que mi abuelo fabricó hace muchos años. Guardo en un cajón los medicamentos que Jansson puede necesitar. El banco que hay en el muelle, en el que mi abuelo solía sentarse a fumar su pipa después de haber limpiado las artes para la pesca de la platija, lo utilizo yo ahora como camilla de exploraciones cuando Jansson debe tumbarse para que lo reconozca. En medio de una tormenta de nieve tuve que palparle el vientre en una ocasión, cuando creía que sufría cáncer de estómago, y allí mismo le examiné las piernas el día que se presentó convencido de que padecía algún tipo de enfermedad muscular degenerativa. A menudo se me ocurre que mis manos, que en otro tiempo utilizaba en complejas intervenciones quirúrgicas, sólo actúan ahora en torpes reconocimientos externos del cuerpo de Jansson, envidiablemente sano.

Pero ¿conversaciones? No, no puede decirse que nosotros nos comuniquemos conversando.

En ocasiones he estado tentado de preguntarle a Jansson qué opinaba sobre la vida y el abismo que nos aguarda. Pero no me comprendería. Su vida sólo consiste en cartas, sellos, cartas certificadas y giros, abonos y cobros y una cantidad ingente de publicidad. Además, tiene problemas tanto con su barco como con el hidrocóptero. Cuando el mar no está congelado, utiliza un barco de pescadores restaurado que compró en Västervik. Tiene un motor Säffle viejísimo, que en el mejor de los casos es capaz de alcanzar los ocho nudos. El hidrocóptero lo compró en Noruega y me ha confesado que lo engañaron como a un bobo. Con todos esos problemas, no creo que Jansson tenga una opinión sobre el abismo.

Todos los días doy una vuelta para inspeccionar mi barco, que tengo en tierra. Hace ya tres años que lo saqué del agua para arreglarlo, pero nunca lo termino. Es un viejo y hermoso barco de madera ya destrozado por el clima y la falta de cuidados. No debería ser así. Esta primavera me pondré en serio manos a la obra.

Me pregunto si lo haré.

Entré y seguí con mi rompecabezas. El motivo que representa es uno de los cuadros de Rembrandt, *Ronda de noche.* Lo gané hace muchos años en una rifa que organizaron en el hospital de Luleå, donde me acababan de contratar como cirujano, un cirujano que ocultaba su inseguridad con una gran dosis de satisfacción consigo mismo. Puesto que el dibujo es oscuro, el rompecabezas resulta muy difícil. En esta ocasión sólo logré encajar una pieza. Preparé la cena y escuché la radio mientras comía. El termómetro indicaba veintiún grados bajo cero. El cielo estaba sembrado de estrellas y, antes del alba, la temperatura descendería más aún. Todo parecía apuntar a que tendríamos un nuevo récord de frío. ¿Había hecho tanto frío antes? ¿Tal vez durante alguno de los inviernos de la guerra? Decidí preguntarle a Jansson, que suele saber esas cosas.

Algo me inquietaba.

Intenté tumbarme en la cama y ponerme a leer. Un libro sobre la introducción de la patata en nuestro país. Lo había leído ya varias veces, probablemente porque no plantea ningún riesgo. Podía pasar la página sin exponerme a nada desagradable e inesperado. Hacia medianoche, apagué la luz. Mis dos animales ya se habían dormido. Las vigas de las paredes crujían como quejándose.

Intenté tomar una decisión. ¿Debía seguir vigilando mi fortaleza? ¿O debía admitir mi derrota y hacer algo con lo que pensaba que me quedaba de vida?

No tomé ninguna decisión. Me quedé tumbado mirando la oscuridad pensando que mi vida seguiría como hasta ese momento. No acontecería nada decisivo.

Era el solsticio de invierno. La noche más larga del año, el día más corto. Después caería en la cuenta de que aquello había tenido un significado del que no fui consciente.

Fue un día como los demás. Un día en que hacía mucho frío y en que una gaviota muerta y un par de reflectantes de Correos yacían en la nieve junto a mi muelle helado.

3

Pasó la Navidad. Pasó Año Nuevo.

El 3 de enero, una tormenta de nieve arrasó el archipiélago desde el golfo de Finlandia. Yo estaba en la cima de la montaña, detrás de la casa, observando las negras nubes que se alzaban por el horizonte. La nieve alcanzó cuarenta centímetros de espesor en once horas. Me vi obligado a salir por una de las ventanas de la cocina para quitar un poco de nieve y despejar el acceso por la puerta.

Cuando pasó la nevada, anoté en mi diario: «Los ampelis han desaparecido. La corteza de tocino ha quedado abandonada. Seis grados bajo cero».

En total, setenta y nueve letras y algunos puntos. ¿Por qué hice tal cosa?

Ya era hora de ir a zambullirme en mi agujero. El viento me cortaba el cuerpo cuando, caminando con dificultad, bajé hasta el muelle. Volví a abrir el agujero y me metí en el agua. El frío me quemaba.

Justo cuando acababa de salir para regresar a casa cesó el viento racheado. Algo me asustó y contuve la respiración. Me di la vuelta.

En medio del hielo había una persona.

Una figura negra recortada contra la blanca inmensidad. El sol estaba bajo en el horizonte. Entrecerré los ojos para ver mejor quién era. Y comprobé que se trataba de una mujer. Parecía ir apoyada en una bicicleta. Después comprendí que era un andador. Yo temblaba de frío, de modo que, quienquiera que fuese, no podía quedarme allí desnudo junto a mi agujero. Me apresuré a subir a la casa con la duda de si no habría visto visiones.

Ya vestido, tomé los prismáticos y subí a la montaña.

No habían sido figuraciones mías.

La mujer seguía sobre la banquisa. Sus manos descansaban sobre el manillar del andador. Llevaba un bolso en un brazo y una bufanda enrollada alrededor del gorro, que le cubría la cabeza. Me costaba distinguir su rostro con los prismáticos. ¿De dónde vendría? ¿Y quién sería?

Intenté pensar. Si no se había perdido, venía a verme a mí, pues aquí no hay nadie más.

Esperaba que se hubiese extraviado. No quería recibir visitas.

La mujer seguía inmóvil, con las manos apoyadas en el manillar del andador. Sentí una creciente desazón. Había algo en aquella mujer que me resultaba familiar.

¿Cómo habría logrado llegar hasta allí en medio de la tormenta de nieve y cruzando el hielo con un andador? Hasta tierra firme había tres millas marinas. Resultaba increíble que hubiese recorrido a pie esa distancia sin morir congelada.

Me quedé mirándola con los prismáticos durante más de diez minutos. Justo cuando iba a retirarlos, se dio la vuelta y miró hacia donde yo estaba.

Fue uno de esos momentos de la vida en que el tiempo no sólo se detiene sino que, de hecho, deja de existir.

Con las lentes de los prismáticos la vi acercarse a mí y comprobé que era Harriet.

Pese a que hacía casi cuarenta años desde la última vez que la vi, sabía que era ella. Harriet Hörnfeldt, a la que un día amé más que a ninguna otra mujer.

Yo era médico desde hacía ya unos años, para infinita sorpresa de mi padre, el camarero, y orgullo casi fanático de mi madre. Había logrado romper con la pobreza y liberarme de ella. Entonces yo vivía en Estocolmo. La primavera de 1966 fue muy hermosa, parecía que la ciudad estuviese en proceso de fermentación. Algo estaba a punto de ocurrir, mi generación había atravesado los diques, había forzado las barreras de la sociedad y exigía cambios. Harriet y yo solíamos pasear por la ciudad al atardecer.

Ella era unos años mayor que yo y jamás se le había ocurrido seguir estudiando. Trabajaba como dependienta en una zapatería. Me dijo que me amaba, yo le dije que la amaba y, cada vez que la acompañaba a su pequeño apartamento de alquiler de la calle Hornsgatan, hacíamos el amor en un sofá cama que amenazaba con venirse abajo en cualquier momento.

Podría decirse que nuestro amor ardía salvajemente. Pese a todo, la decepcioné. El instituto Karolinska me concedió una beca para ampliar mis estudios en Estados Unidos. El 23 de mayo debía partir rumbo a Arkansas, para ausentarme durante un año. Eso fue, al menos, lo que le dije a Harriet. Pero el avión con escala en Amsterdam y con destino a Nueva York partió el 22 de mayo.

Ni siquiera me despedí. Simplemente me marché.

Durante el año que pasé en Estados Unidos, nunca me puse en contacto con ella. No sabía nada de su vida, y tampoco deseaba saber nada. A veces me despertaba en medio de una pesadilla en la que Harriet se quitaba la vida. Me remordía la conciencia, pero siempre conseguía adormecerla.

Harriet fue esfumándose poco a poco de mi conciencia.

Regresé a Suecia y empecé a trabajar en el hospital de Luleå. Y otras mujeres llegaron a mi vida. En ocasiones, en especial cuando estaba solo y había bebido demasiado, se me ocurría que tenía que averiguar qué había sido de ella. Entonces llamaba al servicio de información telefónica y preguntaba por Harriet Kristina Hörnfeldt. Siempre colgaba antes de que la señorita lo hubiese encontrado. No me atrevía a enfrentarme a ella. No osaba averiguar la verdad.

Y allí estaba en ese momento, en medio del hielo ayudándose de un andador.

Hacía exactamente treinta y siete años que desaparecí sin dar una explicación. Yo tenía sesenta y seis, de modo que ella tendría sesenta y nueve y no tardaría en cumplir los setenta. Deseaba entrar en casa y cerrar la puerta tras de mí. Cuando volviera a salir a la escalera de la entrada, ella habría desaparecido. No existía. Fuera lo que fuera lo que quisiera de mí, Harriet seguiría siendo una alucinación. Simplemente, yo no había visto lo que vi. Harriet jamás había estado allí en la banquisa.

Pasaron unos minutos.

El corazón me latía desbocado. La corteza de tocino que colgaba del árbol, al otro lado de la ventana, seguía allí sin que nadie le prestase atención. Las aves aún no habían regresado después de la nevada.

Cuando volví a mirar por los prismáticos, vi que estaba tendida en el hielo, boca arriba y con los brazos extendidos. Dejé los prismáticos y me apresuré a bajar hasta el borde de la banquisa. Me caí varias veces, hundido en la gruesa capa de nieve. Cuando llegué a la banquisa, comprobé en primer lugar su corazón y, después, me incliné sobre ella y noté que respiraba.

No tendría fuerzas para llevarla en brazos hasta la casa. Fui a buscar la carretilla que tenía detrás del cobertizo. Antes de haber logrado levantarla ya estaba empapado en sudor. No pesaba tanto cuando nos conocimos. ¿O habría perdido yo tanta fuerza? Harriet se encogió en la carretilla, una figura grotesca que aún no había abierto los ojos.

En la orilla de la playa, la carretilla se atascó. Durante un instante consideré la posibilidad de arrastrarla tirando de ella con una cuerda. Pero la deseché, era un procedimiento demasiado indigno. Fui al cobertizo a buscar una pala y limpié de nieve el sendero. El sudor corría sin cesar empapando mi camisa. No dejaba de vigilar a Harriet, que seguía inconsciente. Le tomé el pulso. Acelerado. Me puse a quitar nieve como si me fuese la vida en ello.

Finalmente conseguí llevarla a la casa. El gato estaba en el banco que había bajo la ventana y observaba el espectáculo. Puse unos tablones sobre los peldaños, abrí la puerta y tomé impulso con la carretilla. Al tercer intento logré meter la carretilla con Harriet en el vestíbulo de mi casa. El perro estaba tumbado bajo la mesa de la cocina, siguiendo mis movimientos con la mirada. Lo eché a la calle, cerré la puerta y tumbé a Harriet en el sofá de la cocina. Estaba tan sudoroso y jadeante que tuve que sentarme a descansar un instante antes de empezar a examinarla.

Le tomé la tensión arterial. Baja, pero no preocupante. Le quité los zapatos y palpé sus pies. Fríos, pero no helados. En otras palabras, no había empezado a congelarse. A juzgar por sus labios, tampoco estaba deshidratada.

El pulso fue bajando hasta las sesenta y seis pulsaciones por minuto.

Estaba a punto de ponerle un almohadón bajo la cabeza, cuando abrió los ojos.

–Te huele mal la boca –declaró entonces–. Tienes mal aliento.

Después de tantos años, aquéllas fueron sus primeras palabras. Yo la había encontrado en el hielo, me había esforzado como un loco por hacerla llegar a mi casa y lo primero que me dijo fue que me olía el aliento. En ese instante sentí la tentación de echarla fuera otra vez. Yo no le había pedido que viniera, no sabía lo que quería y el remordimiento se apoderaba de mí. ¿Habría venido para que le rindiera cuentas?

No lo sabía. Pero, por otro lado, ¿qué otra razón podía tener?

Comprendí que tenía miedo. Era como una trampa que se hubiese cerrado sobre mí.

4

Harriet miró despacio la habitación.

–¿Dónde estoy?

–En mi cocina. Te vi en la banquisa. Te habías caído. Y te he traído aquí. ¿Cómo te encuentras?

–Bien. Pero cansada.

–¿Quieres un poco de agua?

Harriet asintió. Fui a buscar un vaso. Ella negó con un gesto cuando quise ayudarle a levantarse y se puso de pie. Observé su rostro y pensé que, en realidad, no había cambiado especialmente. Se había hecho mayor, pero la veía igual.

–Debí de desmayarme.

–¿Te duele algo? ¿Sueles desvanecerte?

–A veces.

–¿Qué dice tu médico?

–Mi médico no dice nada porque yo no le he preguntado.

–Tienes la tensión normal.

–Jamás he tenido problemas de tensión.

Harriet observó una urraca que picoteaba la corteza del tocino al otro lado de la ventana. Después me dirigió una mirada totalmente limpia.

–Mentiría si te dijera que siento molestarte.

–No me molestas.

–Por supuesto que sí. Me he presentado aquí sin avisarte. Pero no me importa lo más mínimo.

Se acomodó mejor en el sofá. De repente, comprendí que sufría dolores.

–¿Cómo has llegado hasta aquí? –le pregunté.

–¿Por qué no me preguntas cómo te he encontrado? Sabía de esta isla, que tú pasabas aquí los veranos y que se encontraba en la costa este. No creas que fue sencillo dar contigo. Pero, al final, lo conseguí. Llamé a Correos porque caí en la cuenta de que ellos debían saber si aquí vivía alguien llamado Fredrik Welin. Y me dijeron que, además, había un cartero que te traía el correo.

Paulatinamente, un recuerdo emergió a mi memoria. Había soñado con un terremoto. Un violento tronar me rodeó, pero de repente volvió a reinar el silencio. El estruendo no me despertó; en cambio, abrí los ojos cuando volvió el silencio. Tal vez llevase despierto varios minutos, atento a la oscuridad. El gato roncaba a mis pies.

En ese momento comprendí que el ruido del sueño procedía del hidrocóptero de Jansson. Él había traído a Harriet hasta aquí y la había dejado en el hielo.

–Quería venir por la mañana temprano. Fue como viajar en una máquina del infierno. El hombre fue muy amable. Aunque demasiado caro –explicó Harriet.

–¿Cuánto te pidió?

–Trescientas coronas por mí y doscientas por el andador.

–¡Qué desfachatez!

–¿Hay alguien más por aquí que tenga un hidrocóptero?

–Haré que te devuelva la mitad.

Harriet señaló el vaso.

Le serví más agua. La urraca había dejado la corteza. Me levanté y le dije que iba a buscar el andador. Mis botas habían dejado grandes charcos en el suelo. El perro apareció desde la parte posterior de la casa y me siguió hasta la playa.

Intenté pensar con claridad.

Después de más de treinta años, Harriet había vuelto del pasado. De modo que la protección que yo me había procurado aquí, en el archipiélago, había resultado engañosa. Fui víctima de un caballo de Troya con la forma del hidrocóptero de Jansson. Él había quebrantado mi adarve y, además, había cobrado por ello.

Salí a la banquisa.

Soplaba un leve viento del nordeste. Una bandada de pájaros surcó el cielo volando a ras del horizonte. Islotes e islas yacían blancos sobre el mar. Hacía uno de esos días de extraña calma que sólo pueden vivirse cuando el mar se ha convertido en hielo. El sol brillaba bajo en el cielo. El andador se había quedado congelado pegado al suelo. Lo solté con cuidado y empecé a empujarlo hacia tierra. El perro venía trotando tras de mí. En breve tendría que deshacerme de él. Y también del gato. Los dos eran viejos y sufrían los achaques de sus cuerpos torturados.

Cuando llegamos a la playa, entré en el cobertizo para buscar una manta que extendí sobre el banco de mi abuelo. No podía volver a la casa sin saber antes qué iba a hacer. Sólo podía existir una razón que hubiese movido a Harriet a venir: quería pedirme cuentas. Después de todos estos años, quería saber por qué la había abandonado. Y ¿qué iba a contestar? Pasó la vida, y pasó lo que tuvo que pasar. Además, habida cuenta de cómo me fue a mí, Harriet debería estar agradecida de que desapareciese de su vida.

Empecé a sentir frío sentado en el banco. Estaba a punto de levantarme cuando oí un ruido a lo lejos. Las voces y los ruidos de motores podían atravesar largas distancias por el agua y el hielo. Comprendí que debía de ser Jansson con su hidrocóptero. Hoy no habría correo. Pero tal vez estuviese fuera ejerciendo su actividad de taxi ilegal. Subí a la casa. El gato me esperaba fuera sentado en la escalera. Pero no lo dejé entrar.

Antes de ir a la cocina eché una ojeada a mi rostro en el espejo del vestíbulo. Un rostro ojeroso y sin afeitar. El cabello despeinado, los labios apretados y los ojos hundidos. No era una visión hermosa, desde luego. A diferencia de Harriet, que apenas había cambiado, yo sí que había sufrido la transformación propia de los años transcurridos. Creo que fui guapo cuando era joven. Al menos gustaba a muchas chicas en aquellos años. Hasta que ocurrió lo que terminó con mi vida profesional, yo me preocupaba por mi aspecto y mi vestimenta. Pero cuando me trasladé a vivir aquí, a esta isla, empezó mi decadencia. Hubo un periodo durante el cual eliminé los tres espejos que había en la casa. No quería verme. Y podían pasar seis meses sin que fuese a tierra firme para cortarme el pelo.

Me pasé los dedos por el cabello y entré en la cocina.

El sofá estaba vacío. Harriet se había ido. La puerta de la sala de estar se veía entreabierta, pero allí no había nadie. Tan sólo el gran hormiguero. Después, oí el ruido de la cisterna del baño. Harriet volvió a la cocina y ocupó de nuevo el sofá.

Una vez más advertí, por cómo se movía, que sentía dolores, aunque no supe decir en qué parte de su cuerpo.

Estaba sentada de modo que la luz de la ventana iluminaba su rostro. Sentí como si pudiese verla tal y como era en las claras noches de primavera en que recorríamos Estocolmo, cuando yo planeaba marcharme sin decir adiós. Cuanto más se acercaba el día, tanto más le aseguraba que la amaba. Tenía miedo de que me descubriese, de que descubriese mi premeditada traición. Pero ella me creía.

Harriet miró por la ventana.

–Hay una urraca en el trozo de carne que cuelga del árbol.

–Es una corteza de tocino, no un trozo de carne. Los pájaros se marcharon cuando empezó a soplar el viento frío que trajo la tormenta de nieve. Suelen esconderse cuando sopla fuerte. No sé adónde van.

Ella se volvió hacia mí.

–Tu aspecto es espantoso. ¿Estás enfermo?

–Tengo el aspecto que suelo tener. Si hubieras venido mañana después de las doce, me habrías encontrado recién afeitado.

–La verdad, no te reconozco.

–Pues tú no has cambiado.

–¿Por qué tienes un hormiguero en la sala de estar? –preguntó resuelta.

–Si no hubieras abierto la puerta, no lo habrías visto.

–No era mi intención curiosear en tu casa. Estaba buscando el baño.

Harriet me observaba con sus claros ojos.

–Tengo una pregunta que hacerte –dijo al fin–. Claro que debería haber avisado de que venía. Pero no quería arriesgarme a que desaparecieras de nuevo.

–No tengo adónde ir.

–Todo el mundo tiene adónde ir. Pero yo quería asegurarme de que estabas aquí. Quiero hablar contigo.

–Sí, lo comprendo.

–Tú no comprendes nada. En fin, tengo que quedarme aquí unos días y me cuesta subir y bajar las escaleras. ¿Puedo dormir en el sofá?

Al ver que Harriet no pensaba reprocharme nada por el momento, pensé que podría consentir cualquier cosa. Claro que podía dormir en el sofá, si ése era su deseo. De lo contrario, podía ofrecerle una cama plegable de cámping que podía colocar en la sala de estar. A menos que tuviese algo en contra de dormir junto a un hormiguero. Pero a Harriet no le importaba. Fui a buscar la cama y la coloqué tan lejos como pude del hormiguero. En el centro de la habitación había una mesa con un tapete blanco. El hormiguero estaba justo al lado. La parte superior alcanzaba casi el borde de la mesa. La parte del tapete que colgaba por debajo había desaparecido en el interior del hormiguero.

Hice la cama y le puse un almohadón más, pues recordaba que Harriet quería tener la cabeza alta cuando dormía.

Aunque no sólo cuando dormía.

También cuando hacía el amor. No tardé en aprender que siempre quería tener varios almohadones bajo la nuca. ¿Le pregunté alguna vez por qué era tan importante para ella? No lo recordaba.

Puse el edredón y miré por la puerta entreabierta. Harriet me observaba. Encendí los dos radiadores, los toqué con la mano para comprobar que empezaban a calentarse y fui a la cocina. Harriet parecía haber empezado a recuperar las fuerzas. Pero tenía ojeras. Algo le dolía. La expresión de alerta ante un dolor que podía volver a atacar en cualquier momento no abandonaba su rostro.

–Me tumbaré a descansar un rato –dijo al tiempo que se levantaba del sofá.

Le abrí la puerta. Antes de que se hubiese acostado, ya la había vuelto a cerrar. Sentí un repentino deseo de echar la llave y arrojarla lejos. Hasta que, un día, Harriet se hubiese convertido en parte de mi hormiguero.

Me puse el chaquetón y salí a la calle.

Hacía un día despejado. El viento soplaba cada vez menos racheado. Presté atención por si oía el hidrocóptero de Jansson. ¿Sería el sonido de una motosierra en la distancia lo que oía? Podría tratarse de alguno de los propietarios que sólo venían en verano y que había decidido aprovechar los días anteriores a la festividad de Reyes para hacer limpieza en el jardín.

Bajé al muelle y entré en el cobertizo. Allí tenía un bote de remos colgado de unas cuerdas con poleas. Hace ya mucho tiempo que en las islas dejó de usarse la brea para los barcos y las artes de pesca. Aunque yo tengo algunas latas que abro de vez en cuando, sólo por el olor. No hay nada que me proporcione un sosiego tan intenso.

Intenté rememorar cómo fue nuestra despedida, que en realidad no fue tal, aquella noche de primavera de hacía treinta y siete años. Habíamos cruzado el puente de Strömbron, seguimos por el de Skeppsbrokajen y continuamos hasta Slussen. ¿De qué íbamos hablando? Harriet me contó cómo había pasado el día en la zapatería. Le encantaba hablar de sus clientes. Hasta de un par de botas y un tarro de betún negro podía hacer toda una aventura. Volvía a recordar sucesos y conversaciones. Fue como si en mi interior se hubiese abierto un archivo que llevaba cerrado mucho tiempo.

Me quedé un rato sentado en el banco antes de regresar a la casa. Me puse de puntillas ante la sala de estar para poder mirar por la rendija de la puerta entreabierta. Harriet dormía acurrucada como una niña. Se me hizo un nudo en la garganta. Siempre había dormido así. Subí a la cima de la montaña, por detrás de la casa, para contemplar la blanca bahía. Era como si no hubiese comprendido hasta ahora lo que hice en aquella ocasión, hacía muchos años. Jamás me atreví a preguntarme a mí mismo cómo habría vivido Harriet lo sucedido. ¿Cuándo comprendió que yo no volvería? Sólo con un gran esfuerzo podía imaginar el dolor que debió de sentir cuando supo que la había abandonado.

Cuando llegué a la casa, Harriet ya se había despertado y me esperaba sentada en el sofá de la cocina. Tenía a mi viejo gato en su regazo.

–¿Has podido dormir? –le pregunté–. ¿Te han dejado las hormigas?

–El hormiguero huele bien.

–Si te molesta el gato, podemos echarlo.

–¿Te parece que estoy molesta?

Le pregunté si tenía hambre y empecé a preparar la comida. Guardaba en el congelador una liebre que había cazado Jansson. Pero tardaría en descongelarse y llevaría mucho tiempo prepararla. Desde el sofá, Harriet seguía mis movimientos con la mirada. Freí unas chuletas y puse a cocer unas patatas. Apenas nos dirigimos la palabra y me puse tan nervioso que me quemé la mano con la sartén. ¿Por qué no hablaba? ¿Para qué había venido?

Comimos en silencio. Quité la mesa y puse café a calentar. Mis abuelos maternos siempre hacían café de marmita. En aquellos tiempos no había cafeteras. Yo también hago café de marmita y cuento hasta diecisiete desde que empieza a hervir. Entonces lo retiro, pues así es exactamente como me gusta. Saqué las tazas, le puse comida al gato en su cuenco y me senté en mi silla. Ya había oscurecido. Yo seguía a la espera, todo el tiempo a la espera, de que Harriet me explicase el motivo de su visita. Le pregunté si quería más café. Pero ella apartó la taza. El perro empezó a arañar la puerta. Lo dejé entrar, le di de comer y lo encerré en el vestíbulo, donde había dejado el andador.

–¿Se te había ocurrido que volveríamos a vernos?

–No lo sé.

–Te pregunto qué creías que pasaría.

–No sé qué creía.

–Eres tan esquivo como aquel día.

Harriet adoptó una actitud retraída. Recordé que siempre lo hacía, cuando se sentía herida. Sentí deseos de extender el brazo y tocarla. ¿Tendría ella ganas de tocarme a mí? Era como si un silencio de cerca de cuarenta años deambulase entre los dos. Una hormiga avanzaba despacio sobre el hule. ¿Vendría del hormiguero de la sala de estar o se habría perdido de camino al hormiguero que yo sospechaba que había en las vigas de la fachada sur?

Me levanté y le dije que iba a soltar al perro. Su rostro quedaba en la sombra. Había un cielo estrellado, todo estaba en calma. A veces, cuando veo un cielo así, me gustaría saber componer música. Bajé al muelle, no sabía cuántas veces había bajado ya aquel día. El perro echó a correr por el hielo a la luz de la lámpara del cobertizo y se detuvo en el lugar en que se había desmayado Harriet. La situación era irreal. En una vida que yo empezaba a contemplar como acabada se había abierto, súbitamente, una puerta; y la hermosa mujer a la que un día amé y traicioné había regresado. Entonces, cuando éramos jóvenes, ella solía llevar a un lado la bicicleta cuando iba a buscarla a la salida del trabajo en la zapatería de la calle de Hamngatan. Ahora lo que llevaba era un andador. Me sentí desorientado. El perro volvió y ambos nos encaminamos a la casa.

Me dirigí a la parte posterior y miré por la ventana de la cocina.

Harriet se hallaba sentada a la mesa. Me llevó unos minutos comprender que estaba llorando. Esperé hasta que hubo terminado y, cuando la vi enjugarse las lágrimas, entré. Al perro lo dejé en el vestíbulo.

–Necesito dormir –aseguró Harriet–. Estoy cansada. Mañana te contaré por qué he venido.

No esperó mi respuesta, sino que se puso de pie, me dio las buenas noches y me miró un instante, escrutándome. Después cerró la puerta. Yo fui a la habitación donde tengo el televisor, pero no lo encendí. El encuentro con Harriet me había dejado exhausto. Ni que decir tiene que temía las acusaciones que sabía me esperaban. Y ¿qué podía decirle, en realidad? Nada.

Me quedé dormido en la silla.

Ya era medianoche cuando desperté con un tirón en el cuello. Fui a la cocina y apliqué el oído a la puerta de la habitación donde dormía Harriet. Silencio. No se veía luz por la rendija de la puerta. Limpié la cocina, saqué del congelador una barra de pan y un bizcocho, dejé entrar al gato y al perro y fui a acostarme. Pero no podía conciliar el sueño. Me lo impedían los golpes de la puerta de acceso a todo cuanto yo creía ya pasado para siempre. Era como si Harriet y el tiempo que viví con ella me hubiesen alcanzado como un potente vendaval.

Me puse el albornoz y bajé de nuevo a la cocina. Los animales dormían. Fuera estábamos a siete grados bajo cero. En el sofá de la cocina estaba el bolso de Harriet. Lo puse en la mesa y lo abrí. Tenía un peine y un cepillo, el monedero, unos guantes, un llavero, un móvil y dos frascos de medicinas. No conocía el nombre de los preparados. Así que intenté leer los componentes con el fin de comprender para qué las usaba. Eran analgésicos y antidepresivos. Recetados por un tal doctor Arvidsson de Estocolmo. Empecé a sentir cierto desasosiego. Seguí registrando su bolso. En el fondo había una agenda desgastada, muy usada y llena de números de teléfono. Al abrirla por la letra uve doble, vi con asombro que el número de teléfono que tuve en Estocolmo a mediados de los sesenta seguía allí.

Ni siquiera estaba tachado.

¿Había tenido la misma agenda durante tantos años? Estaba a punto de volver a guardarla en el bolso, cuando vi que había un papel entre las páginas. Lo abrí y leí lo que ponía.

Después, me fui al vestíbulo. El perro estaba sentado a mi lado.

Seguía sin saber por qué había venido Harriet a mi isla.

Pero lo que había encontrado en el bolso era un documento en el que se le comunicaba que estaba gravemente enferma y que le quedaba poco tiempo de vida.

5

El viento soplaba, luego cesaba, y así durante toda la noche.

Dormí mal y me quedé tumbado escuchando los silbidos. Puesto que azotaba más la ventana de la fachada norte que la de aquella que da al este, pude determinar la dirección. Viento racheado del noroeste. Lo anotaría en mi diario al día siguiente. Pero me preguntaba si sería capaz de escribir que Harriet había venido a visitarme.

Ella dormía en la cama plegable, bajo el suelo de mi habitación. Repasé mentalmente, una y otra vez, el documento que había encontrado en su bolso. Tenía cáncer de estómago, que se había extendido a otras partes del cuerpo mediante metástasis. Las sesiones de quimioterapia no habían surtido más que un efecto transitorio y se excluía la posibilidad de intervenir. El 12 de febrero debía presentarse en el hospital para hablar con su médico.

Yo aún era médico, lo suficiente como para poder interpretar el documento. Harriet iba a morir. Los remedios que se habían adoptado no la sanarían, apenas si prolongarían su vida. El dolor, en cambio, podía mitigarse. Estaba a punto de entrar en la fase terminal y paliativa, en términos médicos.

Ningún remedio, pero sufrimiento innecesario, tampoco.

Mientras pensaba tumbado en la oscuridad, una idea me daba vueltas en la cabeza: era Harriet quien iba a morir, no yo. Pese a que fui yo quien cometió el gran pecado al abandonarla, era ella la que resultaba castigada. Yo no creo en Dios. Salvo por un periodo muy breve durante mis primeros años de estudios de medicina, jamás me he visto afectado por remordimientos religiosos. Nunca he mantenido conversación alguna con los representantes de lo extraterrenal. Ninguna voz interior me ha exhortado a arrodillarme. En ese momento, ahí tumbado, me sentía aliviado de no ser yo el enfermo. No dormí mucho esa noche. Me levanté a orinar dos veces y ambas fui a escuchar junto a la puerta de Harriet. Tanto ella como el hormiguero parecían dormir.

A las seis de la mañana me levanté por fin.

Fui a la cocina y vi con asombro que ella ya había desayunado. Al menos había tomado café. Se había calentado los restos de la tarde anterior. El perro y el gato estaban fuera. Harriet debía de haberlos dejado salir. Abrí la puerta. Una fina capa de nieve recién caída se había extendido sobre la antigua capa durante la noche. Había huellas de las patas del perro y del gato. Pero también las de una persona.

Harriet había salido.

Intenté ver algo en la oscuridad. El alba tardaría aún en llegar. ¿Se oía algo? El viento seguía soplando de forma intermitente. Las tres huellas conducían en la misma dirección, hacia la parte posterior de la casa. No tuve que caminar mucho. Entre los manzanos hay un viejo banco de madera en el que solía sentarse mi abuela. Allí tejía con sus ojos miopes, o descansaba con las manos en el regazo escuchando el continuo murmullo del mar. Pero no era la fantasmal figura de la abuela la que ahora ocupaba el banco, sino la de Harriet. Había encendido una vela que tenía en el suelo y se había sentado de modo que la roca contigua la resguardase del viento. El perro estaba tumbado a sus pies. Tenía el mismo aspecto que el día anterior, cuando la descubrí en medio del hielo. El gorro hasta las orejas y la bufanda alrededor. Fui a sentarme a su lado. Nos encontrábamos a varios grados bajo cero pero, como el viento nocturno había remitido, el frío no resultaba tan insoportable.

–Esto es muy hermoso –afirmó ella.

–Está oscuro. No creo que veas nada. Ni siquiera se oye el mar, puesto que está congelado.

–He soñado que el hormiguero crecía alrededor de la cama.

–Si quieres, puedo poner la cama en la cocina.

El perro se levantó y se marchó. Avanzaba con movimientos cautos, pues un perro que carece del sentido del oído debe de sentirse angustiado. Le pregunté a Harriet si había notado que el perro estaba sordo. Pero me dijo que no. El gato se acercó lentamente. Nos observó y volvió a desaparecer en la oscuridad. Tuve el mismo pensamiento de siempre, que nadie conoce los caminos de un gato. Y yo, ¿conocía yo los míos? Y Harriet, ¿conocía ella los suyos?

–Como es natural, te preguntarás por qué he venido hasta aquí –dijo Harriet.

La llama de la vela danzaba en la noche, sin llegar a apagarse.

–No esperaba que vinieras.

–¿Te habías imaginado alguna vez que volverías a verme? ¿Lo has deseado alguna vez?

No contesté. Una persona que ha abandonado a otra sin explicarle la razón no tiene, en el fondo, nada que decir. Hay desengaños que no pueden ni perdonarse ni apenas explicarse. Y lo que yo le había hecho a Harriet era precisamente eso. De modo que no contesté. Me quedé sentado mirando la llama de la vela y esperando.

–No he venido para acusarte, sino para pedirte que cumplas tu promesa.

Enseguida supe a qué se refería.

La laguna del bosque.

Donde fui a nadar de niño; el verano en que cumplí los diez años y mi padre y yo hicimos aquel viaje al corazón de Norrland, donde él había nacido. Le prometí aquella laguna cuando regresara de América. Entonces emprenderíamos un viaje hasta allí y nadaríamos juntos en las oscuras aguas bajo el claro cielo nocturno. Yo me lo imaginaba como una hermosa ceremonia. Las negras aguas, el remoto lamento del colimbo, la laguna que, según decían, no tenía fondo. Iríamos allí a nadar y, después, nada podría separarnos.

–¿O acaso has olvidado tu promesa?

–Recuerdo perfectamente lo que dije.

–Pues quiero que me lleves allí.

–Es invierno. La laguna está helada.

Pensé en el agujero que yo cavaba cada mañana. ¿Sería capaz de cavar toda una laguna de Norrland, donde el hielo era como el granito?

–Quiero ver la laguna. Aunque esté cubierta de nieve y hielo. Para saber que es verdad.

–Pero lo es. La laguna existe.

–Nunca me dijiste cómo se llama.

–Es demasiado pequeña para tener nombre. Este país está lleno de pequeños lagos sin nombre. Apenas si hay una calleja o carretera comarcal que no tenga nombre, pero en el corazón de los bosques proliferan los lagos y las lagunas innominadas por todas partes.

–Quiero que cumplas tu promesa.

Harriet se levantó del banco con esfuerzo. La vela se volcó y se apagó crepitando. Todo quedó a oscuras a nuestro alrededor. La luz de la ventana de la cocina no llegaba hasta allí. Pese a todo, pude ver que se había llevado el andador. Cuando le tendí la mano para ayudarle, desechó mi ofrecimiento con un gesto.

–No quiero que me ayudes. Quiero que cumplas tu promesa.

Cuando Harriet, con su andador verde, entró en el haz de luz que esclarecía la nieve, fue como si la viese en una calle lunar. Cuando nos conocimos, hacía ya casi cuarenta años, decidimos considerarnos, en un juego bastante infantil, como adoradores de la luna. ¿Se acordaría Harriet de ello? La miré de perfil mientras avanzaba a duras penas con el andador sobre las piedras que se ocultaban bajo la nieve. Me costaba imaginarme que estuviese moribunda. Un ser humano que se aproximaba al límite donde tomaría el relevo otro mundo, otra oscuridad. Dejó el andador junto a la escalera y se agarró bien de la barandilla para subir los tres peldaños. Justo cuando abrió la puerta, el gato se escurrió hacia dentro por entre sus piernas. Harriet entró en su habitación. Y yo me quedé escuchando desde el otro lado, con el oído pegado a la puerta cerrada. Se oyó el leve tintineo de una botella. Supuse que tomaba muchos medicamentos contra el dolor que suelen llevar aparejados los tumores incurables. El gato maulló y se frotó contra mis piernas. Le di de comer y me senté a la mesa de la cocina.

Fuera seguía oscuro.

Intenté ver la temperatura que indicaba el termómetro, pero el cristal que cubría la banda de mercurio se había empañado. Se abrió la puerta, y apareció Harriet. Se había cepillado el cabello y se había cambiado el jersey. El que ahora llevaba era de color azul lavanda. Enseguida me hizo pensar en mi madre y en sus lágrimas mezcladas con el aroma de esa flor. Pero Harriet no lloraba. De hecho, sonreía mientras se sentaba en el sofá de la cocina.

–Jamás habría podido imaginarme que te convertirías en alguien capaz de vivir con un perro, un gato y un hormiguero.

–La vida rara vez resulta como uno se la figura.

–No he venido para que me cuentes cómo te ha ido en la vida. Lo que sí quiero es que cumplas tu promesa.

–Ni siquiera creo que pueda encontrar el camino hasta la laguna.

–Estoy segura de que sí. Nadie tenía tu sentido de la orientación.

No pude contradecirla, tenía razón. Siempre encuentro el camino en los más caóticos entramados urbanos. Y tampoco me pierdo en el bosque o en el campo.

–Bueno, quizá lo encuentre, si me esfuerzo un poco por recordar. Es sólo que no comprendo por qué.

–¿Quieres saber por qué deseo ver esa laguna?

De repente, su voz adoptó otro timbre.

–Sí –confesé–. Quisiera saberlo.

–Porque es la promesa más hermosa que me han hecho en la vida.

–¿La más hermosa?

–La única verdaderamente hermosa.

Ésas fueron sus palabras textuales. La única promesa verdaderamente hermosa. Fueron palabras importantes. Y yo sentí como si, con ellas, una gran orquesta hubiese empezado a tocar en mi cabeza. Allí estaba yo, en medio de todos los instrumentos, los arcos a mi lado y los de viento detrás de mí.

–A uno le hacen promesas sin cesar –prosiguió ella–. Nos hacemos promesas a nosotros mismos. Escuchamos las promesas de los demás. Los políticos nos hablan de una vida mejor para los que envejecen, de una sanidad donde nadie sufra en la espera. Los bancos nos prometen mejores intereses, los alimentos nos prometen mejor línea y las cremas nos garantizan una vejez con menos arrugas. La vida no consiste más que en navegar en nuestra pequeña embarcación cruzando un mar de promesas siempre cambiantes pero inagotables. ¿Cuántas de esas promesas recordamos? Olvidamos lo que queremos recordar y solemos recordar aquello de lo que más deseamos librarnos. Las promesas no cumplidas son como sombras que danzan a nuestro alrededor en el ocaso. Cuanto más me acerco a la vejez, más claras las veo. La promesa más hermosa de toda mi vida fue la que me hiciste al prometerme esa laguna. Quiero verla y soñar que nado en sus aguas antes de que sea demasiado tarde.

Comprendí que no me quedaría más remedio que llevarla a la laguna. Lo único que podría evitar, quizás, era que partiésemos en medio del invierno. Pero tal vez ella no se atreviese a esperar hasta la primavera, por su enfermedad.

Pensé que debía decirle la verdad, que sabía que estaba enferma. Pero no lo hice.

–¿Comprendes lo que quiero decir, lo de todas esas promesas que nos rodean a lo largo de nuestra vida?

–He intentado evitar dejarme engatusar por las promesas. Si lo haces, es fácil que te engañen.

Harriet puso su mano sobre la mía.

–Hubo un tiempo en que sabía quién eras. Paseábamos por las calles de Estocolmo. Cuando, en mis recuerdos, caminamos por allí, siempre es primavera. Apenas si puedo evocar un día de oscuridad o de lluvia. El hombre que iba entonces a mi lado no es la misma persona que ahora tengo ante mí. Aquel hombre podía convertirse en cualquier cosa, salvo en un viejo solitario que vive en una isla remota.

Su mano seguía posada sobre la mía. Yo intenté no tocarla.

–Y tú, ¿recuerdas algún tipo de oscuridad? –quiso saber Harriet.

–No. Siempre había claridad.

–No sé lo que pasó.

–Yo tampoco.

Harriet me apretó la mano.

–No tienes por qué mentirme. Por supuesto que lo sabes. Me causaste una pena infinita. Creo que aún no lo he superado. ¿Quieres saber cómo me sentí?

No le contesté. Ella retiró la mano y echó la cabeza hacia atrás en el sofá.

–Lo único que quiero es que cumplas tu promesa. Tendrás que dejar la isla por unos días. Después, podrás volver y no te molestaré más.

–No puede ser –me opuse yo–. Es un viaje demasiado largo. Y mi coche, demasiado viejo.

–Entonces, sólo te pido que me indiques el camino.

Comprendí que no pensaba rendirse. La promesa de la laguna me había dado alcance después de tantos años.

Al otro lado de la ventana había empezado a clarear. Terminaba la noche.

–Me casé, ¿sabes? –reveló Harriet de improviso–. Y tú, ¿qué hiciste?

–Yo estoy separado.

–Así que también te casaste. ¿Con quién?

–No conoces a ninguna.

–¿A ninguna?

–Me casé dos veces. La primera se llamaba Birgit y era enfermera. Dos años después de casarnos no teníamos nada más que decirnos. Además, quería estudiar para ingeniero de montes. ¿Qué sabía yo de rocas, grava y minas? La segunda se llamaba Rose-Marie y era tratante de antigüedades. No te imaginas cuántas veces salí del hospital, tras una larga operación, para acompañarla a alguna subasta y luego arrastrar a casa un armario de segunda mano. Ni sé cuántas sillas y mesas decapé en bañeras desechadas. Después de cuatro años se acabó.

–¿Tienes hijos?

Negué con un gesto. Hubo un tiempo, ya muy lejano, en que me veía a mí mismo rodeado de niños que me alegrasen la vejez. Ahora ya era demasiado tarde.

Soy como mi barco, el que está en tierra, boca abajo, protegido por una lona.

Miré a Harriet.

–Y tú, ¿tienes hijos?

Ella me miró largo rato, antes de contestar.

–Tengo una hija.

Pensé que podía haber sido mía. Si no hubiese huido de Harriet para no volver a llamarla nunca más.

–Se llama Louise –explicó.

–Un nombre muy bonito –contesté.

Me levanté y comencé a preparar café. Ya había amanecido por completo. Esperé a que hirviese el café y lo dejé reposar. Saqué las tazas y corté unos trozos del bizcocho, que ya se había descongelado. Éramos dos ancianos que, en una mañana de enero, se disponían a compartir un café con dulces. Entre los miles de cafés que se toman al día en este país, uno era el nuestro. Me preguntaba si las circunstancias de los demás eran tan extrañas como las que concurrían en mi cocina.

Después del café, Harriet se encerró en la habitación del hormiguero.

Por primera vez en muchos años suspendí mi baño invernal. Estuve dudando un buen rato cuando, ya a punto de quitarme la ropa e ir a buscar el hacha, cambié de idea. No volvería a darme ningún baño en las heladas aguas hasta que hubiese llevado a Harriet a la laguna.

En lugar del albornoz me puse el chaquetón y bajé al muelle. Inesperadamente, el tiempo había cambiado y parecía época de deshielo. La nieve se quedaba adherida a la suela de las botas.

En el muelle disfruté de unas horas de soledad. El sol se abrió paso por entre las nubes y la nieve del techo del cobertizo empezó a derretirse y a gotear. Entré, tomé uno de los tarros de brea y lo abrí. El olor me infundió un gran sosiego y estuve a punto de dejarme vencer por el sueño a la pálida luz del sol.

Evoqué el tiempo en que Harriet y yo estábamos juntos. Me sentí como si ahora yo, en realidad, perteneciese a una época pretérita. Vivía en un espacio extrañamente desierto destinado a los que sobraban, a los que habían perdido pie en su propia época y no eran capaces de incorporarse a la vida de los nuevos tiempos. Cuando Harriet y yo estábamos enamorados, todo el mundo fumaba. A todas horas y en todas partes. Mi juventud entera transcurrió entre montones de ceniceros. Aún recuerdo a los muchos médicos y profesores fumadores que me educaron para convertirme en alguien con derecho a llevar una bata blanca. Entonces el cartero de las islas se llamaba Hjalmar Hedelius. En invierno se colocaba un par de esquís para llevar el correo de isla en isla. La saca debía de pesar muchísimo, pese a que el despropósito de la avalancha de publicidad de los últimos tiempos no existía aún.

El ruido del hidrocóptero al acercarse interrumpió el hilo de mis pensamientos.

Jansson había ido a casa de la viuda Åkerblom y se apresuraba ahora a visitarme a mí para hablar de sus achaques. Ya se le había pasado el dolor de muelas que venía sufriendo desde Navidad. La última vez que se detuvo junto a mi muelle fue para que examinase unas manchas de color marrón que le habían aparecido en el dorso de la mano izquierda. Lo tranquilicé diciéndole que se debían a las modificaciones propias del envejecimiento. Que él nos sobreviviría a todos los habitantes del archipiélago. Cuando todos los viejos hayamos desaparecido, Jansson seguirá navegando en su viejo barco de pesca y surcando los aires con el hidrocóptero. Si no lo han despedido antes, lo cual es más que probable.

Jansson giró y se detuvo junto al muelle, paró el motor y empezó a deshacerse de todas las prendas de abrigo y los gorros que llevaba. Tenía el rostro encendido y el cabello alborotado.

–He venido para desearte feliz año –dijo una vez en el muelle.

–Gracias.

–El invierno se mantiene.

–Sí, así es.

–He tenido molestias de estómago desde Año Nuevo. Me cuesta hacer de vientre. Estreñimiento, en otras palabras.

–Come ciruelas.

–¿Puede ser síntoma de algo?

–No.

A Jansson le costaba ocultar la curiosidad. De vez en cuando miraba hacia mi casa.

–¿Cómo celebraste el Año Nuevo? –me preguntó.

–Yo no celebro el Año Nuevo.

–Pues yo, este año, hasta compré unos cohetes. Hacía ya mucho tiempo desde la última vez. Por desgracia, uno fue a dar directamente en la leñera.

–Para la medianoche, yo ya estoy dormido. No veo razón para cambiar esa costumbre sólo porque es el último día del año.

Sabía que Jansson tenía unas ganas irrefrenables de hablar de la presencia de Harriet. Seguro que ella no le había contado quién era, tan sólo que venía a visitarme a mí.

–¿Tengo algo de correo?

Jansson me observó perplejo. Era la primera vez que le hacía tal pregunta.

–Nada –respondió–. Así suele ser siempre a principios de año.

Tanto la conversación como la visita médica se habían acabado. Jansson lanzó una última ojeada a mi casa y volvió a su nave. Me di la vuelta y me marché de allí. Cuando puso en marcha el motor del hidrocóptero, me tapé los oídos. Me volví para verlo desaparecer en una nube de polvo de nieve al bordear el cabo que la gente llama cabo de Antonsson, en recuerdo de un marinero que, en un día de borrachera, se perdió por el monte cuando iba a dejar en tierra su embarcación para el invierno.

Harriet estaba sentada en la cocina cuando entré.

Vi que se había maquillado un poco. Al menos, no estaba tan pálida. Pensé una vez más que aún conservaba su hermosura y también que fui un imbécil al dejarla.

Me senté a la mesa.

–Te mostraré la laguna –confirmé–. Cumpliré mi promesa. Nos llevará dos días llegar allí en mi viejo coche. Tendremos que pasar una noche en un hotel. Y no estoy seguro de poder encontrarla sin problemas. En estas tierras, los senderos para el transporte maderero cambian de trazado según el lugar de las explotaciones. Además, no es seguro que el camino correcto esté transitable. Tal vez tenga que contratar a alguien que lo despeje. En total necesitaremos cuatro días. ¿Adónde quieres que te lleve después?

–Puedes dejarme por el camino.

–¿En el camino, con el andador?

–Conseguí llegar hasta aquí, ¿no?

Percibí la dureza del tono de su voz y no quise insistir. Si prefería que la dejase por el camino, no sería yo quien se opusiera.

–Podemos partir mañana mismo –le dije–. Jansson puede llevarte a tierra con el andador.

–Y tú, ¿qué vas a hacer?

–Yo cruzaré el mar helado.

Me levanté de la mesa, pues de repente comprendí que tenía un montón de cosas que hacer. Ante todo, debía abrir una gatera en la puerta para que el gato entrara y saliera y procurar que el perro pudiese utilizar la caseta que tantos años llevaba sin usar. Les pondría comida para una semana. Los animales se lo comerían todo sin prevenir. El ahorro para el futuro era un concepto que ellos no tenían. Pero se arreglarían sin alimento un par de días.

Dediqué el día a aserrar el ventanuco de salida para el gato y le puse unas bisagras a la portezuela antes de intentar que aprendiese a usarlo. Lo consiguió con una rapidez sorprendente. La caseta del perro estaba en peor estado de lo que yo creía. Clavé en el techo un trozo de cartón embreado para impermeabilizarla y puse dentro unas mantas viejas sobre las que el perro pudiese tumbarse. En cuanto terminé, el perro entró y se echó sobre ellas.

Aquella noche llamé a Jansson. Algo que nunca había hecho con anterioridad.

–Empleado de Correos Ture Jansson, dígame.

Sonó como si de un título nobiliario se tratase.

–Soy Fredrik. ¿Llamo en mal momento?

–En absoluto. Tú no sueles llamar.

–No, nunca te había llamado hasta ahora. Me pregunto si puedes hacer un viaje mañana.

–¿Una señora con un andador?

–Puesto que le cobraste una suma tan desorbitada cuando la trajiste aquí, doy por supuesto que el viaje de mañana es gratis. De lo contrario te denunciaré por desarrollar una actividad de transporte ilegal en el archipiélago.

Oía la respiración de Jansson en el auricular.

–¿A qué hora? –preguntó al fin.

–Mañana no tienes que llevar correo. ¿Podrías estar aquí a las diez?

Harriet se pasó el día descansando mientras yo me encargaba de los preparativos para el viaje. Me preguntaba si aguantaría tanto esfuerzo. Pero, en realidad, ése no era mi problema. Lo único que yo tenía que hacer era cumplir mi promesa. Sólo eso. Descongelé la liebre y la puse en el horno para la cena. Mi abuela tenía una receta copiada a mano en uno de sus libros de cocina. Yo había seguido sus consejos culinarios con éxito en otras ocasiones, como también sucedió en ésta. Cuando nos sentamos a la mesa, Harriet tenía nuevamente los ojos llorosos. Comprendí que el tintineo que de vez en cuando se oía desde su habitación no era de los frascos de medicinas, sino de una botella de alcohol o de vino. Harriet se encerraba a beber a escondidas en su habitación. Hinqué el diente en el asado y pensé que el viaje hasta la laguna helada podía resultar más complicado aún de lo que yo me había imaginado.

La liebre estaba riquísima. Pero Harriet apenas la probó. Yo sabía que los enfermos de cáncer solían sufrir una pérdida crónica de apetito.

Después tomamos café. Les eché los restos del asado al perro y al gato. Suelen ser capaces de compartir la comida sin pelearse y sin arañarse. A veces los veo como una pareja de ancianos, igual que mi abuelo y mi abuela.

Le dije que Jansson vendría al día siguiente, le di las llaves de mi coche y le expliqué cómo era y dónde estaba aparcado. Podía esperarme allí mientras yo llegaba a tierra a través del mar helado.

Harriet tomó la llave y se la guardó en el bolso. De repente me preguntó si nunca la había echado de menos en todos aquellos años.

–Sí –respondí–. Te eché de menos. Pero la añoranza sólo consigue abatirme. Me infunde temor.

Harriet no me hizo más preguntas, sino que se marchó a su habitación y, cuando volvió, sus ojos estaban aún más vidriosos. Aquella noche no hablamos mucho. Creo que los dos teníamos miedo de estropear el viaje. Además, siempre nos resultó fácil estar juntos en silencio.

Nos sentamos a ver una película cuyos protagonistas se devoraban unos a otros. Cuando terminó, no lo comentamos en absoluto. Pero estoy seguro de que los dos pensábamos lo mismo.

Era una película muy mala.

Aquella noche tuve un sueño inquieto.

Intentaba imaginarme todo lo que podía salir mal durante el viaje que nos aguardaba. Al mismo tiempo, me preguntaba si Harriet me habría dicho toda la verdad. Albergaba la creciente sensación de que lo que ella quería, en realidad, era otra cosa, que la razón por la que había venido a buscarme después de tantos años era otra.

Antes de que, por fin, lograse conciliar el sueño, decidí que me conduciría con cautela. Naturalmente, yo no podía predecir lo que sucedería.

Deseaba, ante todo, estar preparado.

El desasosiego persistía con su muda voz de alarma.

6

Hacía una mañana clara y sin viento cuando partimos.

Jansson llegó puntual con su hidrocóptero. Subió a bordo el andador y después echó una mano a Harriet para que se acomodase en el asiento que quedaba detrás de su ancha espalda. No le dije nada de que yo también partiría. La próxima vez que viniese y no me encontrase en el muelle, subiría hasta la casa. Tal vez pensaría que me había muerto allí dentro. Así que le escribí una nota y se la puse en la puerta: «No estoy muerto».

El hidrocóptero desapareció tras el golfo. Le había puesto a mis botas un par de viejos crampones para no resbalar por el hielo.

Mi mochila pesaba nueve kilos. Había comprobado el peso en la báscula de baño de mi abuela. Caminaba deprisa, pero procurando no transpirar. Andar sobre mares helados me inspira siempre una sensación de temor. Justo en las proximidades de la parte este del golfo del archipiélago hay una fosa llamada Lersänkan. Su punto más profundo está a cincuenta y seis metros. Es como hallarse encima de un frágil tejado sobre un abismo.

Entrecerré los ojos. El sol, que se reflejaba en el hielo, brillaba intensamente. Vi a lo lejos a varias personas que hacían esquí de fondo. Iban camino de las islas más alejadas. Por lo demás, el hielo estaba vacío. En invierno, el archipiélago era como un desierto. Un mundo abandonado con alguna que otra caravana de gente que hacía esquí de fondo. Y algún que otro nómada como yo. Por lo demás, nada.

Cuando llegué a tierra, al viejo puerto pesquero que casi nadie utilizaba ya, Harriet me aguardaba sentada en el coche. Guardé el andador en el maletero y me senté al volante.

–Gracias –dijo Harriet–. Gracias por cumplir tu promesa.

Y me acarició fugazmente el brazo. Puse el motor en marcha y comenzamos nuestra larga andadura hacia el norte.

El viaje no empezó bien.

Apenas dos kilómetros después de la partida se nos cruzó un alce en el camino. Fue como si el animal hubiese estado esperando entre bambalinas e hiciese su repentina entrada en escena cuando pasábamos. Di un frenazo y, con gran dificultad, logré evitar la colisión con el pesado cuerpo del rumiante. El coche se deslizó por la resbaladiza carretera, no pude controlarlo y nos atascamos en un montículo de nieve que había en el arcén. Todo sucedió muy rápido. Yo solté un grito, pero Harriet no abrió la boca. Nos quedamos sentados y en silencio. El alce desapareció a grandes zancadas hacia el corazón del espeso bosque.

–No iba a mucha velocidad –expliqué en un patético e innecesario intento por excusarme. Como si hubiese sido culpa mía que el alce hubiese aguardado en el soto para plantarse de pronto en mitad de la carretera.

–Bueno, no ha pasado nada –contestó Harriet.

Me quedé mirándola. Tal vez uno no se inquiete por la aparición de un alce cuando sabe que va a morir pronto.

El coche estaba atrapado. Tomé la pala y me puse a quitar la nieve que había alrededor de las ruedas y después corté unas ramas de abeto y las coloqué sobre la calzada. El coche salió de un empellón y pudimos continuar. Noté que tenía el pulso acelerado. La gente que no padece una enfermedad mortal reacciona con miedo a la aparición de un alce en su camino.

Después de recorridos unos diez kilómetros, noté que el coche empezaba a desviarse hacia la izquierda. Me detuve en el arcén y salí. Se me había pinchado una de las ruedas delanteras. Pensé que el viaje no habría podido empezar peor. El tener que arrodillarse, atornillar tuercas y manejar los sucios neumáticos se me antoja una experiencia desagradable. La exigencia de esterilidad del cirujano aún pervive en mí.

Cuando por fin hube cambiado la rueda, estaba empapado en sudor. Además, me sentía indignado. Jamás conseguiría encontrar la laguna. Harriet sufriría un colapso y, con toda probabilidad, habría alguien en su entorno que se presentaría para acusarme de haber actuado de modo irresponsable al salir de viaje con una persona gravemente enferma.

Proseguimos nuestro viaje.

La carretera, flanqueada por elevados montones de nieve, estaba resbaladiza. Nos cruzamos con un par de camiones y dejamos atrás un viejo Amazon que había estacionado en el arcén y del que salió un hombre con un perro. Harriet no hablaba, sólo miraba por la ventanilla.

Empecé a pensar en el viaje que en una ocasión hice con mi padre. Lo habían despedido por negarse a trabajar por las noches en el restaurante en el que acababan de contratarlo. Partimos desde Estocolmo hacia el norte y pasamos la noche en un hotel barato situado a las afueras de Gävle. Creo recordar que se llamaba Furuvik, pero puede que me equivoque. Dormimos en la misma habitación, era el mes de julio y hacía bochorno, uno de esos calurosos veranos de finales de la década de los cuarenta.

Puesto que mi padre había trabajado en uno de los restaurantes más renombrados de Estocolmo, había ganado bastante dinero. Fue durante un periodo en que mi madre lloraba especialmente poco. Un día, mi padre llegó a casa con un sombrero nuevo y ella lloró de alegría. Justamente aquel día le había servido la mesa al director de uno de los bancos más importantes del país; el hombre estaba borracho ya desde el primer plato y le dio a mi padre una propina exagerada.

Yo había intuido ya que a mi padre le resultaba tan humillante recibir demasiada propina como demasiado poca o ninguna en absoluto. Pero en aquella ocasión convirtió la propina en un sombrero rojo para mi madre.

Ella no quiso acompañarnos cuando mi padre le propuso que emprendiésemos un viaje al norte, permitirnos el lujo de unos días de vacaciones antes de que tuviese que ponerse a buscar trabajo de nuevo.

Teníamos un coche muy viejo. Seguro que mi padre había estado ahorrando para comprárselo desde que era joven. Y en él abandonamos Estocolmo una mañana muy temprano, por la carretera de Uppsalavägen.

Dormimos en aquel hotel que tal vez se llamase Furuvik. Recuerdo que me desperté justo antes del alba porque mi padre estaba desnudo ante la ventana, mirando a través de la cortina. Era como si se hubiese quedado congelado en mitad de un pensamiento. Durante un instante que se me antojó infinito, me horrorizó la idea de que estuviese escapándoseme. De que lo único que había allí era su piel. Y, en el interior de la piel, un gran vacío. Ignoro cuánto tiempo estuvo allí inmóvil, pero recuerdo el pánico sin límites que sentí al pensar que fuese a abandonarme. Al final se dio la vuelta, echó una ojeada hacia la cama, donde yo estaba tumbado con el edredón hasta la barbilla y los ojos medio cerrados. Volvió a la cama y yo, acurrucado con la cabeza contra la pared, no pude dormirme hasta que no oí que respiraba profundamente.

Llegamos a nuestro destino al día siguiente.

La laguna no era muy grande. El agua, totalmente negra. En la orilla contraria a la nuestra se alzaban varios roquedales de gran altura, pero por lo demás todo era bosque espeso. No había playa ni tránsito entre el agua y el bosque. Era como si la laguna y los árboles se abrazasen con fuerza sin que ninguno de los dos pudiese dejar al otro a un lado.

Mi padre me dio una palmadita en el hombro.

–Vamos a bañarnos –me animó.

–No me he traído el bañador.

Mi padre me observó risueño.

–¿Crees que yo me lo he traído? ¿Crees que hay alguien que pueda vernos? ¿Peligrosos *trolls* ocultos entre los árboles?

Mi padre empezó a desvestirse. Observé a hurtadillas y con rubor su enorme cuerpo. Tenía un estómago inmenso que sobresalió de repente cuando se quitó los calzoncillos.

Yo, por mi parte, me quité la ropa con la sensación de que, pese a todo, alguien me estaba viendo. Mi padre se adentró en las aguas y se tiró de cabeza. Parecía como si su cuerpo avanzase revolcándose, como una ballena gigantesca, revolucionando toda la laguna. La brillante superficie se quebró, el agua empezó a estrellarse contra las piedras de la otra orilla. Yo me metí en el agua y, enseguida, sentí frío. Por alguna razón, esperaba que tuviese la misma temperatura que el aire. El calor que despedía el interior del bosque era bochornoso. Pero el agua estaba fría. Así que me mojé rápido y salí corriendo del agua.

Mi padre nadaba dando brazadas y moviendo los pies enérgicamente, alborotando el agua a su alrededor. Y además cantaba. No recuerdo qué, pues más bien parecía un rugido de gozo que una canción, una sonora cascada de agua negra que se incorporaba al singular canto de mi padre.

Cuando me vi sentado en el coche con Harriet a mi lado pensando en aquel remoto recuerdo, comprendí que no existía en mi vida ningún otro recuerdo que hubiese permanecido tan claro en mi memoria. Pese a que hacía ya cincuenta y cinco años, vi mi vida sintetizada en aquella imagen: mi padre nadando solo en las aguas de la laguna. Yo, desnudo entre los árboles, estoy de pie, mirándolo. Éramos dos personas unidas por una relación, pero ya separadas.

Así era la vida: una persona nada, la otra la contempla.

Empecé a sentir el anhelo del reencuentro con la laguna. No era ya cuestión de cumplir la promesa que en su día le hice a Harriet. Me concedería a mí mismo la alegría de volver a ver algo que nunca creí que podría revivir.

Atravesamos un paisaje invernal.

Sobre los blancos campos pendían nubes de polvo de nieve y una gélida neblina. El humo formaba una densa columna sobre las chimeneas. De todas las antenas parabólicas que volvían sus ojos metálicos hacia los remotos satélites colgaban carámbanos.

Un par de horas después, giramos para detenernos en una gasolinera. Tenía que poner más líquido limpiaparabrisas. Y, además, necesitábamos comer algo. Harriet desapareció en dirección al bar, que formaba parte del complejo de la estación de servicio. Observé que se movía con extrema cautela, paso a paso, vencida por el dolor. Cuando entré, ella ya se había sentado y había empezado a comer. El menú del día era salchicha de manteca. Yo opté por un filete de pescado de la carta. Harriet y yo estábamos prácticamente solos en el local. La mesa del rincón la ocupaba un camionero que dormitaba ante una taza de café. En su chaleco se leía: «Mantenemos Suecia en marcha».

«¿Qué hacemos aquí?», me pregunté. «Harriet y yo viajando hacia el norte... ¿Puede decirse que también nosotros mantenemos el país en marcha o que somos seres insignificantes de los suburbios de la vida?»

Harriet masticaba despacio su salchicha. Contemplé sus manos rugosas y pensé que hubo un tiempo en que aquellas manos acariciaron mi cuerpo generando en mí una sensación de bienestar que difícilmente había vuelto a experimentar después.

El camionero se levantó y abandonó el establecimiento.

Una jovencita maquillada en exceso y con un delantal muy sucio se acercó a la mesa con mi plato de pescado. Desde algún lugar indeterminado se oía una radio. Comprendí que eran las noticias, pero no lo que decían. Yo había sido una persona siempre ansiosa de noticias, las leía, las escuchaba, las veía. El mundo exigía mi presencia. Un día se ahogan dos niñas en el canal de Göta; otro día matan a tiros a un presidente. Sentía en todo momento la obligación de saber. Durante los años de creciente aislamiento que pasé en la isla de mis abuelos, aquella costumbre fue desapareciendo. No leía los periódicos y sólo veía las noticias de la televisión de vez en cuando.

Harriet dejó la mayor parte de lo que tenía en el plato. Fui a buscarle un café. Al otro lado de la ventana habían empezado a caer leves copos de nieve. El local seguía desierto. Harriet tomó el andador para ir al baño. Cuando volvió, observé que tenía de nuevo aquel brillo en los ojos. Su debilidad me indignaba, sin saber por qué. De ningún modo podía reprocharle que intentase mitigar su dolor. Ni tampoco podía considerarme responsable de que bebiese a escondidas.

Fue como si Harriet me hubiese leído el pensamiento. De improviso, me preguntó en qué estaba pensando.

–En Roma –contesté evasivo–. No sé por qué. Allí participé una vez en un congreso de cirugía agotador y mal organizado. Los dos últimos días no asistí a las ponencias y me dediqué a pasear sin rumbo por Villa Borghese y me trasladé del lujoso hotel donde vivían los ponentes del congreso a la pensión de los Dinesen donde Karen Blixen solía alojarse en otro tiempo. Partí de Roma con la sensación de que jamás volvería.

–¿Sólo eso?

–Sólo eso. No estaba pensando en otra cosa.

Pero no fue así. Dos años más tarde volví a Roma, pese a todo. Se había producido la gran catástrofe y yo salí huyendo de Estocolmo, enfurecido, para poder estar en paz. Los únicos vuelos hacia el sur de Europa tenían como destino Madrid y Roma. Y elegí Roma, pues el viaje era más corto.

Durante toda una semana deambulé por las calles con el alma emponzoñada por la gran injusticia que me habían infligido. Bebí demasiado y, en varias ocasiones, me vi rodeado de malas compañías hasta que, la última noche, me golpearon y me robaron lo que llevaba encima. Regresé a Suecia con un muñón ensangrentado por nariz. Un médico del hospital Södersjukhuset me la colocó en su lugar y me recetó analgésicos. Después de aquello, Roma se convirtió en el lugar del mundo al que menos ganas tenía de volver.

–Yo he estado en Roma –dijo Harriet–. Porque los zapatos han protagonizado mi vida. Lo que yo, en mi juventud, creía algo transitorio, el hecho de ser dependienta en una zapatería, puesto que mi padre había trabajado como jefe de Oscaria, en Örebro, me ha acompañado toda la vida. En realidad nunca hice otra cosa que levantarme por la mañana y empezar a pensar en zapatos casi al mismo tiempo. En una ocasión viajé a Roma y me quedé durante un mes como aprendiza de un viejo maestro zapatero que confeccionaba zapatos para los pies más ricos del mundo. Cada par era como un Stradivarius. Solía describir los pies como seres con personalidad propia. Así, había una cantante de ópera, ya no recuerdo su nombre, cuyos pies él describía como malvados, pues nunca se tomaban en serio los zapatos ni les mostraban respeto. Los pies de un hombre de negocios húngaro, en cambio, sí parecían sentir cariño por su calzado. De aquel anciano aprendí no sólo sobre zapatos, sino también sobre arte. A partir de entonces, vender zapatos ya nunca fue lo mismo.

–La mayoría de los viajes de nuestra vida nunca se realizan –le dije–. O los emprendemos en nuestro interior. La ventaja es que siempre hay espacio suficiente para las piernas cuando uno viaja por las vías aéreas internas.

Reanudamos el viaje.

Me había puesto a pensar dónde pasaríamos la noche. Aún no había empezado a atardecer, pero yo prefiero no conducir de noche. Desde hace unos años veo peor cuando está oscuro.

El paisaje invernal gozaba de una belleza especial por su uniformidad. Atravesábamos un entorno en el que no sucedía prácticamente nada.

Claro que aquello eran figuraciones mías. Siempre ocurre algo que viene a romper la uniformidad. Justo cuando acababa de pasar por la cima de una colina, ambos descubrimos al mismo tiempo la presencia de un perro sentado junto al arcén. Frené para no atropellarlo si echaba a correr hacia la carretera. Cuando lo dejamos atrás, Harriet dijo que el perro llevaba una correa. Vi por el espejo retrovisor que nos seguía. Volví a frenar y el animal nos alcanzó.

–Viene siguiéndonos –constaté.

–Creo que lo han abandonado.

–¿Por qué iba a ser un perro abandonado?

–Los perros que corren tras los coches suelen ladrar, pero éste no ladra.

Harriet tenía razón. Me desvié al arcén y detuve el coche. El perro se sentó con la lengua fuera. Extendí el brazo para acariciarlo y no se apartó. Lo tomé por la correa y vi que había grabado en ella un número de teléfono. Harriet sacó su móvil y marcó el número. Cuando empezó a oírse el tono de llamada, me dio el aparato. Pero nadie contestó.

–No hay nadie.

–Si continuamos, el perro seguirá corriendo detrás de nosotros hasta reventar.

Harriet marcó otro número de teléfono. Cuando empezó a hablar, comprendí que había llamado al servicio de información telefónica.

–El abonado se llama Sara Larsson y vive en la granja Högtunet, en Rödjeby. ¿Tenemos algún mapa?

–Ninguno tan detallado.

–No podemos dejar al perro aquí, en la carretera.

Salí y abrí la puerta trasera. El perro entró de un salto y se acurrucó en el asiento. «Un perro solitario», me dije. «Como un ser humano muy solo.»

Tras haber recorrido unos diez kilómetros, llegamos a una pequeña aldea en la que había un comercio. Entré y pregunté por la granja Högtunet. El dependiente, que era joven y llevaba una gorra con la visera hacia atrás, me dibujó un mapa.

–Nos hemos encontrado un perro –le expliqué.

–Sara Larsson tiene un spaniel –contestó el dependiente–. ¿Tal vez se alejó de la granja y se perdió?

Volví al coche, le entregué a Harriet el mapa dibujado por el dependiente y di la vuelta por la misma carretera por la que habíamos llegado. El perro seguía enroscado en el asiento trasero. Me di cuenta de que estaba alerta. Harriet me guió hacia un desvío que apenas se distinguía entre los montones de nieve. Fue como entrar en un mundo donde todas las direcciones y puntos cardinales hubiesen dejado de existir. La carretera caracoleaba por entre los abetos vencidos por el peso de la nieve. Estaba despejada de nieve, pero ningún coche había transitado por ella desde la última vez que nevó.

–Hay huellas de animal –observó Harriet–. Conducen hacia atrás, hacia la carretera.

El perro se había sentado. Olisqueaba mirando por la luna delantera con las orejas alerta. La piel se le estremecía, como si tuviese frío. Cruzamos un viejo puente de piedra y, al borde del arcén, se atisbaban fincas abandonadas. El bosque se abrió de pronto. Sobre una colina se alzaba una casa que llevaba muchos años sin pintar. También había un trastero y un cobertizo medio derruido. Me detuve y dejé salir al perro, que echó a correr hacia la puerta y empezó a arañarla para luego sentarse a esperar. Observé que no salía humo de la chimenea. Las ventanas estaban cubiertas de escarcha. La lámpara de la escalinata estaba apagada. Y no me gustó lo que vi.

–Es como contemplar un cuadro –opinó Harriet–. Lo han expuesto aquí, en el bosque, como si fuera el caballete de la naturaleza. El artista se ha marchado.

Salí del coche y saqué el andador. Harriet negó con un gesto, pues prefería quedarse dentro. Me detuve en el jardín y agucé el oído. El perro seguía inmóvil sentado sin apartar los ojos de la puerta. De entre la nieve, como un pecio, sobresalía una quitanieves oxidada. Todo parecía abandonado y no se veían por ninguna parte otras huellas que las del perro. Me sentía cada vez más incómodo. Subí la escalinata y llamé a la puerta. El perro se puso de pie de un salto.

–¿Quién me abrirá la puerta? –le pregunté en un susurro–. Dime, ¿a quién esperas? ¿Por qué estabas solo en la carretera nacional?

Volví a golpear la puerta y tanteé el picaporte. La llave no estaba echada. El perro se coló por entre mis piernas hacia el interior de la casa. Olía a cerrado, no porque no la hubiesen aireado, sino como si el tiempo se hubiese detenido y hubiese comenzado a despedir un olor a decadencia. El animal corrió hacia lo que yo intuí era la cocina, pero regresó enseguida. Di una voz, pero nadie respondió. A mi izquierda había una habitación con muebles antiguos y un reloj cuyo péndulo se movía mudo tras el cristal. A la derecha se hallaba la escalera que conducía al piso de arriba. Seguí al perro y me detuve en la puerta de la cocina.

En el suelo de linóleo gris yacía boca abajo el cuerpo de una anciana. Comprendí al momento que estaba muerta. Pese a todo, hice lo que había que hacer, me arrodillé y le busqué el pulso en el cuello, en la muñeca y en la sien. En realidad, no era necesario, puesto que el cuerpo estaba helado y rígido a aquellas alturas. Supuse que era Sara Larsson. Hacía frío en la cocina, pues la ventana estaba entreabierta. Adiviné que por allí habría salido el perro para ir en busca de ayuda. Me levanté y miré a mi alrededor. La cocina estaba en perfecto orden. Lo más probable era que Sara Larsson hubiese muerto por causas naturales. Se le pararía el corazón, una vena habría reventado en su cerebro. Calculé que tendría entre ochenta y noventa años. Llevaba el abundante cabello gris recogido en un moño en la nuca. Con sumo cuidado le di la vuelta al cadáver. El perro observaba mis movimientos con gran interés. Una vez que la mujer estuvo boca arriba, el animal se acercó a olisquearle el rostro. Era como si estuviese contemplando otro cuadro, distinto al que había visto Harriet. Éste representaba una soledad imposible de revestir con palabras. El rostro de la mujer muerta era hermoso. Hay una clase especial de belleza que sólo se advierte en los rostros de mujeres de edad muy avanzada. En su cara surcada de arrugas se ven todas las señales y los recuerdos de la vida pasada. Mujeres ancianas, cuyos cuerpos ya reclama la tierra.

Pensé en mi padre, en los últimos días antes de su muerte. El cáncer se extendía por todo su cuerpo. Junto a su lecho de muerte tenía un par de zapatos cepillados de forma impecable. Pero no decía nada. Temía tanto a la muerte que enmudeció. Y perdió tanto peso que estaba irreconocible. La tierra también gritaba pidiendo su cuerpo.

Fui hasta donde se encontraba Harriet, que había salido del coche y esperaba apoyada en el andador. Vino conmigo hasta el interior de la casa y se agarró con fuerza a mi brazo para subir la escalinata. El perro seguía en la cocina.

–Está en el suelo –le expliqué–. Está muerta y rígida y el rostro presenta un tono amarillento. No tienes por qué verla.

–No temo a la muerte. Lo único que me resulta desagradable es tener que estar muerta tanto tiempo.

«Estar muerto tanto tiempo.»

Después recordaría aquellas palabras de Harriet mientras estábamos en el penumbroso vestíbulo, a punto de entrar en la cocina donde yacía la mujer muerta.

Ambos guardábamos silencio. Luego echamos un vistazo a la casa. Buscaba indicios de que hubiese algún pariente con el que poder ponerme en contacto. Hubo un tiempo en que también vivía en la casa un hombre. Se deducía de las fotografías que colgaban de las paredes. Pero por entonces ella vivía sola con su perro. Cuando bajé del piso de arriba, Harriet estaba cubriendo el rostro de Sara Larsson con un paño. Le costó un gran esfuerzo agacharse. El perro se había tumbado en su cesta, junto a los fogones, y seguía nuestros movimientos con expresión vigilante.

Llamé a la policía. Me llevó un rato hacerles entender dónde me encontraba.

Salimos a la escalinata con la intención de esperar fuera. Ambos nos sentíamos sobrecogidos. No decíamos nada, pero noté que intentábamos permanecer cerca el uno del otro. Al cabo de un rato, vimos los faros cortando el bosque y un coche de policía se detuvo ante la casa. Los policías que salieron del coche eran muy jóvenes. Uno de ellos, una mujer con el cabello largo y rubio recogido en una cola de caballo bajo la gorra del uniforme, no aparentaba más de veinte años, quizá veintiuno. Se llamaban Anna y Evert. Entraron en la cocina. Harriet se quedó en la escalera mientras yo los acompañaba.

–¿Qué será del perro?

–Nos lo llevaremos.

–¿Qué ocurrirá después?

–Tendremos que dejarlo en un calabozo hasta que encontremos a algún familiar que lo reclame. De lo contrario, irá a parar a la perrera. En el peor de los casos, lo matarán.

Los receptores que llevaban en los cinturones emitían un carraspeo incesante. La joven anotó mi nombre y mi número de teléfono.

Nos dijo que no tendríamos que esperar mucho tiempo. Me acuclillé ante la cesta para acariciar al spaniel. ¿Cómo se llamaría? ¿Qué sería de ella ahora?

Avanzábamos a través del creciente ocaso. A la luz de los faros veía indicadores con nombres de lugares de los que jamás había oído hablar.

Conducir a través de un paisaje nevado es como haber traspasado la barrera del sonido. Todo es silencio, tanto a tu alrededor como en tu interior. El verano o la primavera rebosan de sonidos. Nunca hay silencio. Pero el invierno es mudo.

Llegamos a un cruce. Me detuve y divisé una señal en la que se anunciaba que, después de recorrer nueve kilómetros, llegaríamos a la hospedería de Rävhyttan. No tenía ni idea de qué tipo de lugar sería, pero Harriet y yo teníamos que encontrar algún sitio donde pasar la noche.

La hospedería resultó ser un edificio parecido a una casa señorial con dos alas que se erguía sobre una gran zona ajardinada. Había muchos coches aparcados ante la fachada principal.

Dejé a Harriet en el coche y entré en el bien iluminado vestíbulo, donde un hombre de edad avanzada y actitud ausente tocaba un viejo piano. Al oírme llegar se levantó. Le pregunté si tenían habitaciones libres para una noche.

–Está casi completo. Tenemos un gran grupo que celebra el regreso de un familiar estadounidense.

–¿No disponéis de ninguna habitación libre?

El hombre escrutó el libro de reservas.

–Nos queda una.

–Necesito dos.

–Bueno, tenemos una habitación doble con vistas al lago. En la primera planta, muy silenciosa. Estaba reservada, pero uno de los miembros del grupo se puso enfermo. Ésa es la que nos queda.

–¿Tiene dos camas? ¿Con una mesilla en medio?

–Hay una cama doble, comodísima. Nadie se ha quejado nunca de que resulte difícil dormir en ella. Uno de los príncipes más ancianos del país, ya fallecido, durmió en ella en numerosas ocasiones, y jamás se quejó. Pese a que soy monárquico, he de admitir que nuestros huéspedes de la realeza a veces pueden ser extremadamente exigentes. Tanto la generación de más edad como la más joven.

–¿Puede dividirse la cama?

–No, salvo con una sierra.

Salí y le expliqué a Harriet la situación. Una habitación y una cama doble. Podíamos seguir nuestro camino y buscar en otro lugar.

–¿Hay comida? –preguntó Harriet–. Yo puedo dormir en cualquier sitio.

Volví, pues, a la hospedería. La melodía que el hombre intentaba interpretar al piano me resultaba familiar. Me sonaba a alguna canción que había sido muy popular en mi juventud. Harriet seguro que sabía cuál era.

Pregunté si servían cenas.

–Tenemos una degustación de vinos que les recomiendo.

–¿Eso es todo?

–¿No es suficiente?

La respuesta dejó traslucir su displicencia.

–Nos quedamos con la habitación –le dije–. Nos quedamos con la habitación y nos encantará disfrutar de la degustación.

Volví a salir y le ayudé a Harriet a salir del asiento. Noté que aún sufría dolores. Caminamos despacio por la nieve, subimos por la rampa para las sillas de ruedas y entramos en el cálido ambiente. El hombre estaba otra vez sentado al piano.

–*Non ho l'età* –dijo Harriet–. Nosotros la bailábamos. ¿Recuerdas quién la cantaba? Gigliola Cinquetti. Ganó el festival de Eurovisión en 1963 o 1964.

Lo recordaba. Al menos, me empeñé en que así era. Después de todos aquellos años de soledad en la isla de mis abuelos, ya no confiaba en mi memoria.

–Bajaré a formalizar el registro más tarde –le dije–. Primero, vamos a la habitación.

El hombre tomó una llave y nos condujo por un largo pasillo que desembocaba en una única puerta con el número incrustado en la oscura madera. Ocuparíamos la habitación número tres. Abrió con la llave y encendió la luz. Era amplia y muy hermosa. Pero la cama doble era más pequeña de lo que yo había imaginado.

–La cocina cierra dentro de una hora.

El hombre se marchó y Harriet se dejó caer pesadamente y se sentó en el borde de la cama. De pronto, la situación se me antojó irreal. ¿En qué me había metido? ¿Iba a compartir la cama con Harriet después de tanto tiempo? ¿Por qué lo consentía ella?

–Seguro que hay algún sofá en el que yo pueda dormir –le dije.

–A mí me da igual –aseguró Harriet–. Nunca me has dado miedo. Y yo, ¿te doy miedo a ti? ¿Temes que te aseste un hachazo mientras duermes? Necesito estar a solas un momento. Me gustaría comer dentro de media hora. Y no te preocupes. Pagaré mi parte.

Fui a la recepción, donde el hombre seguía al piano, y formalicé el registro. Desde la parte del comedor que estaba separada por una puerta corredera se oía el murmullo del grupo que le daba la bienvenida a su pariente americano. Entré en una de las salas y me senté a esperar. Había sido un día muy largo. Me sentía inquieto. Los días siempre transcurrían lentos en la isla. Ahora me sentía como atacado por unas fuerzas de las que no me veía capaz de defenderme.

Por la puerta entreabierta vi que Harriet se acercaba por el pasillo apoyada en su andador. Era como si viniese remando a bordo de una extraña embarcación. Avanzaba con paso vacilante. ¿Habría vuelto a beber? Entramos en el comedor. La mayoría de las mesas estaban vacías. Una solícita camarera de piernas hinchadas y doloridas nos asignó una mesa en un rincón. Tal y como mi padre me había enseñado, comprobé si los zapatos que llevaba la camarera eran buenos y adecuados. Y lo eran, pero estaban sucios. A diferencia de lo que había sucedido la vez anterior que nos detuvimos a comer, en esta ocasión Harriet sí tenía hambre. Yo, en cambio, no. Pero bebí ansioso los vinos que nos iba ofreciendo un joven escuálido con el rostro sembrado de acné. Harriet le hizo algunas preguntas, pero yo me limité a apurar lo que me servían. Eran vinos australianos y algunos de Sudáfrica. Pero ¿qué importancia tenía eso? En aquel momento, lo único que me interesaba era el vértigo.

Brindamos y noté que Harriet se emborrachaba enseguida. No era sólo yo quien bebía demasiado. ¿Cuándo fue la última vez que me emborraché hasta el punto de no poder controlar mis movimientos? En contadas ocasiones, cuando la melancolía se adueñaba de mí en la isla, me sentaba a beber en la cocina. Siempre acababa echando a la calle al perro y al gato y durmiéndome vestido en la cama sin deshacer. Durante los seis meses de invierno apenas me sucedía. Eran más bien las claras tardes de primavera o de principios de otoño; entonces la angustia hacía su aparición y yo sacaba algunas de las botellas que siempre tenía a mano. A través de Jansson, podía hacer pedidos al Systemet,* pero a mí no se me había pasado por la cabeza permitirle que conociese mis hábitos de bebida. Yo compraba mis botellas personalmente.

El comedor cerró. Nosotros fuimos los últimos comensales. Habíamos comido y bebido y, como por un acuerdo tácito, no abordamos en la conversación ni nuestras vidas ni adónde nos dirigíamos. Ni siquiera hablamos de Sara Larsson y su perro. Anoté la cena en la cuenta de la habitación, pese a las protestas de Harriet. Después, nos marchamos con paso indeciso. De algún modo que se me escapaba, Harriet parecía poder tropezar con el andador. Abrí la puerta y le dije que saldría a dar un paseo. Ni que decir tiene que no era cierto, pero no quería que Harriet se sintiese incómoda quedándome allí mientras ella se metía en la cama. Supongo que así también me evitaría a mí mismo esa incomodidad.

Me senté en una sala de lectura llena de estanterías con libros y revistas antiguos. La sala estaba vacía. El hombre del piano había desaparecido. Y no sabía dónde se habría metido el gran grupo de huéspedes. Agucé el oído,

* *Systemet*, o *Systembolaget*, únicos comercios con autorización estatal para la venta de bebidas alcohólicas en Suecia. *(N. de la T.)*

pero no se oía nada. El sueño me sobrevino, como si se hubiese arrojado sobre mí. Cuando desperté, no sabía dónde me encontraba. Miré el reloj y comprobé que había estado durmiendo casi una hora. Me levanté, me tambaleé por los efectos de tanto vino y regresé a la habitación. Harriet estaba dormida. Había dejado encendida la lámpara de mi mesilla. Me desvestí despacio, me lavé un poco y me acurruqué en la cama. Intenté averiguar, por el ruido de su respiración, si Harriet dormía o sólo fingía dormir. Estaba tumbada de lado. Me sentí tentado de acariciarle la espalda. Llevaba un camisón de color azul claro. Apagué la luz y me quedé a oscuras, escuchando su respiración. Había en mí un núcleo de desasosiego. Sin embargo, también había otro sentimiento que llevaba tiempo añorando. La sensación de no estar solo. Así de sencillo. La soledad, ahuyentada por un instante.

Debí de dormirme. Me desperté por los gritos de Harriet. Medio dormido, logré encender la lámpara de la mesilla. Estaba sentada en la cama y gritaba de dolor y desesperación. Cuando intenté tocarle el hombro, me golpeó con fuerza en la cara.

Empecé a sangrar por la nariz.

Ya no dormimos más aquella noche.

7

El alba surgió como un humo gris sobre el lago nevado.

Yo estaba junto a la ventana pensando que había visto a mi padre en aquella misma postura. Claro que yo no estoy tan obeso como él, aunque mi estómago también ha empezado a sobresalir. Pero ¿quién me veía a mí junto a la ventana? Nadie, salvo Harriet, que se había sentado en la cama tras acomodar los almohadones a su espalda.

Pensé en lo que había sucedido después de que sus gritos me despertasen y ella me atizase con el puño en la nariz.

Podría decirse que yo era un hombre medio desnudo en un paisaje invernal.

Reflexioné sobre si debía bajar hasta el lago helado y cavar un agujero. Añoraba el dolor de exponerme al agua gélida. Pero sabía que no lo haría. Me quedaría en la habitación, con Harriet. Debíamos vestirnos, desayunar y proseguir el viaje.

Pensé en el sueño que habría despertado a Harriet entre gritos. Lo que me contó parecía bastante confuso en un principio. Se diría que rebuscaba el sueño en su memoria y que no encontraba más que fragmentos. Alguien le había clavado clavos en el cuerpo, porque ella se había negado a cederlo. Alguien que se había empeñado en arrancarle las costillas. Ella se había opuesto, se hallaba en una habitación o tal vez en un paraje natural, y estaba rodeada de personas cuyos rostros no reconocía. Sus voces se asemejaban a gritos de aves amenazantes.

Finalmente gritó de verdad y me despertó. Al intentar tocarla y tranquilizarla, o tal vez tranquilizarme a mí mismo, aún se encontraba en la zona fronteriza del sueño y la vigilia, donde cuesta saber quién resulta vencedor, si el sueño o la realidad. De ahí que me golpease; en realidad, estaba defendiéndose de los seres sin contorno que querían arrancarle el pecho. Me propinó un buen golpe que me recordó al dolor que sentí el día en que me golpearon y me robaron en Roma.

En esta ocasión, no obstante, no llegó a rompérseme el tabique nasal.

Me puse papel higiénico en la nariz, me apliqué en el cuello una toalla empapada en agua muy fría y, tras un instante, noté que dejaba de sangrar. Harriet dio unos golpecitos en la puerta del baño y me preguntó si podía hacer algo por mí. Yo quería que me dejara en paz, así que le dije que no. Cuando salí del baño con las bolitas de papel en la nariz, Harriet ya había vuelto a la cama. Se había quitado el camisón y lo había dejado en el cabecero. Clavó en mí su mirada.

–No era mi intención pegarte.

–Por supuesto que no. Estabas soñando.

–Alguien me arrancaba el cuerpo a trozos. Mi lado de la cama está empapado en sudor. Por eso me he quitado el camisón.

Me senté en una de las sillas que había junto a la gran ventana que daba al lago. Fuera, aún estaba oscuro. En la distancia se oían los ladridos de un perro.

Ladridos aislados, como frases entrecortadas. O como cuando uno habla sin que lo escuche nadie.

Harriet me contó su sueño.

La miraba pensando que era la misma que yo había conocido y amado. Pese a lo mucho que había cambiado. Me pregunté qué me movía a pensar en aquellos términos. Al final comprendí que su voz no había cambiado en absoluto en los años transcurridos. En muchas ocasiones le había dicho que siempre se las arreglaría trabajando como telefonista. Por teléfono tenía la voz más bonita que jamás había oído.

–Una caballería hostil esperaba en el bosque –explicó–. De repente, avanzaron y atacaron sin darme la menor oportunidad de defenderme. Pero ya pasó. Además, sé bien que ciertas pesadillas nunca se repiten. Cuando nos sobrevienen, se vacían de toda su fuerza y dejan de existir.

–Sé que estás muy enferma –confesé.

No había planeado en absoluto decírselo. Simplemente, las palabras surgieron de mi boca. Harriet me miró inquisitiva.

–Había una carta en tu bolso. Estaba buscando una explicación a tu desmayo en el hielo. Encontré el papel y lo leí.

–¿Por qué no me lo dijiste antes?

–Me avergonzaba de haber curioseado en tu bolso. Si alguien me hiciese a mí algo parecido, me pondría furioso.

–A ti siempre te ha gustado husmear. Siempre has sido así.

–Eso no es cierto.

–Lo es. Ninguno de los dos tiene ya fuerzas para mentir. ¿No crees?

Me sonrojé. Harriet tenía razón. Siempre había fisgoneado en las pertenencias ajenas. Incluso he llegado a abrir cartas de otros y, tras haberlas leído, he vuelto a pegar el sobre. Mi madre tenía una colección de cartas cuando era joven, en las que se confiaba a una amiga. Decía que, cuando muriese, debíamos quemar esas cartas juntas, atadas con un lazo, como ella las dejó. Y lo hice, pero después de haberlas leído. Fisgaba en los diarios de mis novias y en sus cajones, y era capaz de trastear en los escritorios de mis colegas. Hubo pacientes en cuyas carteras indagué a conciencia. Nunca me llevé dinero. Eso no me interesaba. Tan sólo los secretos. Los puntos débiles de las personas. Saber lo que nadie más sabía.

Harriet fue la única que me descubrió.

Fue un día en casa de su madre. Me dejaron solo un instante y empecé a revisar un escritorio, cuando Harriet entró en la habitación sin hacer ruido y me preguntó qué estaba haciendo. Ella ya se había dado cuenta de que yo le registraba el bolso. Fue uno de los peores momentos de mi vida. No recuerdo qué contesté. Jamás volvimos a hablar del asunto. Pero tampoco volví a husmear en sus cosas. Sin embargo, sí seguí investigando las vidas de amigos y colegas. Y ahora, ella me hizo recordar qué tipo de persona era yo.

Alisó la colcha y me invitó con un gesto a sentarme a su lado. La idea de que estuviese desnuda bajo las sábanas me excitó de repente. Obedecí y posé la mano sobre su brazo. Harriet tenía una serie de lunares. Los recordaba. «Todo es lo mismo», me dije. «Tras todo el tiempo pasado somos, en realidad, los mismos que en el punto de partida.»

–No quería contártelo –admitió ella–. Podías creer que ésa era la razón por la que había venido a verte, en busca de una ayuda que no existe.

–No hay que perder nunca la esperanza.

–Ni tú ni yo creemos en los milagros. Si suceden, suceden. Pero creer en ellos, esperarlos, no es más que un modo de perder el tiempo que nos toca. Puede que viva un año, puede que medio. De todos modos, creo que me arreglaré unos meses más con el andador y los analgésicos. Pero no me digas que no hay que perder la esperanza.

–Se hacen progresos continuamente. A veces ocurre con una rapidez sorprendente.

Harriet se incorporó un poco más, apoyada en los almohadones.

–¿Tú crees lo que me estás diciendo?

No respondí. Recordé que alguien me había dicho en una ocasión que la vida era como la relación que tienen las personas con sus zapatos. Uno no podía esperar ni creer que se adaptaban al pie. El que los zapatos apretasen era algo que pertenecía a la realidad.

–Quisiera pedirte algo –declaró Harriet de repente, rompiendo a reír–. ¿No podrías quitarte esas bolitas de papel de la nariz?

–¿Era eso lo que querías pedirme?

–No.

Fui al cuarto de baño y retiré el papel empapado. Había dejado de sangrar. Me dolía la nariz y vi que se me inflamaría y que me saldría un moretón. Fuera seguía oyéndose el mismo ladrido solitario e inopinado del perro.

Volví y me senté de nuevo en el borde de la cama.

–Quiero que te acuestes aquí a mi lado, sólo eso.

Hice lo que me pedía. Despedía un olor intenso. A través de las sábanas sentía el contorno de su cuerpo. Yo estaba tumbado a su izquierda, como siempre. Harriet extendió el brazo y apagó la lámpara. Eran entre las cuatro y las cinco. A través de la cortina se filtraba la débil luz de una farola solitaria que se alzaba junto a una fuente del jardín.

–Tengo verdaderos deseos de ver la laguna que me diste –confesó–. Nunca me regalaste ningún anillo. Y tampoco creo que lo hubiese querido. Pero me diste la laguna. Y quiero verla antes de morir.

–Tú no vas a morir.

–Por supuesto que voy a morir. Llega un momento en que a uno ya no le quedan fuerzas para negar lo que se avecina. El hombre es un ser que tiene la muerte como único acompañante seguro durante toda la vida. Incluso los locos suelen presentir cuándo ha llegado la hora. –Harriet guardó silencio. El dolor cedía y se intensificaba continuamente–. A menudo me he preguntado por qué nunca me dijiste nada –prosiguió al cabo de un rato–. Comprendo que encontrases a otra o, simplemente, que ya no quisieras más. Pero ¿por qué no me lo dijiste?

–No lo sé.

–Claro que lo sabes. Tú siempre sabías lo que hacías, incluso cuando asegurabas lo contrario. ¿Por qué te escondiste? ¿Dónde estabas mientras yo te esperaba en el aeropuerto? Permanecí allí durante horas. Aunque al final, el único avión que quedaba era un chárter que partía con retraso a Tenerife. Después pensé que tal vez te hubieses escondido detrás de una columna, que me estarías observando desde allí. Y riéndote.

–¿Por qué crees que iba a reírme? Yo ya me había marchado.

Ella reflexionó un instante antes de responder.

–¿Que ya te habías marchado?

–A la misma hora, en el mismo avión, pero el día anterior.

–¿Lo tenías planeado?

–No sabía si podría tomar el avión. Pero me fui al aeropuerto. Y resultó que un pasajero no se presentó, así que pude cambiar mi vuelo.

–No te creo.

–Te aseguro que así pasó.

–Sé que no. Tú no eras así. Tú no hacías nada sin haberte preparado antes. Solías decir que un cirujano no podía permitirse aprovechar una ocasión. Solías decir que eras cirujano hasta la médula. Sé que lo habías planeado. ¿Cómo osas pedirme que crea algo que no es más que una mentira? Eres el mismo de entonces. Te pasas la vida mintiendo. Me di cuenta demasiado tarde.

Harriet había empezado a hablar con voz chillona, a gritar. Intenté calmarla, le pedí que pensara en las personas que dormían en la habitación contigua.

–No me importan lo más mínimo. Dime cómo es posible que alguien actúe igual que tú en aquella ocasión.

–Ya te he dicho que no lo sé.

–¿Les has hecho lo mismo a otras mujeres? ¿Las has atrapado en tus redes para luego dejarlas sin más?

–No te entiendo.

–¿No tienes nada más que decir?

–Estoy intentando ser honrado.

–Mientes. No hay ni una palabra de verdad en lo que dices. ¿Cómo te soportas a ti mismo?

–No tengo nada más que decir.

–Me pregunto qué estará pasándote por la cabeza.

De improviso, me dio un golpecito en la frente con el dedo.

–¿Qué tienes ahí dentro? ¿Nada? ¿Sólo sombras? –Después se tumbó dándome la espalda. Yo tenía la esperanza de que se le hubiese pasado–. ¿De verdad que no tienes nada que decir? ¿Ni siquiera «perdón»?

–Perdón.

–Si no estuviese tan enferma, te golpearía. Y no volvería a dejarte en paz nunca más. Casi conseguiste arruinarme la vida. Y lo único que quisiera es que pudieses decir algo que me ayudase a comprender.

No respondí. Tal vez algo la hubiese aliviado. Las mentiras siempre son como lastres, aunque al principio parezcan ingrávidas. Harriet se tapó hasta la barbilla.

–¿Tienes frío? –pregunté tímidamente.

Ella contestó con calma manifiesta.

–Yo no he tenido frío en toda mi vida. He buscado el calor en los desiertos y en los países tropicales. Pero siempre he llevado dentro de mí un pequeño témpano de hielo. La gente siempre arrastra algo. Dolor los unos, desasosiego otros. Yo arrastro un témpano. Tú ese hormiguero que tienes en la sala de estar de tu vieja casa de pescadores.

–Nunca utilizo esa habitación. En invierno allí no pongo la calefacción. En verano la aireo un poco, nada más. Tanto mi abuelo como mi abuela murieron en esa habitación. En cuanto entro en ella casi puedo oír la respiración y sentir el olor de ambos. En una ocasión descubrí que había hormigas dentro. Cuando abrí la puerta varios meses después, vi que habían empezado a construir un hormiguero. Y las dejé hacer.

Harriet se dio la vuelta.

–¿Qué fue lo que pasó? Te pregunto con toda sinceridad. ¿Por qué te mudaste allí? Por lo que me dijo el hombre que me llevó hasta tu casa, llevas viviendo en esa casa cerca de veinte años.

–Jansson es un canalla. Siempre exagera. Llevo doce años en la isla.

–¿Un médico que se jubila a los cincuenta y cuatro?

–No quiero hablar de eso. Pasó algo...

–A mí me lo puedes contar.

–No quiero.

–Si me voy a morir muy pronto.

Entonces fui yo quien le dio la espalda pensando que no debía haber accedido. No era la laguna lo que le interesaba. Era yo.

No logré concluir aquel razonamiento.

Sentí que se me acercaba y se apretaba contra mí. El calor de su cuerpo me envolvió al punto y llenó lo que yo llevaba años sufriendo como un absurdo recipiente. Así dormíamos siempre. Yo la transportaba hasta el sueño sobre mi espalda. Durante un instante, pensé que siempre habíamos estado así, durante casi cuarenta años, un extraño sueño del que ambos empezábamos a despertar en aquel momento.

–¿Qué te ocurrió, dime? Ahora ya puedes contármelo –me animó Harriet.

–Cometí un error fatal durante una operación. Después insistí en que yo no tenía ninguna responsabilidad en lo ocurrido. Me condenaron. No en un juicio, pero sí las autoridades sanitarias. Me dieron un aviso que no pude sobrellevar. No soporto la idea de contarte más, por ahora. Deja de preguntar.

–Pues mejor háblame de la laguna –susurró ella.

–Es negra, dicen que no tiene fondo, sin playa. Un insignificante pariente pobre de todos los hermosos lagos de aguas claras. Al verla, cuesta creer que exista, que no sea sólo una gota de tinta de la naturaleza que se haya derramado por error. En una ocasión, cuando yo era pequeño, vi a mi padre nadar en ella. Ya te lo conté. Pero nunca te dije que, en aquella ocasión, comprendí lo que era la vida. La gente se une para separarse, nada más.

–¿Hay peces en esa laguna?

–No lo sé. Pero si los hay, deben de ser completamente negros. Incluso invisibles, porque tampoco se los podrá distinguir de las aguas. Peces negros, ranas negras, arañas negras. Y en el fondo, si es que lo hay, una anguila solitaria que se mueve despacio entre dunas.

Harriet se pegó a mí con más fuerza. Pensé que estaba moribunda, que su calor no tardaría en empezar a transformarse en un frío incipiente. ¿Qué era lo que me había dicho? ¿Que llevaba un témpano en su corazón? De modo que para ella la muerte era hielo y sólo eso. La muerte nunca es igual para todos, la sombra que nos sigue se nos presenta a cada uno de modo distinto. Yo quería darme la vuelta y abrazarla tan fuerte como pudiese. Pero algo me lo impedía. Tal vez aún temía lo que en su día me hizo abandonarla. Demasiada cercanía, sentimientos a los que no era capaz de enfrentarme.

No lo sabía. Pero tal vez ahora sí quisiera saberlo.

Debí de quedarme dormido un rato. Me desperté al notar que ella se había sentado en el borde de la cama. Vi con horror cómo se arrodillaba y se arrastraba hacia la puerta del baño. Estaba desnuda, los pechos caídos y el cuerpo más viejo de lo que yo me había figurado. Ignoro si iba gateando hacia el baño porque estaba demasiado cansada para caminar o si no quería despertarme con el chirrido del andador. Se me llenaron los ojos de lágrimas y, cuando ella cerró la puerta del baño, tenía la vista nublada. Ya había conseguido ponerse de pie cuando salió del baño. Pero le temblaban las piernas. Y volvió a tumbarse muy pegada a mí.

–No puedo dormir –le dije–. No sé qué me pasa.

–Que recibiste una visita inesperada en la isla. Una vieja vino desde el pasado, caminando sobre el hielo. Y ahora vas camino de cumplir una promesa.

Noté que olía a alcohol. ¿Tendría una botella escondida en la bolsa de aseo?

–La mayoría de las medicinas no deben mezclarse con el alcohol –le advertí.

–Si me viese obligada a elegir, optaría por esos tragos que me tomo de vez en cuando.

–Te escondes para beber.

–Comprenderás que me he dado cuenta de que tú has notado que huelo a alcohol. Pero, de todos modos, a mí me gusta fingir que lo hago a escondidas.

–¿Qué es lo que bebes?

–Aguardiente sueco normal y corriente. Mañana tendrás que parar en un Systembolaget. Ya casi no me queda nada del que me había traído.

Nos quedamos allí tumbados, esperando el amanecer.

Harriet daba una cabezada de vez en cuando. El perro que había oído ladrar por la noche guardó silencio. Una vez más, me levanté para colocarme junto a la ventana. Pensé que me había transformado en mi propio padre. Desde una distancia de cincuenta y cinco años, fuimos acercándonos hasta convertirnos en una única persona.

Descubrí su soledad junto a la laguna. Ahora comprendía que aquella soledad también era mía.

Y eso me aterrorizó. No quería esa soledad.

No quería ser aquel hombre que se bañaba en un agujero en el hielo, en las gélidas aguas del mar, para sentirse vivo.

8

Dejamos la hospedería poco antes de las nueve.

La bruma se desgajaba ante nosotros aquella mañana, estábamos a pocos grados de temperatura y soplaba una suave brisa. El hombre del piano no había vuelto. Y en la recepción había ahora una joven. Nos preguntó si habíamos dormido bien y si estábamos satisfechos. Harriet se había quedado a unos metros de mí, con el andador.

–Hemos dormido de maravilla –mintió–. La cama era grande y cómoda.

Pagué la cuenta y le pregunté si tenían algún mapa. La joven se marchó para regresar tras unos minutos con un librito lleno de mapas.

–Es gratis –explicó–. Un huésped que venía de Lund y pasó aquí una noche hace un par de semanas se lo dejó olvidado.

Nos marchamos de allí y nos adentramos en la bruma.

Era como si nos encontrásemos en un país sin caminos. Conducíamos despacio, pues la niebla era muy espesa. Pensé en todas las ocasiones en que, cerca de mi isla, había remado en un cinturón de densa bruma. Cuando los bancos de niebla venían como rodando desde alta mar, yo detenía los remos y, a veces, me dejaba envolver por toda aquella blancura. Siempre me había parecido una extraña mezcla de seguridad y amenaza. Sentada en el banco que había junto al manzano, mi abuela me hablaba de la gente que se había perdido remando en la niebla. Aseguraba que había en ella un agujero que te absorbía y del que jamás podías regresar.

De vez en cuando surgía la luz de unos faros, divisábamos un coche o un camión antes de quedarnos solos de nuevo.

En uno de los pueblos por los que pasamos había un Systembolaget y entré a comprar lo que Harriet me pidió. Insistió en pagar ella. Vodka, aguardiente, coñac, todo ello en botellas de medio litro.

La niebla empezó a despejarse despacio. Sentía la nieve en el ambiente.

Harriet se tomó un trago de una de las botellas antes de que me hubiese dado tiempo de arrancar el motor. No dije nada, pues nada había que decir.

De repente, recordé.

Aftonlöten.* Recordé el nombre del monte que se alzaba cerca de la laguna donde había visto nadar a mi padre como una morsa feliz.

Aftonlöten.

Recuerdo que le pregunté qué significaba. Él no lo sabía. O al menos no me dio ninguna respuesta.

Aftonlöten.

Sonaba como una palabra tomada de una vieja canción pastoril. Un pequeño monte de poco más de seiscientos metros de altura situado entre Ytterhogdal, Linsjön y Älvros.

* Pastoreo vespertino. El segundo miembro de la composición, *löten*, es sueco arcaizante, sólo dialectal, y significa terreno para el pastoreo, vega. *(N. de la T.)*

Aftonlöten. No le dije nada a Harriet, puesto que aún no estaba seguro de poder localizar la laguna.

Le pregunté cómo se encontraba. Ella no respondió hasta casi cinco kilómetros más tarde. La escasez de palabras y la distancia van juntas. Es más fácil mantenerse callado cuando nos queda un largo camino.

Me dijo que no le dolía. Puesto que no era cierto, no me molesté en volver a preguntar.

Nos detuvimos a comer cerca de la frontera con Härjedalen. En el aparcamiento había un coche solitario. Había algo en aquel lugar que me desconcertaba, sin que yo supiese decir qué exactamente. En el interior de la vieja casa de vigas de madera ardía un fuego. Olía a jugo de arándano. Un olor que yo reconocía de mi niñez. Creía que el jugo de arándano ya ni existía casi. Pero aquí lo servían.

Nos sentamos en el comedor, cuyas paredes estaban formadas de troncos de madera adornadas con cornamentas de alce y pájaros disecados que nos observaban. En una estantería había un cráneo. No pude evitar empeñarme en averiguar de qué era. Me llevó un buen rato descubrir que era el cráneo de un oso. La camarera, que nos recitó los platos entre los que podíamos elegir, entró y me vio con el cráneo en la mano.

–Murió por causas naturales –explicó–. Pero mi marido quería que dijera que él lo había cazado. Ahora que está muerto, puedo decir la verdad. Lo encontramos muerto. Junto a Risvattnet. Un oso viejo que se tumbó a morir junto a unos abetos caídos.

De repente, supe que ya había estado en aquel lugar. Durante aquel viaje que hice con mi padre. Tal vez fuese el aroma a jugo de arándano lo que me hizo evocar el recuerdo. Yo ya había estado en aquel comedor, con mi padre, cuando era muy pequeño y comimos y yo bebí jugo de arándano.

Esos pájaros disecados, ¿colgaban ya entonces de las paredes y miraban a los comensales con sus pétreos ojos? No lo recordaba. Pero sabía que ya había estado allí. Podía ver a mi padre limpiarse la boca con la servilleta, mirar el reloj y decirme después que me apresurase a terminar de comer. Que aún nos quedaba mucho trecho por recorrer.

En la pared que había junto a la chimenea y el fuego había un mapa. Allí estaban Aftonlöten, Linsjön y un monte que no recordaba.

Se llamaba Fnussjen.

Un nombre incomprensible, como un chiste. Un chiste de quinientos metros de altura recubierto de boscaje. A diferencia de Aftonlöten, que era un nombre serio y hermoso a la vez.

Comimos guiso de vaca. Yo terminé antes que Harriet y me senté ante el fuego a esperarla.

Cuando se levantó de la mesa, vi que le costaba cruzar el umbral con el andador, así que me levanté para prestarle ayuda.

–Puedo sola.

Su voz sonó como un repentino rugido.

Caminamos despacio sobre la nieve de regreso al coche. «Jamás vivimos juntos», pensé. «No obstante, todos aquellos que ahora nos ven nos toman por un viejo matrimonio que se profesa una paciencia infinita.»

–No tengo fuerzas para seguir hoy –confesó Harriet una vez en el coche.

Vi el sudor que había aflorado a su frente por el esfuerzo. Tenía los ojos entrecerrados, como si estuviese a punto de dormirse. «Se va a morir», pensé. «Se va a morir aquí en el coche.» Yo siempre me he preguntado en qué instante me iba a morir. En mi cama, en una calle, en una tienda o en el muelle de mi isla, mientras espero a Jansson. Pero jamás me imaginé muriendo en un coche.

–Necesito descansar –me dijo–. De lo contrario, no sé qué pasará.

–Debes decirme lo que puedes hacer y lo que no.

–Pues eso es lo que estoy haciendo. Mañana dedicaremos el día a la laguna. Hoy no.

Encontré una pequeña pensión en el siguiente pueblo. Un edificio amarillo situado detrás de la iglesia donde nos recibió una mujer muy solícita. Al ver el andador, nos dio una amplia habitación de la planta baja. En realidad, a mí me habría gustado tener mi propia habitación, pero no se me ocurrió decir nada. Harriet se echó a descansar. Yo hojeé un montón de revistas viejas que había en una mesa, antes de caer vencido por el sueño. Unas horas más tarde fui a comprar una pizza en un establecimiento desierto donde vi sentado a un hombre de edad que, en compañía de su perro, murmuraba para sus adentros.

Comimos sentados en la cama. Harriet estaba muy cansada. Después de comer volvió a echarse. Le pregunté si quería que hablásemos, pero ella negó con un gesto.

Salí para pasear en el ocaso por el pequeño pueblo lleno de comercios vacíos. En los escaparates habían fijado carteles con los números de teléfono a los que debían llamar quienes quisieran alquilar algo allí. Era como un grito de socorro, un pequeño pueblo sueco a punto de naufragar. La isla de mis abuelos formaba parte de ese inmenso archipiélago sueco abandonado, que nadie necesitaba y que no sólo se componía de las islas que salpicaban nuestras largas costas, sino también de todos esos pueblos diminutos establecidos en los bosques y en el interior. No había en ellos muelles desde los que bajar a tierra, ni iracundos hidrocópteros que levantasen la nieve con sus hélices al acercarse para traer el correo y la publicidad. Pese a todo, caminar por aquellas calles desiertas le infundía a uno la sensación de ir paseando por un islote remoto. La luz azul del televisor se filtraba por las ventanas incidiendo sobre la nieve; a veces también se filtraba el sonido, de cada ventana un fragmento de distintos programas televisivos. Así me imaginaba la soledad, la gente viendo el mismo programa sólo de forma excepcional. Por las noches, varias generaciones, las familias, se enterraban en los diversos mundos que les arrojaban desde diversos satélites.

Antes, al menos, los programas de los que se hablaba eran los mismos. ¿De qué hablaba la gente ahora?

Me detuve junto a lo que había sido la estación de ferrocarril y me enrollé bien la bufanda. Hacía frío y, además, había empezado a soplar el viento. Caminé por el andén solitario. En un apartadero cubierto de nieve había un solitario vagón de mercancías, como un toro abandonado en su establo. A la débil luz de una única farola intenté leer el viejo horario que había fijado a la pared de la estación, tras un cristal destrozado. Miré mi reloj. Dentro de unos minutos habría pasado un tren con destino al sur. Esperé pensando que no sería nada extraordinario que un tren fantasma apareciese en la oscuridad para después esfumarse hacia el puente que se extendía sobre el río helado.

Pero no llegó ningún tren. No llegó nada. Si hubiese tenido algo de heno, lo habría amontonado junto al solitario vagón. Seguí caminando. El cielo estaba totalmente despejado. Intenté detectar algún movimiento allá arriba, una estrella fugaz, un satélite, tal vez un susurro de alguno de los dioses que dicen habitan el firmamento. Pero nada. El cielo nocturno estaba mudo. Continué hacia el puente que cruzaba las heladas aguas del río. Incrustado en el hielo, sobresalía un madero. Un punto negro en medio de tanta blancura. De repente, no pude recordar el nombre del río. Creía que era Ljusnan, pero no estaba seguro.

Permanecí largo rato en el puente. De pronto, sentí como si ya no estuviese solo bajo la alta armazón de hierro. Había otras personas y comprendí que eran yo mismo. A todas mis edades, desde el niño que corría jugando en la isla de mis abuelos hasta el joven que, muchos años después, abandonó a Harriet y, finalmente, el que era ahora. Por un instante osé verme a mí mismo, tal y como había sido y tal y como había llegado a ser.

Busqué, entre las figuras que me rodeaban, alguna que fuese diferente, que contuviese la persona en quien podría haberme convertido, pero no la hallé. Ni siquiera hallé al hombre que, como su padre, se hubiese dedicado a ser camarero en distintos restaurantes.

Ignoro cuánto tiempo me quedé en el puente. Cuando regresé a la pensión, las figuras que me rodeaban habían desaparecido.

Me tumbé en la cama, rocé el brazo de Harriet y me dormí.

Aquella noche soñé que trepaba por las barandillas de hierro del puente. Me colocaba sobre el punto más alto de la enorme armazón y sabía que, muy pronto, me precipitaría contra el hielo.

Cuando, al día siguiente, comenzamos a buscar el camino correcto, nevaba levemente. No recordaba en absoluto cómo era aquel camino. No había nada en aquel paisaje uniforme que le indicase la dirección a mi memoria. Lo único que sabía era que nos encontrábamos cerca. En algún lugar, en medio del triángulo formado por Aftonlöten, Ytterhogdal y Fnussjen se extendía la laguna que buscábamos.

Harriet parecía encontrarse algo mejor aquella mañana. Cuando desperté, ella ya se había levantado y estaba vestida. Desayunamos en un pequeño comedor donde no había más huéspedes que nosotros. También Harriet había tenido un sueño durante la noche. Un sueño que trataba sobre nosotros, en el que evocaba una excursión que hicimos una vez a una isla del Mälaren. Yo no tenía más que un recuerdo difuso de aquello.

Pero asentí cuando Harriet me preguntó si me acordaba. Claro que sí lo recordaba. Yo recordaba todo lo que nos había sucedido a los dos.

Los montículos de nieve se alzaban enormes, había pocas salidas y, muchas de ellas, estaban llenas de nieve. De repente, recordé algo de mi juventud. Los caminos de los madereros. O más bien la sensación de uno de ellos.

Pasé un verano en casa de uno de los parientes que mi padre tenía en Jämtland. Mi abuela estaba enferma y aquel verano no podía irme a la isla. Hice un amigo, un niño de mi edad, cuyo padre era jurista. Juntos descendimos al mundo de los juicios imaginarios y estrechamos nuestra relación entre informes judiciales e investigaciones policiales. Lo que buscábamos eran los casos de paternidad dudosa, y todos los sorprendentes y atractivos detalles que contenían acerca de lo acontecido en los asientos traseros de los coches durante las noches de los sábados. Esos coches siempre se detenían en caminos de madereros. Daba la sensación de que no existiese por allí ninguna persona que no hubiese sido concebida en el asiento trasero de un coche. Devorábamos las declaraciones de los jóvenes citados a juicio que, a regañadientes y sin profusión de detalles, intentaban explicar lo que había sucedido o dejado de suceder en determinado camino de madereros. En esas declaraciones siempre nevaba, nunca podía recurrirse a verdades sencillas y claras, todo resultaba muy dudoso, pues los jóvenes se declaraban inocentes, mientras que las muchachas juraban y perjuraban que había sido él y ningún otro, aquel asiento trasero y ningún otro, aquel camino de madereros y ningún otro. Disfrutábamos de los detalles secretos y creo que, hasta que nos tocó vivir la realidad, estuvimos soñando con estar un día cerca de una mujer en el asiento trasero de un coche aparcado en algún camino de madereros cubierto por la nieve.

Así era la vida. Nuestros sueños se desarrollaban siempre en un camino de madereros.

Sin saber por qué, empecé a contárselo a Harriet. Empecé a tomar todos los desvíos que encontrábamos.

–Yo no pienso contarte ninguna de mis experiencias en los asientos traseros de los coches –advirtió ella–. No lo hice mientras estábamos juntos y tampoco lo haré ahora. Siempre hay un toque de humillación en las vidas de todas las mujeres. Para muchas de nosotras, lo peor es lo que nos pasó cuando éramos muy jóvenes.

–Cuando yo era médico, hablaba de vez en cuando con mis colegas sobre la cantidad de gente que ignora quién es su verdadero padre. Muchos negaban su paternidad, otros asumían responsabilidades que no les correspondían. Ni siquiera las madres tenían siempre la certeza de quién era el padre de su hijo.

–Lo único que recuerdo de aquellos primeros y desesperados intentos eróticos era el olor tan extraño que yo despedía. Y el del chico que tuviese encima. Eso es cuanto recuerdo: la acuciante excitación y un montón de olores extraños.

De improviso, como un monstruo gigantesco, apareció ante nosotros una taladora en medio del camino. Frené de golpe y el coche patinó hasta encajarse en un montón de nieve. El hombre que conducía el monstruo bajó de la cabina y me ayudó empujando mientras yo daba marcha atrás. Finalmente y con bastante esfuerzo, logramos sacar el coche. Me apeé. El hombre tenía restos de tabaco de mascar en la comisura de los labios. En cierto modo, se parecía a la máquina gigantesca que conducía, con sus garras y sus brazos elevadores.

–¿Te has perdido? –preguntó.

–Estoy buscando una laguna.

El hombre entrecerró los ojos.

–¿Que estás buscando una laguna?

–Así es, una laguna.

–¿Y cómo se llama?

–No tiene nombre.

–Y, aun así, ¿la buscas? Pues aquí hay cientos de lagunas. Puedes elegir. ¿Y para qué la buscas?

Comprendí que tan sólo un loco se ponía a buscar una laguna sin nombre en medio del bosque y en pleno invierno. Así que le conté la historia. Pensé que podía ser lo suficientemente extraña como para parecer del todo verosímil.

–Veamos, estuviste con tu padre nadando en una laguna cerca de Aftonlöten hace cincuenta años, ¿lo he entendido bien?

–Le prometí a la mujer que hay en el coche que la llevaría a verla. Está enferma.

Vi que dudaba antes de decidirse a creerme. La verdad solía ser extraordinaria, me dije.

–¿Se curará si la llevas a la laguna?

–Tal vez.

El hombre asintió, con expresión reflexiva.

–Hay una laguna al final del camino. ¿Crees que puede ser ésa?

–Recuerdo que era totalmente redonda, no demasiado grande, y que el bosque crecía espeso hasta el borde del agua.

–Pues podría ser ésa. Si no, no sé de cuál podría tratarse. El bosque está lleno de lagunas.

Me tendió la mano y me la estrechó.

–Me llamo Harald Svanbäck. Uno no se encuentra a mucha gente por estos caminos en pleno invierno. Es muy raro. Pero en fin, te deseo suerte. Cuida de tu madre.

–No es mi madre.

–Bueno, pues será la madre de alguien, ¿no?

Volvió a subir a su máquina, puso el motor en marcha y continuó por el camino de madereros. Yo regresé al coche.

–¿En qué hablaba? –preguntó Harriet.

–En la lengua del bosque. Yo creo que en estos parajes cada uno tiene su propio dialecto. Se entienden entre sí, pero cada uno habla a su manera. Así es más seguro. En las regiones más remotas puede llegar a parecer que cada persona constituye una raza aparte. Un pueblo aparte, una familia aparte con su propia historia. Si se quedan totalmente solos, nadie echará de menos la lengua que muera con ellos. Aunque, claro está, siempre hay algo que sobrevive.

Continuamos el viaje por el camino. El bosque era espesísimo, la calzada ascendía levemente. ¿Era así aquella vez que yo recorrí el camino con mi padre, en aquel Chevrolet azul que él cuidaba con tanto mimo? Tuve la firme sensación de que íbamos por buen camino. Dejamos atrás un montón de maderos recién apilados. El bosque se veía estragado por la acción de la enorme máquina gobernada por Harald Svanbäck. De repente, todas las distancias parecían infinitas. Miré por el retrovisor, para ver si el bosque volvía a crecer cerrándose a nuestras espaldas. Me sentí como si estuviese viajando al pasado. Recordé mi paseo de la noche anterior, el puente, las sombras de mi pasado. ¿Íbamos, tal vez, camino de un lago estival, adonde mi padre y yo esperábamos llegar?

Pasamos varias curvas muy cerradas. Los montículos de nieve eran muy altos.

Y se acabó el camino.

Ante mí se extendía la laguna oculta bajo un manto blanco. Me detuve y apagué el motor. Habíamos llegado. No había más que decir. No me cupo la menor duda. Aquélla era la laguna. Después de cincuenta y cinco años había vuelto a visitarla.

La blanca superficie parecía un mantel de lujo que nos daba la bienvenida. Sentí, de repente, una honda veneración por Harriet, por el hecho de que me hubiese encontrado en mi isla. Era una enviada, aunque sólo enviada de sí misma. ¿O la habría reclamado yo inconscientemente? ¿Acaso había estado esperándola todos aquellos años?

Lo ignoraba. Pero por fin habíamos llegado a nuestro destino.

9

Le dije que allí estaba la laguna. Ella se quedó largo rato mirando tanta blancura.

–O sea, que bajo la nieve hay agua, ¿verdad?

–Aguas negras. Ahora todo duerme, todos los insectos que viven en el agua. Pero ésta es la laguna que buscábamos.

Salimos. Saqué el andador, que se hundió en la nieve, y fui a buscar la pala que guardaba en el maletero.

–Siéntate dentro. Pondré el motor en marcha y estarás más caliente. Entre tanto, yo limpiaré de nieve un sendero para ti. ¿Adónde quieres ir? ¿A la orilla?

–Quiero llegar al centro del lago.

–No es un lago. Es una laguna.

Puse el motor en marcha, le ayudé a entrar y empecé a retirar nieve. A varios decímetros bajo la nieve más superficial me topé con una capa de hielo que resultaba difícil de quitar. Podía venirme abajo y morir por el esfuerzo.

La idea me aterró. En el último control médico que me había hecho detectaron que el índice de HbA1c estaba un tanto alto. Todos los demás valores metabólicos eran normales. Pero un ataque al corazón puede deberse a causas ocultas. Puede azotarnos de forma inesperada, como si una bomba suicida estallase en alguna de las cámaras del corazón.

A mi edad, no es nada inusual que la gente se mate quitando nieve. Mueren de muerte repentina y casi humillante con una pequeña pala entre los dedos engarrotados.

Me llevó largo rato retirar toda la nieve para abrir un camino hasta el centro de la laguna. Acabé sudoroso, con la espalda y los brazos doloridos, cuando por fin llegué al objetivo. Los gases del tubo de escape quedaban suspendidos en el aire como una nube detrás del coche. El silencio era absoluto. Ni un solo pájaro, ningún movimiento surgía de los mudos árboles.

Deseé poder verme a mí mismo desde cierta distancia. Oculto entre los árboles, escondido, un observador que se contempla a sí mismo.

Cuando volví al coche, pensé que pronto todo habría pasado.

Dejaría a Harriet donde ella me indicase que deseaba despedirse de mí. Lo único que sabía era que vivía en Estocolmo, pero no dónde exactamente. Podría volver a mi isla. Decidí que le enviaría una postal a Jansson durante el camino de regreso. Jamás pensé que algún día le escribiría. Pero ahora lo necesitaba. Compraría una tarjeta postal con una fotografía de los bosques interminables, preferentemente una donde los árboles apareciesen cubiertos de nieve. Dibujaría una cruz en medio de los árboles y escribiría: «Estoy aquí. Volveré pronto. Dales de comer a mis animales».

Harriet ya había salido del coche y tenía su andador. Recorrimos juntos el camino que yo había preparado. Tuve la sensación de que formábamos parte de una procesión camino de un altar.

Me pregunté qué estaría pensando. Harriet miró a su alrededor, buscando algo de vida entre los árboles. Pero todo estaba en silencio salvo el sordo ronroneo del motor del coche.

–El hielo siempre me ha dado miedo –dijo de pronto.

–Y, aun así, ¿te atreviste a llegar hasta mi isla?

–Que me dé miedo no significa que no me atreva a oponerme a lo que me asusta.

–Aquí el fondo no está congelado –repliqué–. Pero casi. El hielo tiene varios metros de grosor. Soportaría el peso de un elefante, llegado el caso.

Ella se echó a reír.

–¿No sería extraordinario? Un elefante en medio del hielo, sólo para tranquilizarme. Un elefante sagrado para redimir a quienes temen que el hielo sea demasiado delgado.

Llegamos al centro de la laguna.

–Creo que puedo imaginármela cuando no hay hielo.

–Cuando más hermosa está es cuando llueve –expliqué–. Me pregunto si hay algo capaz de superar la apacible lluvia estival sueca. Otros países tienen edificios imponentes o cimas vertiginosas y terribles acantilados. Nosotros tenemos la lluvia estival.

–Y el silencio.

Callamos durante un rato. Yo intentaba comprender el significado del hecho de que hubiésemos llegado hasta aquí. Se había cumplido una promesa, con muchos años de retraso. Eso era todo. Ahí terminaba nuestro viaje. Ahora sólo quedaba el epílogo, una serie de kilómetros a lo largo de carreteras heladas, en dirección al sur.

–Jamás comprendí el porqué –dijo Harriet–. ¿Por qué querías traerme precisamente aquí?

–Y ahora, ¿lo comprendes?

–Puede que sí. Me figuro que esto es muy hermoso en verano.

Harriet me miró.

–¿Habías estado aquí antes, desde que me dejaste? ¿Has estado aquí con otra persona?

–Ni siquiera se me pasó por la cabeza.

–¿Por qué me abandonaste?

La pregunta me azotó con una fuerza imprevista. Vi que volvía a estar indignada, que golpeaba con los nudillos el manillar del andador.

–Me expusiste a un dolor infernal –aseguró–. Me vi obligada a invertir tantas fuerzas en olvidarte... Y jamás lo logré. Y ahora que por fin me veo aquí, sobre tu laguna, me arrepiento de haberte buscado. ¿Qué me había creído? Ya no lo sé. Pronto moriré. ¿Por qué habría de dedicar mi tiempo a hurgar en viejas heridas? ¿Por qué estoy aquí?

Nos mantuvimos en silencio durante un minuto, no más. Silencio, miradas que no se cruzan. Después hizo girar el andador y empezó a desandar lo andado. Yo me rezagué unos segundos, antes de seguir sus pasos. Pronto se acabaría todo. La excursión tocaba a su fin.

En la nieve había algo que yo no vi mientras despejaba el camino para Harriet. Era un objeto negro. Entrecerré los ojos sin lograr distinguir de qué se trataba. ¿Un animal muerto? ¿Una piedra? Harriet no reparó en que yo me había detenido. Salí del camino y me adentré en la nieve para acercarme al objeto.

Tenía que haber comprendido el peligro. Mi intuición y mis conocimientos sobre el hielo y su carácter caprichoso deberían haberme alertado. Caí en la cuenta demasiado tarde de que lo negro era el hielo mismo. Sabía que, por diversas razones, una zona de la banquisa podía quedar extremadamente delgada pese a que el hielo hubiese adquirido un grosor considerable a su alrededor. Apenas si logré detenerme a tiempo y dar un paso atrás. Pero ya era demasiado tarde. El hielo se rajó y yo me hundí. El agua me llegaba hasta la barbilla. Debería haber estado acostumbrado al repentino choque con el agua helada gracias a mis baños invernales. Pero esto era distinto. No estaba preparado, no había perforado el agujero yo mismo. Lancé un grito. Harriet no se dio la vuelta ni me vio en el agujero hasta que grité por segunda vez. El frío había empezado a paralizarme, me quemaba el pecho mientras yo, con movimientos convulsos, inspiraba hasta el interior de los pulmones aquel aire helador y, desesperado, buscaba bajo mis pies un fondo inexistente. Agarré con las manos el borde de hielo, pero tenía los dedos engarrotados.

Grité aterrado ante la proximidad de la muerte. Después, Harriet me contó que había tenido la sensación de oír el grito de un animal.

Pensé que era la persona menos indicada para ayudarme a salir de allí. Puesto que apenas podía sostenerse a sí misma.

Pero me sorprendió. Tanto como se sorprendió a sí misma al verse cruzando el hielo. Avanzó con su andador hasta donde yo me encontraba, moviéndose todo lo rápido que podía. Luego se tumbó en el hielo después de haber volcado el andador, que fue empujando hacia el borde del hielo de modo que yo pudiese agarrarme a una de las ruedas. No sé cómo conseguí subir. Ella debió de tirar con los brazos al tiempo que se arrastraba hacia atrás sobre la nieve. Una vez fuera, eché a andar trastabillando y arrastrándome en dirección al coche. Oía su voz a mi espalda, aunque no sabía qué me decía. Sin embargo, tenía la certeza de que si me detenía y caía desplomado sobre la nieve, ya no tendría fuerzas para levantarme. No había estado en el agua más que unos minutos, pero casi fue suficiente para matarme. No recuerdo el trecho recorrido entre el agujero y el coche. No vi nada, quizá caminaba con los ojos cerrados para evitar ver la distancia que aún me quedaba hasta el vehículo. Cuando pegué la cara al maletero, sólo tenía una idea en la cabeza: quitarme la ropa mojada y envolverme en la manta que había en el asiento trasero. Tampoco recuerdo cómo lo hice. Flotaba a mi alrededor un fuerte olor a gas cuando logré quitarme la última prenda y envolverme en la manta. A partir de ahí, no recuerdo qué pasó.

Cuando desperté, ella me abrazaba y estaba tan desnuda como yo.

En lo más hondo de mi conciencia, el frío se había transformado en una sensación de estar ardiendo. Cuando abrí los ojos, lo primero que vi fue el cabello y la nuca de Harriet. Poco a poco, recuperé el recuerdo.

Estaba vivo. Harriet se había desnudado y me abrazaba también bajo la manta para calentarme.

Notó que estaba despertando.

–¿Tienes frío? Podías haber muerto.

–El hielo se abrió bajo mis pies, nada más.

–Creí que era un animal. Jamás te había oído gritar así.

–¿Cuánto tiempo ha pasado?

–Una hora.

–¿Tanto?

Cerré los ojos. Sentía mi cuerpo incandescente.

–No quería que murieras por que yo viese la laguna –aseguró ella.

Ya había pasado. Dos viejos, desnudos en el asiento trasero de un viejo coche. Habíamos estado hablando de lo que solía suceder antiguamente, y quizá también en nuestros días, en los asientos traseros de viejos coches aparcados en solitarios caminos de madereros. La gente hacía el amor y se liberaba imprecando. Pero nosotros dos, que juntos sumábamos ciento treinta y cinco años, sólo nos aferrábamos el uno al otro, uno por haber sobrevivido, el otro por no haber sido abandonado solo en el bosque.

Tras una hora más, aproximadamente, se pasó al asiento delantero y se vistió.

–Resultaba más fácil cuando era joven –admitió–. A una vieja sin agilidad como yo le cuesta vestirse dentro de un coche.

Sacó ropa para mí de la mochila que tenía en el maletero. Antes de ponérmela la calenté sujetándola un rato delante del volante, por donde salía el calor del motor. A través de la ventanilla vi que había empezado a nevar. Me preocupé ante la idea de que la nieve se amontonase y nos impidiese salir a la carretera nacional.

Me vestí tan aprisa como pude, con torpeza, como si hubiese estado ebrio.

Cuando dejamos la laguna, nevaba intensamente. Pero el camino aún no estaba intransitable.

Regresamos a la pensión. En esta ocasión, fue Harriet quien salió con el andador para comprar la pizza que constituyó nuestra cena.

Compartimos una de sus botellas de coñac.

Lo último que vi antes de dormirme fue su rostro.

Estaba muy cerca. Tal vez sonreía. Espero que así fuese.

10

Cuando me desperté al día siguiente, Harriet estaba sentada con el mapa abierto. Me dolía todo el cuerpo, como si hubiese participado en una pelea. Me preguntó cómo me encontraba y le contesté que bien.

–Los intereses –dijo con una sonrisa.

–¿Los intereses?

–De la promesa. Después de tantos años.

–¿Y qué me pides?

–Que des un rodeo.

Señaló en el mapa el punto en que nos encontrábamos. En lugar de hacia el sur, deslizó su dedo hacia el este, hacia la costa y Hälsingland. Cerca de Hudiksvall detuvo el dedo.

–Allí.

–¿Y qué te espera allí?

–Mi hija. Quiero que la conozcas. Nos llevará un día más, quizá dos.

–¿Por qué vive allí?

–¿Por qué vives tú en la isla aquella?

Desde luego que hicimos lo que ella quería. Nos dirigimos a la costa. El paisaje era el mismo por todas partes, las mismas casas aisladas con sus antenas parabólicas y sus jardines vacíos.

Ya entrada la tarde, Harriet me dijo que no podía más. Nos detuvimos en un hotel de Delsbo. La habitación era pequeña y polvorienta. Harriet se tomó sus pastillas y sus analgésicos y se durmió exhausta. Tal vez bebiese algo sin que yo lo notara. Salí a buscar una farmacia y compré la revista farmacéutica *PatientFASS*. Después, me senté en una pastelería y me apliqué a leer sobre los medicamentos de Harriet.

Me resultaba irreal encontrarme en la pastelería, con un café y unas pastas sobre la mesa, rodeado de niños que gritaban para atraer la atención de sus madres, absortas en la lectura de alguna revista, intentando comprender lo enferma que estaba Harriet. A medida que pasaban las horas me iba dando cuenta de que estaba de visita en un mundo que había perdido durante los años vividos en la isla de mis abuelos. Durante doce años había negado la realidad de una existencia fuera de las playas y los acantilados que me rodeaban, un mundo que, de hecho, me atañía. Me había convertido en un eremita que no sabía lo que sucedía fuera de la cueva en que se escondía.

Pero en la pastelería de Delsbo comprendí que no podía seguir viviendo esa vida. Desde luego que regresaría a mi isla, no tenía otro lugar al que acudir, pero nada volvería a ser como antes. En el instante en que descubrí la negra sombra en el hielo, una puerta se cerró tras de mí, para nunca más abrirse.

Había comprado en un quiosco una postal que representaba un jardín vallado completamente cubierto de nieve. Se la envié a Jansson.

Le pedía en ella que les diese de comer a los animales. Nada más.

Cuando volví, Harriet estaba despierta. Movió la cabeza con desaprobación al ver la revista farmacéutica.

–Hoy no quiero hablar de mis miserias.

Bajamos para cenar en el bar de al lado.

«Vivimos en la era de la comida precocinada, en la era de la grasa», pensé mientras contemplaba los humeantes fogones. Harriet no tardó en apartar el plato asegurando que no podía comer un solo bocado más. Intenté convencerla de que tomase un poco más, pero ¿por qué hice tal cosa? Un moribundo no come más de lo que necesita para lo poco que le queda de vida.

Enseguida volvimos a nuestra habitación. Las paredes estaban desnudas. En una habitación contigua oímos a dos personas que hablaban, alzando y bajando la voz. Tanto Harriet como yo intentamos entender lo que decían, pero sin lograrlo.

–¿Te sigue gustando escuchar a hurtadillas?

–En mi isla no hay ningún tipo de conversaciones que puedan escucharse a hurtadillas.

–Siempre escuchabas mientras yo hablaba por teléfono, aunque fingías desinterés mientras hojeabas algún libro o un periódico. Así intentabas ocultar tu curiosidad. ¿Lo recuerdas?

Me indigné. Pero claro que tenía razón. Yo siempre escuchaba a escondidas, desde que tuve oportunidad de oír las susurrantes y angustiosas conversaciones que mantenían mis padres. Me escondía tras puertas entreabiertas para escuchar lo que decían mis colegas, los pacientes, las conversaciones íntimas de las gentes en los cafés o en los metros. Aprendí que la mayoría de esas conversaciones contenían pequeños atisbos de mentiras, apenas perceptibles. «¿Fue siempre así?», me preguntaba. «¿Necesitaban acaso las conversaciones de la gente de imperceptibles anomalías mendaces para que pudiesen conducir a algo?»

La charla en la habitación de al lado cesó. Harriet estaba cansada. Se tumbó y cerró los ojos.

Yo me puse el chaquetón y salí al pueblo desierto. Por todas partes se reflejaban las luces azules que se filtraban por las ventanas. Motocicletas solitarias, un coche a demasiada velocidad, después, de nuevo el silencio. Harriet quería que yo conociese a su hija. Me preguntaba por qué. ¿Sería para demostrarme que se las había arreglado bien sin mí, que había tenido el hijo que no se me había concedido a mí? Una sensación de pesadumbre me invadió mientras caminaba en la tarde invernal.

Me detuve junto a una pista de hielo iluminada donde unos jóvenes jugaban al bandy con una pelota roja. Sentí cercana mi juventud. El sordo sonido de los patines cortando el hielo, los palos al golpear la pelota, los gritos aislados, alguno que otro que se caía para volver a levantarse enseguida... Así lo recordaba yo, aunque jamás tuve un palo de bandy entre las manos, pues siempre me tocó jugar en una pista de hockey, donde sospecho que el juego era más doloroso que el que yo veía desarrollarse ahora ante mis ojos.

«Levantarte inmediatamente cuando te caías.»

Ésa era la regla de oro aprendida en las heladas pistas de hockey de la niñez. Y seguiría teniendo vigencia en la vida que me esperaba.

Levantarte siempre de inmediato cuando te caes. Nunca quedarte en el suelo. Pero eso era precisamente lo que yo había hecho. Me había quedado tumbado en el suelo cuando cometí aquel gran error.

Observé el juego y, tras un instante, descubrí a un niño muy pequeño, el más bajito de todos y, además, gordo, o quizá sólo llevase más ropa de la cuenta. Pero era el mejor. Aceleraba más que los demás, dirigía la bola con su palo sin mirarla siquiera, hacía un amago, como el rayo, y terminaba colocándose siempre en posición para recibir un pase. Y me di cuenta de que todos los jugadores eran conscientes de que él era el mejor con diferencia. Un niño pequeño y regordete que patinaba más rápido que los demás. Intenté verme a mí mismo como uno de los jugadores que había en la pista. ¿Cuál de ellos habría sido yo, con mi palo de hockey, mucho más pesado que los suyos? Desde luego, no aquel pequeño tan rápido, con tanto talento para el juego. Yo habría sido uno de los otros, uno del montón, del que podrían prescindir en cualquier momento para sustituirlo por otro del montón.

«Nunca quedarse en el suelo sin necesidad.»

Yo hice lo que no se debía hacer.

Regresé al hotel. No había recepcionista de guardia por la noche; la puerta se abría con la llave de la habitación. Harriet estaba acostada y tapada con el edredón. En su mesilla de noche vi una de las botellas de aguardiente.

–Creía que te habías marchado –confesó–. Voy a dormirme. Me he tomado un trago y un somnífero.

Harriet se dio la vuelta. Pronto estaría dormida. Con sumo cuidado le tomé el pulso poniéndole la mano en la muñeca. Setenta y ocho pulsaciones por minuto. Me senté en una silla, encendí el televisor y me puse a ver las noticias con el volumen al mínimo, de modo que ni siquiera mi aguzado oído de curioso entendía lo que se decía. Las imágenes parecían las mismas de siempre. Gente sangrando, muriendo de hambre, torturada. Y luego la larga hilera de hombres elegantemente vestidos que pronunciaban interminables discursos, sin piedad, siempre sonrientes y arrogantes. Apagué el televisor y me acosté encima de la colcha. Antes de dormirme, pensé en la joven policía de rubios cabellos.

A la una del día siguiente llegamos cerca de Hudiksvall. Había dejado de nevar y no había hielo en la carretera. Harriet señaló un cartel en el que se leía Rångevallen. Era una mala carretera, muy transitada por grandes máquinas de las que se utilizan en el bosque. Volvimos a girar, ahora para tomar una carretera de un solo sentido. El bosque era espesísimo. Me pregunté qué clase de persona sería la hija de Harriet para poder vivir sola en el corazón del bosque. Eso era lo único que le había preguntado durante el viaje, si Louise tenía marido e hijos. Pero me dijo que no. Aquí y allá aparecían pilas de vigas de madera amontonadas. El camino me recordó al que nos había llevado a la casa de Sara Larsson.

Cuando se abrió el bosque vi varios edificios en ruinas y varios jardines. Había allí, además, una caravana con una amplia tienda de campaña anexa.

–Hemos llegado –anunció Harriet–. Ahí es donde vive mi hija.

–¿En la caravana?

–¿Acaso ves alguna otra casa que no se haya venido abajo?

Le ayudé a salir del coche y saqué el andador. De lo que parecía haber sido una caseta de perro se oía el ruido de un motor. No podía ser otra cosa que un generador. En el techo de la caravana había una antena parabólica. Las vistas desde el otro lado de la caravana eran muy hermosas. Nos quedamos allí unos minutos, pero no sucedió nada. Yo añoraba intensamente regresar a mi isla.

Entonces se abrió la puerta de la caravana y vimos salir a una mujer.

Llevaba un albornoz de color rosa y zapatos de tacón. Pensé que no resultaba fácil determinar su edad. Sostenía en la mano una baraja de cartas.

–Ésta es mi hija –dijo Harriet.

Después empezó a caminar con el andador en dirección a la mujer, que intentaba guardar el equilibrio sobre la nieve con los zapatos de tacón.

Yo me quedé donde estaba.

–Éste es tu padre –le dijo Harriet a su hija.

La nieve podía respirarse. Pensé en Jansson y deseé que hubiese podido venir a recogerme en su hidrocóptero.

Segunda parte
El bosque

1

Mi hija no tiene ningún pozo.

Claro que la caravana no disponía de agua canalizada. Pero tampoco vi una sola bomba en el jardín. Para obtener agua debía recorrer el sendero que discurría pendiente abajo, a través de un soto, hasta llegar a una granja abandonada cuyas ventanas mostraban el interior vacío y en cuya chimenea se posaban cuervos vigilantes. Allí había una bomba oxidada que le proporcionaba el agua. Mientras yo accionaba la manivela arriba y abajo, el hierro oxidado chirriaba doliente.

Los cuervos no se inmutaron.

Eso fue lo primero que me pidió mi hija. Que fuese a buscarle dos cubos de agua. Me alegro de que no dijese nada más. Podía haber empezado a gritarme que me largase o haber sufrido un injustificado ataque de alegría al haber conocido por fin a su padre. Pero lo único que hizo fue pedirme que fuese a buscarle agua. Tomé los cubos y recorrí el sendero nevado. Me pregunté si ella iría a buscar agua con los tacones y el albornoz. Pero ante todo me preguntaba qué era lo que había sucedido tiempo atrás y por qué no me habían dicho nada.

La granja abandonada estaba a unos doscientos metros. Cuando Harriet me explicó que la mujer que apareció del interior de la caravana era mi hija, comprendí enseguida que decía la verdad. Harriet no sabía mentir. Empecé a buscar en mi memoria el instante en que fue engendrada. Lo más lógico, pensé mientras hundía mis pies en la nieve, era que Harriet hubiese descubierto su estado cuando yo ya me había marchado. Es decir, que la concepción debió de producirse aproximadamente un mes antes de que nos separásemos.

Intenté recordar.

El bosque callaba. Me sentía como si estuviese caminando de puntillas sobre la nieve, como un duende surgido de un viejo cuento. Nunca hicimos el amor en otro sitio que no fuera su sofá cama. De modo que allí concebimos a mi hija. Cuando me marché y Harriet se quedó esperándome en vano, aún no lo sabía. Cuando lo supo, yo ya no estaba.

Bombeé para sacar el agua. Después dejé los cubos y entré en la casa abandonada. La puerta de la entrada estaba destrozada y, cuando la empujé con el pie, se soltó de una de las bisagras.

Recorrí las habitaciones, que olían a moho y a madera podrida. Cuanto allí quedaba parecía los restos de barcos naufragados. Bajo el papel pintado hecho jirones de las paredes sobresalían viejos periódicos. Del diario *Ljusnan,* del 12 de marzo de 1969. «Se produjo un accidente de coche en...» Faltaba lo demás. «La señora Mattsson muestra en esta fotografía uno de sus últimos sombreros, creado con todo esmero...» La fotografía estaba rasgada y sólo se veía el rostro de la señora Mattsson y una mano, pero ningún sombrero. En el dormitorio se veían los restos de una cama de matrimonio, destrozada, como si la hubiesen roto con un hacha. Alguien, en un acceso de ira, la había hecho trizas para que nadie pudiese usarla nunca más.

Intenté imaginarme a las personas que habían vivido allí y que un día rompieron con aquel lugar y se marcharon para no volver jamás. Pero sus rostros miraban hacia otro lado. Las casas abandonadas son como los expositores de un museo que se hubieran quedado vacíos. Volví a salir pensando que, de forma por completo inesperada, me encontraba con que tenía una hija en los bosques al sur de Hudiksvall. Una hija que debía de tener treinta y siete años y que vivía en una caravana. Una mujer que apareció en la nieve con un albornoz rosa y zapatos de tacón.

Desde luego, algo sí que sabía.

Harriet no la había preparado para mi visita. Claro que ella sabía que tenía un padre, pero no que fuera yo. De modo que no era yo el único sorprendido. Harriet había conseguido asombrarnos a los dos.

Tomé los cubos y emprendí el camino de regreso. ¿Por qué viviría mi hija en una caravana en medio del bosque? ¿Quién era? En el momento de estrecharnos la mano, no me atreví a mirarla a los ojos. Un fuerte olor a perfume me azotó en la cara. Y tenía la mano sudorosa.

Dejé los cubos y estiré los brazos.

–Louise –dije en voz alta, como para mí mismo–. Tengo una hija que se llama Louise.

Aquellas palabras me dejaron mudo, un tanto asustado, pero también de buen humor. Harriet había llegado cruzando el hielo en el hidrocóptero de Jansson y me traía novedades sobre la vida, no sólo sobre la muerte que no tardaría en llevársela a ella.

Llevé los cubos hasta la caravana y llamé a la puerta. Me abrió Louise. Aún llevaba los zapatos de tacón, pero había sustituido el albornoz por unos pantalones y un jersey. Tenía muy buen tipo. Y eso me turbó.

La caravana no era muy amplia. Harriet estaba sentada detrás de una pequeña mesa que había junto a la ventana. Me sonrió. Y yo le devolví la sonrisa. El ambiente estaba caldeado. Louise estaba preparando café.

Tenía una voz hermosa, como su madre. Si el hielo podía cantar, también mi hija podía.

Eché una ojeada a mi alrededor. Varios ramilletes de rosas secas colgaban del techo y también había una estantería llena de papeles y cartas y, sobre un taburete, una vieja máquina de escribir. Tenía una radio, pero no vi ningún televisor. Empecé a preocuparme por el tipo de vida que en realidad llevaría. Parecía similar a la mía.

«Así has venido a mí», me dije. «Lo más inesperado que jamás me ha sucedido».

Louise colocó el termo y las tazas de plástico sobre la mesa. Yo me senté en la cama, junto a Harriet. Louise se quedó de pie, mirándome.

–Me alegro de no llorar –dijo–. Pero me alegro más aún de que no te hayas puesto histérico jurando y perjurando lo contento que estás ante la noticia.

–Lo más probable es que no haya comprendido aún del todo. Además, nunca me altero tanto como para perder el control.

–¿Acaso no crees que sea verdad?

Pensé en los viejos documentos y protocolos que contenían los relatos, siempre parecidos, de los jóvenes que juraban no ser ellos los padres.

–Estoy convencido de que es verdad.

–¿Te sientes triste por no haberme conocido antes, por verme entrar en tu vida tan tarde?

–Estoy bastante hecho a la tristeza –respondí–. Lo que más siento ahora es admiración. Hasta hace una hora, no tenía hijos. Y jamás pensé que me ocurriría.

–¿A qué te dedicas?

Miré a Harriet. Estaba claro que jamás le había dicho nada a Louise sobre quién era su padre, ni siquiera que era médico. Me indignó. ¿Qué le había contado de mí? ¿Que su padre fue alguien que pasaba por allí?

–Soy médico. O al menos lo era.

Louise me observó con la taza en la mano. Vi que llevaba anillos en todos los dedos de la mano. Incluso en el pulgar.

–¿Qué clase de médico?

–Cirujano.

Hizo una mueca. Pensé en la reacción de mi padre el día en que, a la edad de quince años, le revelé cuál sería mi elección profesional.

–¿Puedes extender recetas?

–Ya no. Estoy jubilado.

–Una lástima.

Louise dejó la taza y se puso un gorro de lana en la cabeza.

–Aquí se hace pis detrás de la caravana. Luego le echas nieve encima. Si tienes que hacer algo de más envergadura, utiliza la letrina que hay junto a la leñera.

Desapareció por la puerta haciendo equilibrio sobre sus tacones. Yo me volví hacia Harriet.

–¿Por qué no me lo habías dicho? ¡Es una vergüenza!

–¡No me hables a mí de vergüenzas! No sabía cómo ibas a reaccionar.

–Habría sido más fácil si me hubieras preparado.

–No me atrevía. ¿Y si me dejabas en el arcén e interrumpías el viaje? ¿Cómo iba yo a saber que querías tener hijos?

Harriet tenía razón. ¿Cómo iba a saber cuál sería mi reacción? Tenía todos los motivos imaginables para desconfiar de mí.

–¿Por qué vive así? ¿De qué vive?

–Ella ha elegido vivir así. Y no sé de qué vive.

–Pero, algo sabrás, ¿no?

–Bueno, escribe cartas.

–Ya, pero de eso no se puede vivir, ¿verdad?

–Al parecer, es posible.

De repente caí en la cuenta de que las paredes de la caravana eran muy delgadas y de que mi hija tal vez estuviese con la oreja pegada, escuchando. Tal vez hubiese heredado mi vicio de escuchar a escondidas.

Bajé la voz y seguí en un susurro.

–¿Por qué se viste así? ¿Por qué lleva tacones?

–Mi hija...

–¡Nuestra hija!

–Nuestra hija siempre ha sido una persona muy especial. Ya cuando tenía cinco años, yo estaba convencida de que sabía lo que quería hacer con su vida y de que yo nunca la entendería.

–¿Qué quieres decir con eso?

–Siempre quiso vivir sin preocuparse excesivamente de lo que pensaban o dejaban de pensar los demás. Por ejemplo, de sus zapatos. Son muy caros. De Ajello, fabricados en Milán. No es normal que la gente se atreva a vivir de ese modo.

Se abrió la puerta y la hija de ambos entró en la caravana.

–Tengo que descansar –dijo Harriet–. Estoy agotada.

–Tú siempre has estado agotada –replicó Louise.

–Pero no siempre he estado moribunda.

Por un instante se las oyó gruñir como dos gatas. Un gruñido no del todo amable, pero tampoco malvado. En cualquier caso, ninguna de las dos parecía sorprendida. Comprendí que, para Louise, no era ningún secreto el que Harriet estuviese muriéndose.

Me levanté para que ella pudiese tumbarse en la estrecha cama. Louise se calzó un par de botas.

–Salgamos un rato. Necesito hacer algo de ejercicio. Además, supongo que los dos estamos algo conmocionados.

Había un sendero que a fuerza de pasar se había abierto en dirección a la granja abandonada. Discurría ante una vieja despensa y nos condujo hasta un espeso bosquecillo de abetos. Louise caminaba deprisa y me costaba seguirla. De repente, se detuvo y se dio la vuelta.

–Creía que mi padre había desaparecido en América. Un padre llamado Henry, que adoraba las abejas y que dedicó su vida a investigar sobre ellas. Durante todos estos años transcurridos, jamás me envió ni siquiera un tarro de miel. Yo creí que habías muerto. Pero resulta que no estás muerto. Y he podido conocerte. Cuando volvamos a la caravana, os haré una fotografía a Harriet y a ti. Tengo montones de fotos de Harriet, sola o conmigo. Pero quiero tener una de mi padre y de mi madre antes de que sea demasiado tarde.

Continuamos sendero arriba.

Pensé que, en el fondo, Harriet le había dicho la verdad. O al menos toda la verdad que podía decir sin mentir. Yo me había marchado a América y, en efecto, de joven me interesé por las abejas. Además era innegable que, ciertamente, no estaba muerto.

Caminábamos sobre la nieve.

Louise tomaría la instantánea que quería de sus padres.

Aún no era demasiado tarde para hacer la fotografía que le faltaba.

2

El sol se ocultaba en el horizonte.

En un cercado vimos un ring de boxeo completamente cubierto de nieve. Se diría que lo habían dejado allí provisionalmente, en medio de tanta blancura. Dos bancos de madera desvencijados, que un día habrían podido servir en alguna iglesia o en un cine, yacían medio sepultados por la nieve.

–Boxeamos en primavera y en verano –dijo ella–. Solemos inaugurar la temporada a mediados de mayo. Entonces nos pesamos en la vieja báscula de una lechería.

–¿Boxeamos? ¿Quieres decir que tú también boxeas?

–¿Por qué no había de hacerlo?

–¿Y contra quiénes boxeas?

–Mis amigos. La gente de por aquí, gente que ha elegido vivir como quiere. Leif, que vive con su anciana madre, la cual regentaba la más célebre destilería clandestina del lugar. Amandus, que es violinista y tiene unos puños fuertes.

–Pero, no se puede ser boxeador y tocar el violín, ¿no?

–Pregúntale a Amandus. Pregúntales a los demás.

Nunca supe quiénes eran los demás. Siguió subiendo el empinado sendero en dirección a un cobertizo que quedaba al otro lado del ring de boxeo. Mientras la observaba por detrás, me dije que su cuerpo me recordaba al de Harriet. Pero ¿qué aspecto habría tenido mi hija cuando era una niña? ¿O de adolescente? Avanzaba clavando los pies en la nieve mientras intentaba retroceder en el tiempo. Louise había nacido en 1967. Su adolescencia coincidió con los años de más éxito en mi carrera profesional. Sentí la cuchillada de un súbito acceso de cólera originado en lo más hondo de mi ser. ¿Por qué no me habría dicho nada Harriet?

Louise señaló unas huellas en la nieve y me dijo que eran de un glotón. Abrió la puerta del cobertizo. En el suelo había un candil que encendió y colgó del techo. Fue como entrar en un anticuado local de entrenamiento de boxeo o de lucha libre. Había en el suelo pesas y barras y del techo colgaba un saco de arena; y sobre un banco se veían algunas cuerdas y guantes de color rojo y negro perfectamente ordenados.

–Si estuviésemos en primavera, te habría propuesto un par de rondas –aseguró Louise–. Me cuesta encontrar un modo mejor de conocer a un padre al que no he visto nunca. En más de un sentido.

–Jamás, en toda mi vida, me he puesto un par de guantes de boxeo.

–Pero me imagino que te habrás visto envuelto en alguna pelea, ¿no?

–Cuando tenía trece o catorce años. Pero aquello fue más o menos como las peleas en el patio del colegio.

Louise se colocó junto al saco de arena y lo empujó con el hombro, de modo que empezó a oscilar lentamente. La luz del candil bañaba su rostro. Aún me parecía estar viendo a Harriet.

–Estoy nerviosa –confesó de pronto–. ¿Tienes más hijos?

Negué sin decir palabra.

–¿Ninguno más?

–Ninguno en absoluto. ¿Y tú?

–No, ninguno.

El saco de arena seguía balanceándose.

–Yo estoy tan desconcertada como tú –dijo–. A veces, cuando pensaba que, pese a todo, yo también debía tener un padre, me ponía fuera de mí. Creo que por eso aprendí a boxear, para poder vencerlo el día en que surgiese de entre los muertos y, tras abatirlo, poder contar no hasta diez sino eternamente, como castigo por haberme abandonado.

La luz del candil daba también sobre las paredes agrietadas. Le conté cómo vi aparecer a Harriet de repente, en medio de la banquisa, le hablé de la laguna y del rodeo que me había propuesto.

–¿No mencionó nada de mí?

–Sólo hablaba de la laguna. Después me dijo que quería que conociese a su hija.

–En realidad, debería haberla echado de aquí. Nos ha engañado tanto a ti como a mí. Pero claro, no puedes despachar a alguien que está tan enfermo.

Posó la mano sobre el saco de arena, para detener el balanceo.

–¿Es cierto que morirá pronto? Tú eres médico. Debes de saber si dice o no la verdad.

–Está muy enferma. Pero no sé cuándo morirá. Eso no lo sabe nadie.

–No quiero que muera en mi casa –declaró Louise antes de soplar para apagar el candil.

Nos quedamos totalmente a oscuras. Nuestros dedos se rozaron. Y me agarró la mano. Era una mujer fuerte.

–Me alegro de que hayas venido –aseguró–. En realidad, creo que siempre supuse que habías desaparecido de forma transitoria.

–Yo nunca pensé que tendría una niña.

–No una niña, sino una mujer adulta ya casi en la madurez.

Cuando salimos del cobertizo, la vi caminar delante de mí como una silueta. Las estrellas del firmamento parecían cercanas, y centelleaban.

–En las noches de Norrland nunca reina la oscuridad absoluta –comentó–. En las ciudades ya no se ven estrellas. Por eso vivo aquí. Cuando vivía en la ciudad, añoraba la oscuridad y el silencio, pero, sobre todo, echaba de menos la luz de las estrellas. No comprendo cómo es posible que nadie, en este país, se haya dado cuenta de que poseemos fantásticos recursos naturales que están a la espera de que los explotemos. ¿Quién vende el silencio, como se venden los bosques o los metales?

Yo comprendía a qué se refería. El silencio, el cielo estrellado, tal vez también la soledad, eran ya apenas accesibles para la mayoría de las personas. Y pensé que mi hija tal vez se parecía a mí, después de todo.

–Tengo la intención de crear una empresa –me dijo–. Con mis compañeros de boxeo como socios. Empezaremos a vender estas noches silenciosas y estrelladas. Un día seremos ricos, estoy convencida.

–¿Quiénes son tus amigos?

–A escasos kilómetros de aquí hay un pueblo abandonado. Un día, en la década de los setenta, perdió a su último habitante. Las casas estaban desiertas, nadie las quería ni como casas de veraneo. Pero Giaconelli, un italiano, viejo fabricante de zapatos, llegó hasta allí en su viaje hacia el silencio. Ahora está instalado en una de las casas y fabrica dos pares de zapatos al año. A primeros de mayo de cada año, un helicóptero aterriza en la plantación que hay en la parte posterior de su casa. En él viaja un hombre que viene de París para recoger los zapatos, le paga por su trabajo y le deja el pedido de los zapatos que Giaconelli debe fabricar el año siguiente. Un viejo cantante de rock vive en la tienda de ultramarinos de Sparrman, que cerró hace ya muchos años. Se llamaba Röda Björn, grabó dos singles amarillos y competía con Rock-Ragge y Rock-Olga para ver quién se constituía en soberano del reino del rock sueco. Tenía el cabello completamente rojo y grabó una versión divina de *Peggy Sue*. Pero cuando celebramos la fiesta de San Juan y ponemos la mesa en el ring de boxeo, todos le pedimos que cante *The Great Pretender*.

Yo recordaba perfectamente aquella canción que cantaron por primera vez The Platters. Harriet y yo la habíamos bailado. Y, si me esforzaba lo suficiente, podía recordar incluso toda la letra.

Röda Björn y sus singles amarillos, en cambio, me eran desconocidos.

–Parece que en esta zona viven muchos personajes curiosos.

–Están por todas partes, pero nadie los ve, porque son viejos. Vivimos en una época en que la gente mayor debe ser transparente como el vidrio. Simplemente, no debemos notar que existen. También tú te volverás transparente. Mi madre ya lo es.

Ambos callamos. En la distancia se atisbaba la luz de la caravana.

–A veces siento deseos de tumbarme aquí en la nieve y acostarme en el saco de dormir –dijo Louise–. Cuando hay luna llena, su luz azulada me produce la sensación de hallarme en un desierto. También allí hace frío por las noches.

–Yo nunca he estado en el desierto. A menos que las arenas movedizas de Skagen se cuenten como tal.

–Un día lo haré, me acostaré aquí fuera. Me arriesgaré a no despertar nunca más. No sólo tenemos cantantes de rock, sino también intérpretes de jazz. Cuando me vea aquí tendida, ellos tocarán un lento canto de dolor.

Yo la seguía por la nieve. En algún lugar, a lo lejos, un ave nocturna lanzó un chillido. Las estrellas se apagaban para, al parecer, volver a encenderse. Yo intentaba comprender lo que mi hija acababa de contarme.

Resultó una noche singular.

En la caravana, Louise preparaba la comida mientras Harriet y yo nos apretujábamos en la minúscula cama. Cuando le dije que debíamos pensar dónde pasaríamos la noche, Louise aseguró que cabríamos los tres en su cama. Yo tenía intención de protestar, pero no me atreví. Después, Louise sacó una garrafa de un vino muy fuerte con sabor a grosella. Harriet contribuyó con una de las botellas de aguardiente que aún le quedaban. Louise nos sirvió un guiso que, según ella, contenía carne de alce y algunas de las verduras que uno de sus amigos cultivaba en un invernadero que, aseguraba, también le servía de vivienda. Se llamaba Olof, dormía entre los pepinos y era uno de sus contrincantes en el ring cuando llegaba la primavera.

No tardamos en estar ebrios los tres, aunque Harriet más que ninguno. De vez en cuando daba una cabezada.

Louise tenía una forma curiosa de chasquear los dientes cuando apuraba un vaso. Yo intentaba no marearme, pero no lo logré.

En una conversación cada vez más desquiciada y desgarradora empecé a intuir algo de la historia común de Louise y Harriet. Siempre habían mantenido el contacto, discutían a menudo y no estaban de acuerdo en casi nada. Pero también se amaban. De modo que me encontraba con una familia gobernada por mucha ira, pero también unida por unos lazos de intenso amor.

Durante un buen rato, nuestra conversación trató principalmente de perros. No de los que andaban con correa, sino de los perros salvajes que poblaban las llanuras africanas. Mi hija decía que le recordaban a sus amigos del bosque, una jauría de perros africanos que meneaban sus rabos saludando a la jauría de boxeadores de Norrland. Le conté que yo tenía un perro cuya mezcla de razas resultaba difícil de determinar. Cuando Louise supo que el perro corría suelto por la isla de mis abuelos, asintió complacida. También mi viejo gato despertó su interés.

Harriet terminó durmiéndose por el cansancio, el aguardiente y el vino de grosella. Louise la cubrió amorosamente con una manta.

–Siempre ha roncado. Cuando yo era niña, fingía que no era ella, sino mi padre, quien venía roncando como una sombra a darme las buenas noches. ¿Tú roncas?

–Sí.

–¡Menos mal! ¡Un brindis por mi padre!

–Por mi hija.

Llenó los vasos con mano vacilante, el vino rojo se derramó sobre la mesa y ella lo secó con la palma de la mano.

–Cuando oí el coche que se detenía y salí al jardín, me pregunté con qué clase de viejo se habría juntado Harriet en esta ocasión.

–¿Es que suele venir con distintos hombres?

–Viejos. No hombres. Siempre encuentra quien la traiga hasta aquí y vuelva a llevarla a casa después. Es capaz de sentarse en una pastelería del barrio de Söder, en el centro de Estocolmo, con su aspecto triste y cansado. Siempre aparece alguien que le pregunta si puede ayudarla, tal vez llevarla a casa. Y una vez en el coche, últimamente hasta con el andador en el maletero, le cuenta que su casa está a unos trescientos kilómetros hacia el norte, justo al sur de Hudiksvall. Por sorprendente que parezca, casi nadie se niega a traerla hasta aquí. Pero pronto se cansa del mismo y suele cambiar. Mi madre es una mujer impaciente. Durante largos periodos de mi niñez y mi adolescencia, despertaba cada domingo con un hombre distinto. A mí me encantaba saltar a su cama y despertar a aquellos hombres hasta que hacían el desagradable descubrimiento de que yo existía. Después ella se pasaba largas temporadas sin mirar siquiera a los hombres.

Salí a orinar. La noche centelleaba. A través de la ventana vi cómo Louise ponía un almohadón bajo la cabeza de su madre. Sentí deseos de llorar. O de salir corriendo de allí, meterme en el coche y marcharme. Pero seguí mirándola por la ventana con la sensación de que ella sabía que yo estaba allí observándola a hurtadillas. De repente, volvió la cabeza hacia la ventana y me sonrió.

No me metí en el coche, sino que entré en la caravana.

Nos sentamos de nuevo en la angosta caravana a beber y a continuar con nuestra torpe conversación. Creo que, en el fondo, ninguno de los dos dijo lo que en verdad quería decir. Louise sacó unos álbumes de fotos de un cajón. Instantáneas descoloridas, en blanco y negro, pero sobre todo malas fotos en color, de las que se hacían en los años sesenta, cuando a casi todo el mundo le salían reflejos del flash en los ojos y los fotografiados miraban al espectador como vampiros. Había fotografías de la mujer a la que yo había abandonado y de la hija que yo habría querido tener más que nada. Una niña pequeña, no una mujer adulta. Había una expresión vigilante en su mirada. Como si en realidad no quisiera que la vieran.

Hojeé el álbum. Louise apenas hablaba, sólo respondía cuando yo preguntaba. ¿Quién había tomado la foto? ¿Dónde estaban? El verano que mi hija cumplió los siete años, ella, Harriet y un hombre llamado Rickard Munter pasaron varias semanas en la isla de Getterö, cerca de Varberg. Rickard Munter era un hombre corpulento y calvo, que siempre llevaba un cigarrillo entre los labios. Sentí un atisbo de celos. Él había estado con mi hija cuando era pequeña, como yo deseaba que fuese aún. Rickard Munter había muerto pocos años más tarde, cuando su relación con Harriet ya había terminado. Un tractor le volcó encima y lo aplastó. Ahora no quedaba de él más que aquella imagen con el cigarrillo en la boca y los reflejos rojos del flash en las pupilas.

Cerré el álbum. No tenía fuerzas para seguir viendo fotos. El contenido de la garrafa de vino iba disminuyendo. Harriet dormía. Le pregunté a Louise para quién escribía cartas. Ella negó con un gesto.

–Ahora no. Mañana, cuando despertemos y nos hayamos recuperado de la resaca. Ahora será mejor dormir. Por primera vez en mi vida podré acostarme entre mis padres.

–No creo que quepamos en esa cama –observé–. Yo dormiré en el suelo.

–Cabremos.

Louise movió con cuidado a Harriet y cerró la mesa después de retirar tazas y vasos. La cama era extensible, pero yo veía que, aun así, estaríamos terriblemente estrechos.

–No pienso quitarme la ropa delante de ti –me dijo–. Sal afuera. Daré unos golpes en la pared cuando me haya metido en la cama.

Hice lo que me pedía.

El firmamento parecía girar sobre mí. Di un traspié y me caí sobre la nieve. Me había enterado de que tenía una hija a la que tal vez yo llegase a gustarle, que tal vez llegase incluso a amarme a mí, a un padre al que jamás hasta ese momento había conocido.

Contemplé mi vida.

Hasta ahí había llegado. Quizá quedasen aún un par de encrucijadas. Pero no muchas. Y no por mucho tiempo.

Louise aporreó la pared. Había apagado todas las lámparas y había encendido una vela que tenía sobre el pequeño frigorífico. Vi los dos rostros, muy pegados el uno al otro. Harriet junto a la pared; junto a ella, mi hija. Para mí quedaba una delgada franja de la cama.

–Apaga la vela –me dijo Louise–. No quiero que ardamos la primera noche que duermo con mis padres.

Me quité la ropa, aunque me dejé los calzoncillos y la camiseta interior, apagué la vela y me arrebujé bajo el edredón. Era imposible evitar rozar a Louise. Noté con horror que pensaba dormir desnuda.

–¿No podrías ponerte un camisón? –le pregunté–. No puedo dormir contigo desnuda a mi lado. Me imagino que lo comprendes.

Louise trepó por encima de mí y se puso algo que me pareció un vestido. Después se acostó de nuevo.

–Bien, ahora, a dormir –dijo–. Por fin podré oír roncar a mi padre. Estaré despierta hasta que te hayas dormido.

Harriet murmuró algo en sueños. Cuando se dio la vuelta, los demás tuvimos que hacer otro tanto. El cuerpo de Louise era cálido. Deseé que fuese una niña que durmiese segura junto a mí, con su camisón. No una mujer adulta que, de repente, irrumpía en mi vida.

No sé cuándo me dormí. Seguro que pasó un buen rato, hasta que la cama dejó de dar vueltas.

Cuando desperté, estaba solo en la cama.

La caravana estaba vacía. No tuve que levantarme y abrir la puerta para saber que se habían llevado el coche.

3

Me imaginaba perfectamente cómo le dio Louise la vuelta al coche y cómo partieron de allí. De repente se me ocurrió que quizá lo tendrían calculado desde el principio. Harriet fue a buscarme, me permitió encontrarme con mi hija desconocida y, después, se llevaron mi coche y se marcharon. Me habían dejado tirado en el bosque.

Eran las diez menos cuarto. El tiempo había cambiado y estábamos a varios grados sobre cero. El agua goteaba de la sucia caravana. Volví a entrar, me dolía la cabeza y tenía la boca seca. No habían dejado ningún mensaje que explicase su partida. Sobre la mesa vi un termo de café. Saqué una taza desportillada, decorada con publicidad de una cadena de herbolarios.

El bosque parecía estar acercándose más y más a la caravana.

El café era muy fuerte y la resaca muy pesada. Salí con la taza en la mano. Una húmeda niebla se había extendido sobre los árboles. A lo lejos, oí disparos de una escopeta. Contuve la respiración. Otro disparo. Después, nada más. Se diría que los sonidos se veían obligados a guardar cola para que se les diese acceso al silencio, con reservas, tan sólo un sonido cada vez.

Entré y comencé a registrar metódicamente el interior de la caravana. Pese a ser tan pequeña, contenía una sorprendente cantidad de espacios de almacenamiento. Louise lo mantenía todo en perfecto orden. Le gustaba vestir prendas de color castaño, a veces de un rojo apagado, principalmente los colores de la tierra.

En un pequeño cofre rústico que llevaba la fecha de 1822 pintada sobre la tapa encontré, para asombro mío, una gran cantidad de dinero. Billetes de mil y de quinientas que sumaban un total de cuarenta y siete mil coronas. Después seguí revisando unos cajones que contenían documentos y cartas. Lo primero que encontré fue una fotografía firmada de Erich Honecker. En el reverso decía que había sido tomada en 1986 y que la había enviado la embajada de la República Democrática Alemana en Estocolmo. En el cajón había además otra serie de fotografías, todas ellas firmadas. De Gorbachov, de Ronald Reagan, así como de lo que supuse eran dignatarios de estados africanos a los que yo no conocía. Asimismo, hallé la instantánea de un primer ministro australiano cuyo nombre no pude descifrar.

Continué mi revisión con el siguiente cajón, que estaba lleno de cartas. Tras haber leído cinco de ellas, empecé a intuir a qué se dedicaba mi hija. Escribía cartas a los líderes políticos de todo el mundo para protestar por su modo de tratar tanto a sus ciudadanos como a las personas de otros países. En cada sobre había una copia de la carta que ella misma había enviado, escrita con su abigarrada caligrafía, y la respuesta recibida. A Erich Honecker le había escrito, en inglés y con tono apasionado, que el muro que dividía Berlín era una vergüenza. La respuesta a aquella carta había sido una fotografía en la que Honecker aparecía sobre un podio saludando a una borrosa masa popular. En otra carta, Louise le decía a Margaret Thatcher que debía tratar con decencia a los mineros del carbón que estaban en huelga. No hallé ninguna respuesta de la Dama de Hierro. O, al menos, el sobre estaba vacío, salvo por la fotografía de la mencionada dama blandiendo el bolso. Pero ¿de dónde había sacado Louise el dinero? No conseguí averiguarlo.

Y no pude seguir. De pronto, oí el ruido del coche que se acercaba. Cerré los cajones y salí. Louise conducía muy deprisa. El coche se bamboleaba de un lado a otro sobre la nieve mojada.

Louise sacó el andador del maletero.

–No queríamos despertarte. Me alegro de que mi padre conozca el arte de roncar.

Le ayudó a Harriet a salir del coche.

–Hemos ido de compras –dijo ufana–. He comprado medias, una falda y un sombrero.

Louise sacó unas bolsas de ropa del maletero.

–Mi madre siempre se ha vestido fatal –aseguró.

Llevé las bolsas a la caravana mientras Louise sujetaba a Harriet por la resbaladiza pendiente.

–Nosotras ya hemos comido –explicó Louise–. ¿Tienes hambre?

La tenía, pero negué con un gesto. No me había gustado lo más mínimo que cogiese el coche sin preguntarme.

Harriet se echó a descansar un rato. Comprendí que la excursión le había sentado bien pero, al mismo tiempo, le había supuesto un esfuerzo. No tardó en dormirse. Louise sacó el sombrero rojo que Harriet se había comprado.

–Le va muy bien –aseguró–. Este sombrero parece hecho para ella.

–Jamás la he visto llevar sombrero. En nuestra juventud, nunca lo llevábamos. Ni siquiera cuando hacía frío.

Louise puso de nuevo el sombrero en la bolsa y miró a su alrededor en la caravana. ¿Habría dejado alguna pista? ¿Descubriría que había invertido mi tiempo en registrar sus cosas? Louise se volvió hacia mí y observó mis zapatos, que estaban sobre un periódico, junto a la puerta. Eran unos zapatos que tenía desde hacía muchos años. Estaban muy desgastados y los agujeros de los cordones desgarrados. Louise se levantó, tapó a Harriet con una manta y se puso el abrigo.

–Salgamos un momento –propuso.

Acepté encantado. El dolor de cabeza me atormentaba.

Nos quedamos ante la caravana, respirando hondo el aire hiriente. Pensé que, durante varios días, había descuidado mi costumbre de escribir en el diario. No me gusto a mí mismo cuando incumplo mis hábitos.

–Tienes el coche muy abandonado –afirmó Louise–. Los frenos funcionan mal.

–A mí me vale como está. ¿Adónde vamos?

–Vamos a visitar a un buen amigo. Quiero hacerte un regalo.

Hice girar el coche en el aguanieve. Cuando salimos a la carretera principal, me pidió que continuase por la izquierda. Varios camiones que iban cargados de troncos de madera levantaron nubes de nieve a su paso. Después de recorridos varios kilómetros me señaló a la derecha; una señal informaba de que íbamos camino de Motjärvsbyn. Los densos abetos poblaban los bordes de la carretera, que no estaba bien limpia de nieve. Louise miraba por la ventanilla. Iba tarareando una melodía que reconocí, aunque no sabía cómo se llamaba.

El camino se bifurcó y Louise señaló a la izquierda. Un kilómetro más adelante, el bosque se abrió y dio paso a un espacio poblado de granjas, una tras otra, cuyas casas estaban vacías, muertas, las chimeneas sin humo. Tan sólo la casa que había al final del camino, una vivienda de dos plantas construida de maderos, con el porche pintado de un verde ya descolorido, mostraba indicios de vida. Había un gato sentado en la escalera de la entrada y una delgada columna de humo surgía de la chimenea.

–Via Salandra, en Roma –dijo Louise–. Es una calle que tengo que visitar algún día. ¿Tú has estado en Roma?

–Sí, he estado allí en varias ocasiones. Pero no conozco esa calle.

Louise salió del coche y yo la seguí. Desde el interior de la casa, que debía de tener más de cien años, se oía una ópera.

–Aquí vive un genio –aseguró Louise–. Giaconelli Mateotti. Ahora ya es un anciano. Hace tiempo trabajó para la famosa familia de fabricantes de zapatos Gatto. Siendo un niño, le enseñó el propio Angelo Gatto, que puso en marcha su taller a principios del siglo veinte. Y ahora se ha venido a vivir al bosque, con todo el conocimiento acumulado a lo largo de los años. Se cansó del tráfico, de la gente importante que tenía por clientes, siempre impacientes y nada respetuosos con el hecho de que fabricar unos buenos zapatos exige paciencia y tiempo. –Louise me miró a los ojos y sonrió–. Quiero hacerte un regalo –reiteró–. Quiero que Giaconelli fabrique un par de zapatos para ti. Los que llevas son un insulto para tus pies. Giaconelli me ha hablado de la cantidad de huesecillos y músculos maravillosos que son condición indispensable para que podamos caminar y correr, ponernos de puntillas, bailar ballet o simplemente estirarnos para alcanzar algo que se halla en la parte más alta de una estantería. Sé que las cantantes de ópera no prestan atención ni a los directores de escena ni a los de orquesta, ni se preocupan de los trajes ni de los altísimos tonos que han de alcanzar, con tal de llevar un par de zapatos adecuados con los que poder cantar.

Me resultó extraño imaginar que mi padre y mi hija hubiesen podido tener tanto de lo que hablar.

Pero ¿y esos zapatos que me ofrecía? Quise protestar, pero ella alzó la mano, subió la escalinata, apartó al gato y abrió la puerta. La música nos recibió. Procedía de una de las habitaciones interiores. Atravesamos aquellas salas en las que vivía Mateotti y en las que guardaba las pieles y hormas para sus zapatos. En una pared se leía un lema pintado a mano, supongo que del puño de Giaconelli. Alguien llamado Zhuang Zhou había dicho que «Cuando el zapato se ajusta bien, nadie piensa en el pie».

Había una habitación repleta de hormas de madera, colocadas en estanterías que iban del suelo al techo. Cada par tenía una etiqueta con un nombre. Louise iba sacando las hormas de distintos lugares y no pude ocultar mi asombro al leer los nombres. Giaconelli había confeccionado zapatos para presidentes norteamericanos ya muertos, pero aún conservaba sus hormas. Había nombres de dirigentes políticos y actores, de personas que habían sido ejecutadas o beatificadas. Resultaba una experiencia alucinante la de ir paseándose entre pies tan célebres. Era como si las hormas hubiesen llegado caminando sobre la nieve y las ciénagas para que aquel maestro al que yo aún no había conocido tuviese la posibilidad de fabricar sus maravillosos zapatos.

–Un proceso de doscientos pasos –explicó Louise–. Se necesita mucho para fabricar un solo zapato.

–Debe de ser muy caro –observé yo–. Cuando los zapatos se convierten en joyas.

Louise sonrió.

–Giaconelli me debe un favor. Se alegrará de poder resarcirme.

«Resarcir.»

¿Cuándo había sido la última vez que había oído aquella palabra tan inusual? No lo recordaba. Tal vez en los bosques el idioma sobrevivía de forma distinta, mientras que en las grandes ciudades las palabras eran perseguidas como proscritos.

Continuamos caminando por la vieja casa. Por todas partes se veían hormas y herramientas; una de las habitaciones despedía un intenso olor a las pieles curtidas que aparecían amontonadas sobre sencillas mesas de madera.

La música había cesado, la ópera había llegado a su fin. Los viejos listones de madera del suelo crujían a nuestro paso.

–Espero que te hayas lavado los pies –dijo Louise cuando llegamos a la última puerta cerrada.

–¿Y qué pasa si no lo he hecho?

–Giaconelli no dirá nada. Pero se entristecerá, aunque no te lo haga ver.

Louise llamó a la puerta antes de abrirla.

Junto a una mesa sobre la que descansaban ordenadas filas de herramientas había un anciano inclinado sobre una horma parcialmente revestida de piel. Llevaba gafas y, salvo unos mechones de pelo que le cubrían la nuca, estaba calvo. Era menudo, uno de esos hombres que pueden dar la impresión de ser ingrávidos. La habitación sólo tenía una mesa. Las paredes estaban vacías, sin estanterías ni otras hormas, tan sólo las vigas desnudas de las paredes. La música surgía de la radio que había en una de las ventanas. Louise se inclinó y besó al viejo en la coronilla. El hombre pareció encantado de verla y dejó enseguida y con delicadeza el zapato marrón que estaba confeccionando.

–Éste es mi padre –anunció mi hija–. Al fin ha vuelto, después de tantos años.

–Un buen hombre siempre vuelve –repuso Giaconelli en sueco con acento extranjero.

Se levantó y me dio un fuerte apretón de manos.

–Tienes una hija muy hermosa –me dijo–. Y, además, a una excelente boxeadora. Ríe mucho y me ayuda cuando lo necesito. ¿Por qué has estado al margen tanto tiempo?

El hombre seguía sin soltar mi mano y cada vez me la agarraba con más fuerza.

–No he estado al margen. Simplemente, no sabía que tenía una hija.

–Un hombre siempre sabe, en el fondo, si tiene hijos o no. Pero has vuelto. Louise está contenta. Eso es cuanto necesito saber. Lleva demasiado tiempo esperando a que aparezcas a través del bosque. Tal vez, sin saberlo, has estado todos estos años de camino. Resulta tan fácil perderse dentro de uno mismo como perderse por el bosque o en las ciudades.

Fuimos a la cocina de Giaconelli. En contraste con el aspecto ascético de su taller, la cocina estaba invadida de cacerolas, hierbas secas, trenzas de ajos colgadas del techo, candiles e hileras de tarros de especias amontonados en estanterías bellamente trabajadas. En el centro había una enorme mesa de gran solidez. Giaconelli siguió mi mirada y pasó la mano por la lisa superficie.

–Haya –explicó–. La misma maravillosa madera con la que fabrico las hormas. Antes me traían la madera de Francia. Las hormas no pueden fabricarse con ninguna otra madera que la de las hayas que crecen en zonas escabrosas, árboles que soportan la sombra y que no se ven afectados por los inesperados cambios del clima. Siempre había elegido personalmente los árboles que quería que cortasen. Dos o tres años antes de que necesitara reponer mi almacén elegía esos árboles. Siempre los talaban en invierno, los cortaban en largueros de dos metros, nunca más, y los almacenaban a la intemperie durante mucho tiempo. Cuando me vine a vivir a Suecia, me procuré un proveedor de Escania. Ahora ya soy demasiado viejo para emprender cada año un viaje y elegir los árboles. Eso me causa una gran pesadumbre. Pero yo cada vez fabrico menos hormas. Me paseo por esta casa pensando que pronto no fabricaré más zapatos. El hombre que elige los árboles que se han de talar me dio esta mesa de haya cuando cumplí los noventa.

El viejo maestro nos invitó a sentarnos y sacó una botella de vino tinto protegida por un envoltorio de mimbre. Cuando llenó las copas, no le tembló el pulso.

–Un brindis por el padre retornado –dijo alzando su copa.

El vino era excelente. Comprendí que, durante toda mi solitaria estancia en la isla, había estado añorando algo sin saberlo. Compartir un vaso de vino con mis amigos.

Giaconelli empezó a contar extrañas historias acerca de todos los zapatos que había fabricado en su vida, sobre los clientes que siempre volvían y cuyos hijos aparecían un día ante la puerta de su taller, cuando sus padres ya habían pasado a mejor vida. Pero, ante todo, habló de todos los pies que había visto y medido para poder fabricarles después la horma. Acerca del pie sobre el que todo reposaba, la parte del cuerpo que, a lo largo de mi vida, ya me había llevado a cuestas a lo largo de ciento cincuenta mil kilómetros. Sobre la importancia de la cabeza del talón –*caput tali*– para la fortaleza del pie. Tampoco dejaba de despertar en mí gran interés ese pequeño e insignificante huesecillo en forma de dado, el *os cuboideum*. Aquel hombre parecía saberlo todo sobre los huesos y los músculos del pie. Yo conocía por mis estudios de medicina muchas de las cosas a las que se refería; por ejemplo, la genial e increíble construcción anatómica que consistía en que todos los músculos debían ser cortos, con el fin de proporcionar fuerza, resistencia y flexibilidad.

Louise dijo que quería que Giaconelli me hiciese un par de zapatos. Él asintió pensativo y observó un buen rato mi rostro antes de centrar su atención en mis pies. Apartó un cuenco de barro lleno de cacahuetes y almendras y me pidió que me subiese sobre la mesa.

–Sin zapatos y sin calcetines. Sé que hay zapateros modernos que consienten en tomar las medidas del pie con los calcetines puestos. Pero yo soy de la vieja escuela. Quiero ver el pie desnudo y nada más.

Jamás en mi vida me había imaginado que, un día, alguien fuese a medirme el pie para hacerme un par de zapatos. Los zapatos eran algo que uno se probaba en una zapatería. Vacilé un instante, pero al final me quité mis viejos zapatos, me quité los calcetines y me subí a la mesa. Giaconelli observó apesadumbrado mis zapatos. Al parecer, Louise ya había presenciado cómo le medían los pies a la gente, puesto que se fue hacia una de las otras habitaciones y volvió con varias hojas de papel, un cartapacio y un lápiz.

Era como asistir a una ceremonia. Giaconelli miraba mis pies, pasaba por ellos los dedos y me preguntaba si me encontraba bien.

–Creo que sí.

–¿Estás totalmente sano?

–Sufro cefaleas.

–¿Y los pies, están bien?

–Por lo menos no me duelen.

–¿No se te hinchan?

–No.

–Lo más importante para fabricar un zapato es medir el pie en condiciones de absoluta calma, nunca por la noche, nunca con luz artificial. A mí sólo me interesa ver tus pies cuando están bien.

Me pregunté si me estaban gastando una broma. Pero Louise parecía seria, dispuesta a empezar a escribir.

A Giaconelli le llevó algo más de dos horas hacer una valoración de mis pies y redactar un protocolo con todas las medidas que le permitirían fabricar mis hormas y, a partir de ellas, los zapatos que mi hija pensaba regalarme. Durante esas dos horas aprendí que el universo de los pies es mucho más complejo y amplio de lo que podía creerse. Giaconelli buscó largo rato el eje de longitud imaginario que determinaba si mi pie derecho o izquierdo señalaba hacia fuera o hacia dentro. Comprobó la forma de la planta y el empeine, intentó localizar deformaciones características, si tenía los pies planos, si tenía torcido el dedo meñique o si los pulgares se elevaban por encima de lo normal, como los dedos en martillo. Comprendí que existía una regla de oro que Giaconelli seguía rigurosamente: los mejores resultados se obtenían con los instrumentos de medición más sencillos. Así, él se contentaba con dos moldes de talón y una cinta métrica para zapateros. Dicha cinta, de color amarillo, contenía dos escalas. Con una se medía la longitud del pie en puntadas francesas, de 6,66 milímetros. La otra medía el ancho y el contorno del pie según el sistema métrico decimal, en centímetros y milímetros. Aparte de estos instrumentos utilizaba una vieja escuadra y, cuando me coloqué sobre el papel blanco, dibujó la silueta de mis pies con un simple lápiz. Entre tanto no cesaba de hablar, como cuando, según recordaba de mis años de cirujano, los médicos de más edad aludían a cada movimiento que hacían, valoraban cada corte, el flujo sanguíneo, el estado general del paciente. Del mismo modo, mientras dibujaba el contorno de mis pies, Giaconelli contaba que, al ejecutar aquello, el lápiz debía formar un ángulo de noventa grados exactamente. Si el ángulo era inferior a los noventa grados, explicó en su sueco de peculiar acento, los zapatos resultarían un número más pequeños, como mínimo.

Seguía con el lápiz la forma del pie desde el talón, siempre había que empezar por el talón, para continuar por la parte interior del pie hasta el dedo pulgar, pasar después las puntas de los demás dedos y dibujar luego la parte exterior hasta volver al talón. Me pidió que apretase los dedos contra el suelo. Eso dijo, pese a que me encontraba sobre la mesa y tenía un papel bajo los pies. Para Giaconelli, la base siempre era el suelo y nada más.

–Unos buenos zapatos han de ayudar al hombre a olvidar la existencia de sus pies –decía–. Nadie camina por la vida sobre una mesa ni tampoco sobre un papel extendido. El pie y el suelo que pisa forman una unidad.

Puesto que el pie izquierdo y el derecho nunca son exactamente iguales, tuvo que dibujar el contorno de ambos. Una vez listos los contornos, Giaconelli marcó la posición de los dedos primero y quinto, así como los puntos más sobresalientes del empeine y el talón. Dibujaba despacio, como si no sólo siguiese cuidadosamente el contorno de mi pie, sino que se hallase también inmerso en un proceso interior del que yo todo lo ignoraba, que yo sólo podía intuir. Ya había observado esa misma actitud en los cirujanos que más admiraba. Esos médicos creaban, durante sus operaciones, algo que guardaban secretamente para sí.

Cuando por fin pude bajarme de la mesa, repitió toda la operación mientras yo estaba sentado en una vieja silla de mimbre. Supuse que Giaconelli se la había traído de Roma cuando decidió continuar su trabajo en el corazón de los bosques de Norrland. Seguía mostrándose igual de exhaustivo pero, en lugar de hablar, tarareaba la ópera que estaba sonando cuando Louise y yo entramos en su casa.

Después, una vez concluidas las mediciones, pude ponerme los calcetines y los zapatos, en su lamentable estado, y nos tomamos otra copa de vino. Giaconelli parecía cansado, como si la operación de medirme los pies lo hubiese dejado exhausto.

–Propongo un par de zapatos negros con un matiz violeta –sugirió Giaconelli–. Un pespunte en la parte superior y agujeros para los cordones. Para mantener un tono discreto y, al mismo tiempo, darles un toque personal, utilizaremos dos clases de piel. Para la parte superior tengo un trozo de piel curtida hace doscientos años que otorgará un toque particular al color y la impresión que causen los zapatos.

Volvió a llenar las copas con el vino que quedaba en la botella.

–Dentro de un año estarán listos –aseguró–. En estos momentos estoy trabajando en los zapatos de un cardenal del Vaticano. Además, tengo un par para el dirigente Keskinen y le he prometido a la cantante Klinkowa un par de zapatos para sus actuaciones. Empezaré los tuyos dentro de ocho meses; dentro de un año estarán listos.

Apuramos las copas. Nos estrechó la mano y se marchó. Cuando salimos, volvimos a oír la música procedente de la habitación en la que tenía el taller.

Acababa de conocer a un maestro que vivía en un pueblo desierto de los grandes bosques. Muy lejos de las ciudades se escondían personas que poseían conocimientos maravillosos y sorprendentes.

–Un hombre extraordinario –comenté mientras nos dirigíamos al coche.

–Un artista –precisó mi hija–. Sus zapatos no pueden compararse con los demás, no pueden imitarse.

–¿Por qué vino aquí, en realidad?

–La ciudad lo enloquecía. La angostura, la impaciencia que no le permitía realizar su trabajo con calma. Vivía en la Via Salandra. Y yo me he propuesto ir allí un día para ver lo que dejó atrás.

Recorrimos el creciente ocaso. Cuando nos acercamos a una parada de autobús, me pidió que me desviase y me detuviese.

El bosque estaba cerca. La miré antes de preguntar:

–¿Por qué paramos?

Louise extendió la mano hacia mí. Yo la estreché entre las mías. Nos mantuvimos así, sentados y en silencio. Un camión que transportaba madera se acercaba atronador levantando nubes de polvo de nieve.

–Sé que registraste mi caravana mientras estábamos fuera. No importa. No encontrarás mis secretos en cajones y estanterías.

–Vi que escribes cartas y que, a veces, te responden. Pero no recibes las respuestas que deseas, ¿no?

–Recibo fotografías firmadas de políticos a los que acuso de algún crimen. La mayoría de ellos responde con evasivas, si es que responden.

–¿Qué esperas conseguir con ello?

–Una diferencia tan nimia que, seguramente, no se percibe. Pero no por ello deja de ser una diferencia.

Yo tenía muchas preguntas, pero Louise me interrumpió antes de que me diese tiempo de formularlas.

–¿Qué quieres saber de mí?

–Llevas una vida extraña, aquí en medio del bosque. Pero tal vez no pueda considerarse más extraña que la mía. Me cuesta preguntar acerca de todo aquello que me suscita una duda. Pero puedo ser un buen oyente. Los médicos deben serlo.

Louise permaneció en silencio un instante, antes de comenzar a hablar.

–Tu hija ha estado en la cárcel. Hace once años. No había cometido ningún crimen violento. Sólo estafas.

Entreabrió la puerta pese a que el frío se adueñaría enseguida del interior del coche, como así ocurrió.

–Yo digo la verdad –prosiguió–. Da la impresión de que tú y mi madre os habéis mentido todo el tiempo. No quiero ser como vosotros.

–Éramos jóvenes –me excusé–. Ninguno de los dos sabía lo bastante de sí mismo como para actuar siempre correctamente. La verdad puede resultar mucho más difícil de sobrellevar. Las mentiras son más simples.

–Quiero que sepas cómo lo he pasado. Cuando era niña, me veía a mí misma como un objeto de intercambio. O como si estuviese en casa de mi madre sólo de forma provisional, a la espera de mis verdaderos padres. Ella y yo manteníamos una guerra sin cuartel. Has de saber que no era fácil vivir con Harriet. De eso te has librado.

–¿Qué pasó?

Louise se encogió de hombros.

–El lamentable repertorio de siempre. Todo según el orden habitual. Pegamento, disolvente, drogas, hacer novillos. Pero no me hundí. Salí a flote. Recuerdo aquel tiempo como una época de jugar a la gallina ciega. Vivía con una venda en los ojos. Mi madre, en lugar de ayudarme, me reprendía. Intentaba mostrar su amor por mí a gritos. Huí de casa en cuanto pude. Me vi envuelta en una maraña de deudas que me llevó a las estafas y, de ahí, a una puerta que se cerró tras de mí. ¿Sabes cuántas veces me visitó Harriet cuando estuve encerrada?

–No.

–Una. Justo antes de que me soltaran. Para asegurarse de que no tenía planes de mudarme a casa. Después de aquello estuvimos cinco años sin hablarnos. Y tardamos en recuperar el contacto.

–¿Qué pasó después?

–Conocí a Janne, que era de aquí. Un día, su cuerpo amaneció frío a mi lado. El funeral de Janne se celebró en una iglesia del lugar. A él acudieron familiares de cuya existencia yo no tenía noticia. Me levanté de repente y dije que quería entonar un canto. No sé de dónde saqué el valor. Tal vez nació de la ira ante el hecho de encontrarme sola de nuevo y al ver a todos aquellos parientes, que no aparecieron cuando los necesitábamos. Lo único que me vino a la mente fue el primer verso de *En sjöman älskar havets våg.** Lo repetí dos veces y, después, con el tiempo, he llegado a pensar que en mi vida he hecho nada mejor. Cuando salí de la iglesia y vi los azulados bosques de Hälsingland, experimenté una sensación inequívoca de comunión con la espesura y la quietud que emanaba. Así vine aquí. No lo tenía planeado, sino que fue pura casualidad. Mientras los demás se marchan de aquí, yo elegí darle la espalda a la ciudad. Aquí conocí a personas de cuya existencia no tenía ni idea. Nadie me había hablado de ellas.

Interrumpió su relato y me dijo que hacía demasiado frío en el coche para continuar. Yo tenía la sensación de que lo que me había contado podría leerse en la contraportada de un libro. El resumen de una vida, vivida tanto tiempo. En realidad, aún lo ignoraba todo sobre mi hija. Pero al menos ya había empezado a hablar.

Puse el coche en marcha. Los faros rasgaron la oscuridad.

* «El marino ama las olas del mar», canción de marineros atribuida al capitán y aventurero Gustaf Arthur Ossian Limborg (1848-1908) y sobre cuya melodía se han compuesto numerosas variantes de canciones de brindis. *(N. de la T.)*

–Quería que lo supieras –dijo–. Poco a poco.

–Tardaremos lo que tengamos que tardar –respondí–. Uno se acerca mejor a los demás si avanza despacio. Tanto en tu caso como en el mío. Si vamos demasiado deprisa, podemos colisionar o encallar.

–¿Como en el mar?

–Aquello que no vemos solemos descubrirlo demasiado tarde. No sólo cuando se trata de las vías marítimas no marcadas, también cuando se trata de las personas.

Giré para salir a la carretera comarcal. ¿Por qué no le hablé de la catástrofe que me sobrevino a mí? Tal vez sólo por el cansancio y el desconcierto que los sucesos del último día habían provocado en mí. Se lo contaría, pero no en ese momento. Era como si aún estuviese viviendo el instante en que salía de mi agujero en el hielo, cuando intuí que había algo a mi espalda y descubrí a Harriet en la banquisa, apoyada en su andador.

Me encontraba en el corazón de los melancólicos bosques de Norrland. Pese a todo, la mayor parte de mí seguía en el agujero.

Cuando regresara, si todo seguía helado, me llevaría mucho tiempo volver a cavarlo.

4

Los faros del coche y las sombras bailaban una danza sobre la nieve.

Salimos del coche en silencio. El cielo estaba despejado y plagado de estrellas, hacía más frío: la temperatura empezaba a descender. Una luz tenue se filtraba por una de las ventanas de la caravana.

Cuando entramos, oímos enseguida que la respiración de Harriet no era normal. No conseguí despertarla. Le tomé el pulso, acelerado e irregular. Tenía el tensiómetro en el coche y le pedí a Louise que fuese a buscarlo. Tanto la tensión sistólica como la diastólica eran demasiado altas.

La llevamos a mi coche. Louise me preguntó qué le pasaba. Le respondí que debíamos acudir con ella a un servicio de urgencias donde pudieran examinarla. Tal vez le hubiese dado un ataque de apoplejía, o quizás el fallo tuviese que ver con su estado. No lo sabía.

Atravesamos la noche en dirección a Hudiksvall. El hospital nos aguardaba como un buque iluminado. Dos enfermeras muy amables nos recibieron en la ventanilla de admisión de urgencias. Harriet había recuperado la conciencia y el médico no tardó en empezar a examinarla. Aunque Louise me miraba inquisitiva, yo no revelé que también era médico o que por lo menos lo había sido. Sólo dije que Harriet tenía cáncer y que tenía los meses contados. Que tomaba analgésicos para el dolor y eso era todo. Anoté en un papel el nombre de los medicamentos y se lo di al doctor.

Esperamos mientras el médico, que tenía mi edad, terminaba su examen. Después dijo que pensaba retenerla allí en observación durante la noche. Nada de lo que había podido comprobar hasta el momento indicaba una crisis. Lo más probable es que fuese una recaída debida a su estado general.

Harriet había vuelto a dormirse cuando la dejamos para salir otra vez a la oscuridad de la noche. Eran más de las dos y el cielo seguía despejado. Louise se paró en seco.

–¿Crees que va a morir? –preguntó.

–No creo que muera esta noche. Ella es de los que se hacen de rogar. Si ha sido capaz de atravesar la banquisa con un andador, es que aún le quedan muchas fuerzas. Creo que, cuando llegue el momento, nos avisará.

–Cuando tengo miedo, siempre me da hambre –dijo–. Otros se marean. Pero yo tengo que comer cuando estoy asustada.

Nos sentamos en el coche, ya frío.

Yo había visto una hamburguesería abierta a la entrada de la ciudad, y allí nos dirigimos. Había allí unos roqueros obesos y calvos que aún parecían anclados en los remotos años cincuenta. Estaban ebrios, todos menos uno que, según lo habitual, era el que conducía. Ante la puerta del establecimiento había un enorme Chevrolet reluciente. Al pasar ante ellos percibí el olor a gomina.

Oí con asombro que hablaban de Jussi Björling. Louise también se percató de que estaban borrachos al oír su estridente charla. Señaló discretamente a uno de los cuatro hombres, que llevaba aros de oro en las orejas, tenía un prominente estómago que le colgaba por encima de los vaqueros y restos de salsa de la ensalada en la comisura de los labios.

–Bror Olofsson –dijo en un susurro–. Esa banda se llama Bröderna Brothers.* Bror tiene una hermosa y melódica voz. Cuando era joven, solía cantar de solista en la iglesia. Pero cuando de adolescente se convirtió en roquero, dejó de cantar. Hay quien opina que podría haber llegado muy lejos, incluso a cantante de ópera.

–¿Por qué no hay por aquí gente normal? –pregunté mientras elegía el menú–. ¿Por qué toda la gente a la que conozco aquí es rara? Italianos que fabrican zapatos o viejos roqueros que hablan de Jussi Björling...

–No hay gente normal –respondió Louise–. Ésa es una imagen distorsionada del mundo, en la que nos quieren hacer creer los políticos. Que nos hallamos inmersos en una masa infinita de normalidad, sin posibilidad ni voluntad para afirmarnos como diferentes. Se habla tan condenadamente de una normalidad que no existe. O tal vez sólo sea una excusa para que ciertos políticos puedan tratarnos de forma despectiva. He pensado a menudo que debería empezar a escribir cartas también a políticos suecos. A la tripulación secreta.

–¿Qué tripulación?

–Yo los llamo así. Los que tienen el poder. Los que reciben mis cartas y no contestan nunca, salvo con fotografías de sí mismos como ídolos. La tripulación secreta del poder.

* Los hermanos Brothers o, lo que es lo mismo, Los hermanos «hermanos». El patronímico sueco Bror es, además, el singular de la palabra «hermano». *(N. de la T.)*

Pidió un plato llamado Kungsmål, mientras que yo me contentaba con una taza de café, una bolsa de patatas fritas y una hamburguesa. Louise estaba muy hambrienta. Parecía que quería comerse de golpe todo lo que tenía en la bandeja.

No era un espectáculo agradable de ver. Sus modales a la mesa me avergonzaban.

«Como una niña pobre», me dije. Recordé un viaje que hice a Sudán con un grupo de traumatólogos que debían estudiar el mejor modo de construir clínicas para aquellos que necesitaban prótesis tras haber resultado heridos por las minas antipersonas. Entonces vi cómo los niños pobres se lanzaban con violenta desesperación sobre la comida, unos granos de arroz, una pieza de verdura, tal vez una galleta procedente de algún país cooperante.

Aparte de los cuatro roqueros que, como hombres de las cavernas, habían surgido del pasado, también se encontraban en el local varios camioneros. Cabeceaban sobre las bandejas vacías como si estuviesen durmiendo o como si estuviesen considerando su propia condición mortal. Había además unas cuantas chicas, muy jóvenes, apenas mayores de catorce o quince años. Hablaban entre susurros, hipando a veces de risa para luego seguir con sus cuchicheos. Yo recordaba aquello, aquellas confesiones imperturbables que, en la adolescencia, uno era capaz de hacer y escuchar. Prometíamos un silencio que no tardábamos en quebrantar, jurábamos mantener unos secretos que difundíamos tan pronto como se nos presentaba la ocasión. En cualquier caso, aquellas chicas eran demasiado jóvenes para estar en aquel local a medianoche. Me irrité. ¿No deberían estar durmiendo? Louise siguió mi mirada. Ya había devorado su bandeja, antes de que yo le hubiese quitado la tapa al vaso de plástico de mi café.

–No las había visto antes –aseguró–. No son de por aquí.

–¿Acaso conoces a todos los habitantes de la ciudad?

–No, pero lo sé.

Intenté tomarme el café, pero sabía demasiado amargo. Pensé que deberíamos volver a la caravana y dormir unas horas, antes de que llegase el momento de regresar al hospital. Pero nos quedamos allí sentados hasta el amanecer. Para entonces, los roqueros se habían marchado. Y también las dos chicas. No me di cuenta de cuándo desaparecieron los camioneros. De repente, ya no estaban allí. Tampoco Louise advirtió su partida.

–Hay personas que se comportan como aves migratorias –afirmó–. Las grandes bandadas que vuelan hacia el sur o hacia el norte siempre lo hacen de noche. Y éstos volaron de aquí sin que nos diésemos cuenta.

Louise tomaba té. Los dos hombres de color que había detrás de la barra hablaban un sueco impenetrable que, poco a poco, se transformó en una lengua muy melódica, pero que a mí me sonó a melancolía. De vez en cuando, Louise me preguntaba si no deberíamos volver al hospital.

–Tienen tu número de teléfono por si ocurriese algo –la tranquilicé–. Así que podemos quedarnos aquí.

En realidad, teníamos pendiente una conversación interminable, una crónica que abarcaba casi cuarenta años. ¿Y si aquel restaurante, con sus luces de neón y su olor a fritura era el marco que necesitábamos?

Louise continuó hablando de su vida. Hubo un tiempo en que soñó con ser escaladora. Cuando le pregunté por qué, me respondió que porque tenía miedo a las alturas.

–¿Tiene eso algún sentido? ¿Colgarse para trepar por escarpadas laderas cuando, en realidad, te asusta subirte a una escalera?

–Pensé que le sacaría más partido que quienes no sufren vértigo. Lo intenté en una ocasión, en Laponia. No era una montaña muy escarpada. Pero mis brazos no eran lo bastante fuertes. Así que abandoné mi sueño de escaladora entre el brezo de aquellas rocas. Aproximadamente a la altura de Sundsvall, dejé de llorar la pérdida de mi sueño y decidí sustituirlo por el de aprender a hacer juegos malabares.

–¿Y qué tal te fue?

–Aún soy capaz de mantener en el aire tres bolas a la vez durante bastante tiempo. O tres botellas. Pero nunca llegué a ser tan buena como pretendía.

Esperé a que continuase. Alguien abrió la chirriante puerta del restaurante y una corriente de aire frío se coló antes de cerrarla de nuevo.

–Creí que jamás encontraría lo que buscaba –confesó–. Entre otras razones, porque jamás supe exactamente qué quería. O tal vez sea más apropiado decir que sabía lo que quería pero, también, que no lo encontraría jamás.

–¿Un padre?

Louise asintió.

–Intentaba encontrarte en mis juegos. Cada undécimo hombre con el que me cruzaba por la calle, era mi padre. Al trenzar una corona de flores en la noche de San Juan, no soñaba con quién sería el hombre de mi vida. En cambio, me dediqué a trenzar una cantidad infinita de coronas de flores con el deseo de verte. Pero tú no aparecías nunca. Recuerdo una ocasión en que me encontraba en una iglesia en cuyo altar había un cuadro que representaba a

Cristo flotando en el aire y rodeado de un resplandor que surgía desde sus pies. Dos soldados romanos se arrodillaban atemorizados por haberlo clavado en la cruz. De repente tuve la certeza de que tú eras uno de esos soldados. Tu rostro sería como el suyo. De modo que la primera vez que te vi llevabas la cabeza cubierta por un yelmo.

–¿No tenía Harriet ninguna fotografía mía?

–Le pregunté. Y registré sus cosas. Pero no encontré ni una.

–Pues nos hacíamos muchas fotos. Y ella era la que se encargaba de colocarlas y guardarlas.

–A mí me dijo que no tenía nada. Si las quemó, debería darte una explicación.

Fue a pedir otra taza de té. Uno de los hombres que trabajaba en la cocina dormitaba sentado en una silla y apoyado contra la pared, con la barbilla hundida en el pecho.

Me pregunté con qué estaría soñando.

En la crónica de la vida de Louise, les tocó el turno al caballero y al caballo.

–Harriet nunca pudo permitirse que yo montase a caballo. Ni siquiera en los periodos en que, por ser jefa de la zapatería, ganaba más. Aún hoy me irrito a veces por lo tacaña que era. Tenía que quedarme al otro lado de la valla viendo cómo las demás niñas cabalgaban como pequeñas amazonas orgullosas. Me sentía en cierto modo obligada a ser tanto el caballo como el caballero. Y me dividí en esas dos personalidades. Cuando me sentía bien, cuando me resultaba fácil levantarme por las mañanas, lo hacía a lomos del caballo y nada quebrantaba mi vida. Pero los días en que me costaba un mundo levantarme, yo era el caballo y parecía como si me hubiese colocado en un rincón del establo y, por más que me azotasen con la fusta, no quisiera obedecer. Intentaba sentir que el caballo y yo éramos uno. Y creo que aquello me ayudó a superar las dificultades cuando era niña. Tal vez incluso después. Voy a lomos de mi caballo, que me lleva siempre, salvo cuando yo misma me descabalgo.

Calló de pronto, como si lamentase haber hecho tal confesión.

Eran las cinco. No había nadie más. El hombre que estaba sentado apoyado contra la pared seguía durmiendo. El otro iba llenando despacio los azucareros medio vacíos.

De repente, Louise soltó sin más:

–Caravaggio. No sé por qué me ha venido a la cabeza su figura, con toda la ira que abrigaba y aquellos cuchillos suyos tan peligrosos. Tal vez porque, si hubiese vivido en nuestra época, habría podido pintar de maravilla esta hamburguesería y a personas como tú y yo.

¿El pintor Caravaggio? No recordaba ninguno de sus cuadros, tan sólo el nombre. Una imagen desdibujada de colores oscuros, violentos, motivos siempre dramáticos, empezó a aflorar a mi agotado cerebro.

–No sé nada de arte.

–Yo tampoco. Pero en una ocasión vi el cuadro de un hombre que sostenía en su mano la cabeza de otro al que habían decapitado. Cuando comprendí que lo que el pintor había retratado era su propia cabeza, sentí que necesitaba saber más de él. Decidí visitar todos los lugares en los que hubiese un cuadro suyo en vez de contentarme con las reproducciones de los libros de arte. Así, no sería peregrina de conventos e iglesias, sino que seguiría los pasos de Caravaggio. Y en cuanto lograba reunir el dinero suficiente viajaba a Madrid o a cualquier otro lugar en el que hubiese un cuadro suyo. Me alojaba en los lugares más baratos y a veces dormía incluso en un banco del parque. Pero vi sus cuadros, aprendí quiénes eran las personas a las que retrató y las convertí en compañeros. Aún me quedan muchos viajes por hacer, y no estaría mal que tú me los pagaras.

–No soy rico.

–Pensé que los médicos ganaban mucho dinero.

–Ya hace muchos años que no trabajo. Estoy jubilado.

–¿Y no tienes nada ahorrado en el banco?

¿Acaso no me creía? Decidí pensar que mi suspicacia se debía a la hora tan temprana y al ambiente cerrado del local. Las luces de neón del techo no nos iluminaban sino que nos observaban desde arriba, vigilándonos.

Louise siguió hablando de Caravaggio y, finalmente, comprendí parte de la pasión que la embargaba. Su persona era como un museo cuyas salas iba llenando una a una con sus propias interpretaciones de la obra del gran maestro. Era como si, para ella, Caravaggio no hubiese vivido hacía cuatrocientos años, sino que estuviese instalado en alguna de las casas abandonadas de los bosques que rodeaban su caravana.

Algún que otro madrugador entraba y se encaminaba a la barra, donde se aplicaban a leer el menú. PLATO PARA MONSTRUOS, PLATO PARA MONSTRUOS MEDIANOS, PEQUEÑOS MONSTRUOS, MENÚ PARA AVES NOCTURNAS. «También en este tipo de locales tan sórdidos pueden transmitirse las viejas leyendas de las sagas», me dije. En medio de la humareda del grill surgió por un momento una sala de arte.

Mi hija hablaba de Caravaggio como si hubiese sido familiar suyo, un hermano o un hombre al que amase y con el que soñase compartir su vida.

En realidad se llamaba Michelangelo. Su padre, Fermi, había muerto cuando Michelangelo tenía seis años. Él apenas si lo recordaba; Fermi no era más que otra de las muchas sombras que habían poblado su vida, un retrato inacabado en alguna de sus grandes galerías interiores. Su madre vivió mucho tiempo, hasta que él cumplió los diecinueve. Sobre ella no tenía Michelangelo más que silencio, una ira muda y convulsa.

Louise me habló de un retrato de Caravaggio que, cierta vez, había pintado a carboncillo rojo y negro un artista llamado Leoni. Era como una vieja descripción policial pegada a la pared. Rojo, negro, carbón y sangre. Él nos mira desde el cuadro, atento, vigilante. ¿Existimos de verdad o sólo en su imaginación? Tiene el cabello oscuro, barba, una nariz poderosa, ojos de párpados arqueados, un hombre guapo, dirían algunos. Para otros no era más que el que era, una naturaleza criminal, un ser lleno de odio y violencia, pese a su gran talento para retratar personas y movimientos.

Como un salmo que se hubiese aprendido de memoria, Louise citó el nombre de un cardenal cuyo nombre no oí bien, tal vez Borromeo. Éste escribió: «... en mi época conocí en Roma a un pintor que se comportaba dudosamente, tenía pésimas costumbres y siempre vestía ropas sucias y andrajosas. Este artista, célebre, por cierto, por su hosquedad y grosería, no aportaba con su arte nada de importancia. Sólo utilizaba sus pinceles para plasmar en el lienzo tabernas, borrachos, taimadas adivinas y jugadores. Su inexplicable felicidad consistía en retratar a esas personas despreciables».

Caravaggio era un pintor tocado por la gracia divina, pero también un hombre muy peligroso. Y lo era porque tenía un temperamento violento y pendenciero. Utilizaba puños y puñales y, en una ocasión, mató a una persona después de una disputa por culpa de un juego. Pero, ante todo, era peligroso porque sus cuadros confesaban que tenía miedo. El que no escondiese su miedo entre las sombras lo hacía, y aún hoy lo hace, peligroso.

Louise hablaba de Caravaggio y hablaba de la muerte. En todos sus cuadros aparece clara, en el agujero del gusano alojado en la manzana que corona el montón de una cesta de frutas, o en los ojos de aquel a quien están a punto de decapitar.

Louise decía que Caravaggio jamás encontró lo que buscaba. Siempre encontraba una cosa distinta. Como los caballos que pintaba echando espuma por la boca, como la espuma que él mismo llevaba en su interior.

Caravaggio lo pintó todo. Salvo el mar.

Louise dijo que sus cuadros la impresionaban tanto porque siempre se sentía muy próxima a ellos. Siempre había en sus pinturas un espacio en el que ella podía instalarse. Ella podía ser una de esas personas y no tenía que temer que la persiguiesen y la espantasen. A menudo buscaba consuelo en sus cuadros, en los amables detalles donde sus pinceles se convertían en yemas de dedos que acariciaban los rostros por él representados en oscuras tonalidades.

Louise convirtió la penumbrosa hamburguesería en una playa de la costa italiana, el 16 de julio de 1609. El calor es agobiante. Caravaggio va caminando por la playa al sur de Roma, transformado en los restos de un gran naufragio humano. Una pequeña *felucca* (Louise no supo averiguar nunca qué tipo de embarcación era exactamente) se aleja de él navegando. A bordo del navío están sus cuadros y pinceles, sus pinturas y un fardo con sus viejas y sucias ropas y sus zapatos. Está solo en la playa, el verano romano es asfixiante, tal vez una brisa refrescante sople envolviéndolo junto al mar, pero también están los mosquitos que le pican introduciéndole la muerte en las venas. En las calurosas y húmedas noches en que, exhausto, yace acurrucado en la arena; entonces le pican y le inoculan los parásitos de la malaria, que empiezan a propagarse por el hígado. Las primeras crisis febriles no tardan en presentarse, como si fuese víctima de un inesperado ataque de piratas. No sabe que va a morir, pero los cuadros que aún no ha terminado sino que todavía están en su interior quedarán petrificados en su cerebro. «La vida es como un sueño huidizo», había dicho en alguna ocasión. O tal vez fue Louise quien formuló aquella poética verdad.

Yo la escuchaba lleno de admiración. Hasta entonces no la había visto como era. Tenía una hija que realmente conocía, al menos de forma parcial, lo que significaba ser persona.

No cabía la menor duda de que el pintor Caravaggio, muerto hacía ya tantos años, era uno de sus mejores amigos. Louise era capaz de codearse con los muertos con la misma soltura que con los vivos. Tal vez incluso mejor.

Me habló sin interrupción hasta que, de repente, guardó silencio. El hombre que había detrás de la barra se había despertado. Abrió una bolsa de plástico con patatas fritas que sumergió en el aceite caliente, sin dejar de bostezar.

Permanecimos sentados y en silencio largo rato, al cabo del cual Louise se levantó y fue a llenar su taza.

Cuando volvió, le hablé de la ocasión en que le amputé a una persona el brazo sano. No me había preparado en absoluto; simplemente, el relato surgió de mi boca, como si ya fuese inevitable describir un suceso que, en ese momento, yo había tenido por el más decisivo de mi vida. En un principio, Louise no pareció comprender que lo que le explicaba se refería a mí. Pero al fin vio con claridad que lo que estaba contándole era mi propia historia. Hacía doce años de aquel error fatal. Me reprendieron, introdujeron unas observaciones en mi expediente, algo que apenas me habría detenido en mi carrera profesional si yo lo hubiese aceptado. Pero lo consideré injusto. Me defendí aduciendo que la situación laboral era inadecuada. Las colas de enfermos graves crecían al tiempo que se recortaban continuamente los presupuestos. Yo no hacía otra cosa más que trabajar. Y, un día, falló la red de seguridad. En el transcurso de una intervención, poco después de las nueve de la mañana, una joven perdió su brazo derecho, sano, que le fue amputado justo por encima del codo. No se trataba de una operación complicada; cierto que una amputación jamás es una medida rutinaria. Pero nada hubo que me hiciera sospechar siquiera que estaba cometiendo un error tan catastrófico.

–¿Cómo pudo pasar? –quiso saber Louise cuando dejé de hablar.

–Pudo pasar –respondí–. Si vives lo suficiente, llegarás a comprender que no hay nada imposible.

–Tengo pensado llegar a vieja –aseguró–. Pero, dime, ¿por qué pareces enojado? ¿Por qué te has puesto tan desagradable?

Yo alcé los brazos en un gesto de resignación.

–No era mi intención. Tal vez porque estoy cansado. Pronto serán las seis y media de la mañana y llevamos toda la noche aquí. Deberíamos dormir unas horas.

–Bueno, pues vamos a casa –dijo Louise al tiempo que se levantaba–. No han llamado del hospital.

Yo me quedé sentado.

–No puedo dormir en esa cama tan estrecha.

–Bien, pues me acostaré en el suelo.

–Creo que sólo nos dará tiempo de llegar a la caravana y ya tendremos que volver al hospital.

Louise volvió a sentarse. Me di cuenta de que estaba tan cansada como yo. El hombre que había detrás de la barra había vuelto a dormirse con la barbilla incrustada en el pecho.

Las luces de neón del techo seguían observándonos como los burlones ojos de un dragón.

5

El alba llegó como una liberación.

A las ocho y media regresamos al hospital. Habían empezado a caer ligeros copos de nieve. Vi en el retrovisor mi rostro cansado y sentí un pinchazo, una sensación de muerte, de fatalidad.

Caía en picado, inmerso en mi propio epílogo. Me quedaban una serie de entradas y salidas, pero poco más.

Absorto en mis cavilaciones me pasé la salida hacia el hospital. Louise me miró inquisitiva.

–Tendríamos que haber girado a la derecha.

No respondí, sino que di la vuelta a la manzana y entré por donde debía. Ante la puerta de urgencias se encontraba una de las enfermeras con la que habíamos hablado durante la noche. Estaba fumándose un cigarrillo y nos dio la impresión de que no se acordaba de nosotros. De haber vivido en otra época, me dije, aquella mujer podría haber formado parte de uno de los cuadros de Caravaggio.

Entramos. La puerta de la habitación en la que habíamos dejado a Harriet estaba abierta. La sala, vacía. Le pregunté por Harriet a una enfermera que venía por el pasillo. La mujer nos miró curiosa. Debíamos de parecer dos escarabajos que se hubiesen arrastrado a la superficie después de pasar la noche bajo las frías piedras.

–La señora Hörnfeldt no está –explicó la enfermera.

–¿Adónde la han enviado?

–No la hemos enviado a ninguna parte. Se marchó. Se vistió y desapareció. Y nosotros no podemos hacer nada.

La mujer parecía enojada, como si Harriet la hubiese traicionado a ella personalmente.

–Alguien debió de verla salir, ¿no? –pregunté.

–El personal de guardia iba a controlar sus constantes de forma periódica. A las siete y cuarto ya no estaba.

Miré a Louise, que movió los ojos de un modo que yo interpreté como una señal.

–¿Se dejó algo olvidado? –preguntó Louise.

–Nada.

–En ese caso, seguro que se ha ido a casa.

–Si no quería quedarse aquí, debería habernos avisado.

–Bueno, ella es así –dijo Louise–. Es mi madre.

Salimos del hospital por la puerta de urgencias.

–Yo la conozco bien –insistió Louise–. Y sé dónde está. Ella y yo hicimos un trato cuando yo era niña. Si nos perdíamos, nos veríamos en la cafetería más cercana.

Rodeamos el hospital hasta llegar a la puerta principal. Allí, en el gran vestíbulo de la entrada, había una cafetería.

Harriet estaba sentada a una mesa, con una taza de café. Cuando nos vio acercarnos, nos hizo una seña. Casi parecía contenta de vernos.

–Aún no sabemos qué es lo que te ocurre –la reprendí en tono severo–. Deberías haber dejado que los médicos comprobasen los resultados de las pruebas.

–Tengo cáncer y voy a morir –sentenció Harriet–. No dispongo de tiempo para quedarme ingresada en un hospital agobiándome. No sé qué me pasó ayer. Supongo que bebí demasiado. Pero ahora quiero irme a casa.

–¿A la mía o a Estocolmo?

Harriet se agarró al brazo de Louise para levantarse. Tenía el andador junto a una estantería con periódicos. Se aferró al manillar con sus frágiles dedos. No conseguía explicarme cómo me sacó de la laguna.

Cuando volvimos a la caravana, nos tumbamos los tres sobre la estrecha cama. Yo ocupaba el sitio del borde exterior, con un pie apoyado en el suelo, y no tardé en caer vencido por el sueño.

Mientras dormía se me apareció Jansson con el hidrocóptero. Se recortaba en la neblina como un tiburón visto a través del hielo. Yo me escondí tras una roca hasta que desapareció. Cuando me levanté, vi a Harriet con el andador en medio del hielo. Estaba desnuda y, a sus pies, había un gran agujero.

Me desperté sobresaltado. Las dos mujeres dormían. Pensé fugazmente que debería ponerme el chaquetón y salir de la caravana. Pero me quedé allí. Y no tardé en volver a dormirme.

Nos despertamos al mismo tiempo. Era la una. Salí a orinar. Había dejado de nevar y las nubes empezaban a despejarse.

Nos bebimos un café y Harriet me pidió que le tomase la tensión, pues le dolía la cabeza. Constaté que estaba un poco alta. Louise quiso que se la tomase también a ella.

–Será uno de los primeros recuerdos que tenga de mi padre, el día en que me tomó la tensión –dijo–. Primero, los cubos de agua; luego esto.

La tenía muy baja. Le pregunté si sufría mareos.

–Sólo cuando estoy borracha.

–Y de lo contrario, ¿nada?

–Jamás en mi vida he sufrido un desmayo.

Guardé el tensiómetro. Nos tomamos el café y ya eran las dos y cuarto. Hacía calor en la caravana. ¿Quizá demasiado? Un calor pobre en oxígeno, sofocante, que a lo mejor las hizo perder el buen humor. Como quiera que fuese, de repente me vi atacado desde dos frentes al mismo tiempo. Todo empezó cuando Harriet me preguntó cómo me sentía al saber que tenía una hija, ahora que ya habían pasado varios días desde que recibí la noticia.

–¿Que cómo me siento? Creo que no puedo contestarte.

–Tu indiferencia es aterradora –aseguró ella.

–Tú no tienes ni idea de cómo me siento –respondí.

–Te conozco.

–¡Llevamos casi cuarenta años sin vernos! No soy el mismo de entonces.

–No sólo eres demasiado cobarde para admitir que tengo razón. En aquella ocasión, no tuviste el valor de decirme que querías que lo dejásemos. Huiste entonces como huyes ahora. ¿No podrías decir la verdad, por una vez en tu vida? ¿No hay en ti el menor vestigio de verdad?

Antes de que alcanzase a contestar, Louise replicó que, de un hombre capaz de abandonar a Harriet como yo lo hice, no cabe esperar otra reacción que la de la indiferencia ante la inesperada noticia de que tiene un hijo; tal vez miedo, en el mejor de los casos, cierta curiosidad.

–No pienso admitir lo que decís –repuse–. He pedido perdón por lo que hice entonces y no tenía por qué saber que tenía un hijo, puesto que tú nunca me lo dijiste.

–¿Cómo iba a contártelo si desapareciste?

–Cuando íbamos en el coche, camino de la laguna, tampoco me dijiste que hubieses intentado localizarme.

–¿Estás acusando de mentirosa a una moribunda?

–No estoy acusando a nadie.

–¡Di la verdad! –gritó Louise–. Responde a su pregunta.

–¿Qué pregunta?

–Sobre la indiferencia.

–No soy indiferente. Me siento feliz.

–Pues yo no veo en ti el menor rastro de felicidad.

–La caravana es demasiado pequeña para ponerse a bailar sobre la mesa, si es eso lo que quieres ver.

–No te creas que hago esto por ti –exclamó Harriet–. Lo hago por ella.

Nos gritamos. En el reducido espacio de la caravana, las paredes parecían a punto de reventar. Como es natural, en el fondo, yo sabía que ellas tenían razón. Las había decepcionado y, seguramente, no había dado muestras de especial alegría ante el inesperado encuentro con mi hija. Pese a todo, no pude soportarlo. Ignoro cuánto tiempo nos dedicamos a aquel griterío absurdo, a aquella airada discusión. En varias ocasiones creí que Louise cerraría su puño de boxeador para asestarme un golpe. No me atrevía a imaginar siquiera a cuánto subiría la tensión de Harriet. Al final me levanté, agarré mi maleta, mi chaquetón y los zapatos.

–¡Ahí os quedáis! –grité antes de salir de la caravana.

Louise no salió a buscarme. Ninguna de las dos me llamó. El silencio era absoluto. Fui descalzo hasta el coche, me senté al volante y me marché de allí. Ya en la carretera principal me detuve, me quité los calcetines mojados y me puse los zapatos en los pies desnudos.

Aún estaba indignado por las acusaciones. Una y otra vez, durante el viaje, acudía a mi mente la conversación. A veces modificaba ligeramente lo que había dicho, exponía mi defensa de forma más clara, más exhaustiva. Pero ellas respondían siempre lo mismo.

Conducía a demasiada velocidad y llegué a Estocolmo a medianoche, dormí varias horas en el coche, hasta que empecé a sentir frío, y reemprendí la marcha hacia Södertälje. Una vez allí y sin fuerzas para continuar, entré en un motel y me dormí en cuanto me metí en la cama. Hacia la una de la tarde reemprendí el viaje en dirección sur, después de haber llamado a Jansson y dejarle un mensaje en el contestador. ¿Podría recogerme a las cinco y media? No estaba seguro de si le gustaba volar en la oscuridad. Lo único que podía hacer era confiar en que escuchase el contestador y que el hidrocóptero tuviese buenos focos.

Cuando llegué al puerto, Jansson estaba esperándome. Me contó que les había dado de comer a los animales. Le di las gracias y le dije que tenía prisa por llegar a casa.

Una vez allí, Jansson no me quiso cobrar.

–Uno no puede cobrarle a su médico.

–Yo no soy tu médico. Ya haremos cuentas la próxima vez que vengas.

Me quedé en el embarcadero hasta que desapareció tras las rocas y las luces de los focos empezaron a difuminarse. De repente me encontré con que el perro y el gato habían venido al embarcadero y estaban sentados a mi lado. Me agaché para acariciarlos. El perro parecía más delgado. Dejé la maleta en el embarcadero, estaba demasiado cansado para preocuparme de ella.

En aquella isla éramos tres, como en la caravana. Sólo que aquí nadie me atacaría. Fue una liberación verme de nuevo en la cocina. Les eché de comer a los animales, me senté ante la mesa y cerré los ojos.

Aquella noche me costó conciliar el sueño. No paré de levantarme una y otra vez. Había luna llena y el cielo estaba despejado. La luz de la luna bañaba las rocas y el blanco hielo. Me puse las botas y el abrigo de piel y bajé al embarcadero. El perro no se dio cuenta de que había salido; el gato entreabrió los ojos, pero no se movió del sofá. Fuera hacía frío. La maleta se había abierto y las camisas y los calcetines estaban esparcidos por el hielo. Por segunda vez, lo dejé todo allí.

Y mientras estaba en el embarcadero, comprendí de repente que me quedaba otro viaje por hacer. Durante doce años había conseguido convencerme de que no era necesario. Pero el encuentro con Louise y nuestra larga conversación nocturna habían alterado las circunstancias. No es que me viese obligado a emprender ese otro viaje; yo mismo deseaba hacerlo.

La joven a la que le había amputado el brazo sano debía de encontrarse en algún lugar. La muchacha contaba entonces veinte años, es decir, que ahora tendría treinta y dos. Recordaba su nombre, Agnes Klarström. Y mientras estaba en el embarcadero, al claro de luna, rememoré todos los detalles, como si acabase de leer su historia clínica. Procedía de uno de los grandes suburbios del sur, Aspudden o Bagarmossen. Todo había empezado con un dolor en el hombro. Se dedicaba a la natación profesional. Su entrenador y ella creyeron durante mucho tiempo que el dolor era consecuencia del sobreesfuerzo. Cuando, al final, llegó un momento en que no podía ni meterse en la piscina sin que le doliese el hombro, decidió acudir al médico para que la examinasen a fondo. Después, todo fue muy rápido: se le diagnosticó un tumor óseo maligno, la única salida era la ablación, pese a que para ella suponía una catástrofe. De ser una nadadora célebre, pasaría a tener el resto de su vida un solo brazo.

Ni siquiera debía intervenirla yo. Era paciente de uno de mis colegas, pero su esposa sufrió un grave accidente de tráfico y las operaciones que tenía planificadas se distribuyeron de forma algo caótica entre otros traumatólogos. Agnes Klarström fue a parar a mi mesa de operaciones.

La intervención me llevó algo más de una hora. Aún recuerdo toda la historia: cómo el personal fue lavando y preparando el brazo sano. Era mi obligación comprobar que el brazo en el que yo intervenía con mi instrumental era el correcto. Pero confié en el personal.

Un mes más tarde me llegó una carta de la Seguridad Social: había una denuncia contra mí.

Ya habían pasado más de doce años. Había destrozado la vida de Agnes Klarström, pero también la mía. Y lo peor de todo fue que un examen ulterior demostró que la ablación del brazo afectado por el tumor también era innecesaria.

Jamás se me ocurrió pensar que, un día, se me pasaría por la cabeza ir a verla. Jamás hablé con ella, salvo después de la operación, cuando aún estaba bajo los efectos de la anestesia.

La dejé como un caso concluido. Hasta que me llegó la notificación de la Seguridad Social.

Eran las dos de la mañana. Volví a subir a la casa y me senté a la mesa de la cocina. Aún no había abierto la puerta de la habitación de las hormigas. Tal vez temiese que salieran por la puerta como un ejército si la abría.

Llamé al servicio de información telefónica, pero no había nadie en Estocolmo con ese nombre. Le pedí a la telefonista, que se presentó como Elin, que buscase en toda Suecia.

Había una Agnes Klarström que podía ser la que yo buscaba. Vivía en el municipio de Flen, en el campo, en Sångledsbyn. Así que anoté su número y su dirección.

El perro dormía. El gato estaba fuera, tendido a la luz de la luna. Me levanté y entré en la habitación en la que aún se hallaba el telar de mi abuela, con una alfombra a medio tejer. No existe otra imagen más clara para mí, ésa es la imagen de la muerte; se presente en el momento que se presente, siempre viene a molestar. Una alfombra que nunca se termina, como nuestras vidas. En una estantería en la que antes había madejas y retales de tela, guardaba yo una serie de documentos que me habían acompañado a través de los años. Un delgado montón de documentos, desde mis deficientes calificaciones de estudiante, que mi padre se aprendió de memoria de puro orgullo, hasta la dichosa copia del informe de la amputación. Siempre me ha resultado fácil deshacerme de los documentos que otros consideran importante conservar. El primero del montón era el testamento que un abogado descaradamente caro me había redactado. Ahora me veía obligado a cambiarlo, puesto que tenía una hija. Pero no fue ésa la razón por la que entré en la sala de tejer de mi abuela, donde aún se conservaba su perfume. Busqué el informe de la operación del 9 de marzo de 1991. Pese a que conocía el texto de memoria, lo coloqué ante mí sobre la mesa y lo leí.

Cada una de las palabras actuaba como una piedra afilada colocada sobre el camino que conducía a la destrucción. Desde las primeras palabras «Diagnóstico: condrosarcoma húmero proximal izquierdo», hasta la última, «vendaje».

«Vendaje.» Y eso fue todo. La operación había concluido, el paciente fue trasladado a la unidad de postoperatorio. Con un brazo menos, pero aún con el maldito tumor en el hueso del otro hombro.

Leí: «Examen preoperatorio. Mujer, 20 años, diestra, buen estado general hasta ahora, atendida en Estocolmo por una inflamación en el hombro izquierdo. La RMN muestra condrosarcoma de estadio inicial en el hombro izquierdo. El examen complementario confirma el diagnóstico, el paciente acepta la amputación de la porción proximal del húmero, lo que da un buen margen de seguridad. Intervención: anestesia por intubación, posición de tumbona, campo quirúrgico: miembro superior expuesto. Habitual profilaxis con antibióticos. Sección desde apófisis coracoides por el borde inferior del deltoides, hasta la parte posterior de la axila. Se conecta la sección con el pliegue de la axila. Se liga la vena cefálica y se libera el pectoral de la fascia. Se identifican nervios y vasos, se ligan las venas, sobre la arteria se practica una doble ligadura. Una vez identificados los nervios, se desplazan. Se diseca el deltoides del húmero, el dorsal ancho y el redondo mayor se disecan por su base. Las cabezas larga y corta del bíceps y el coracobraquial se seccionan justo bajo el nivel de amputación. Se secciona el húmero por su cuello quirúrgico y se procede a limarlo. Se cubre el muñón con el tríceps, que se ha disecado, al igual que el coracobraquial. Sutura del pectoral al borde lateral interno del húmero. Drenaje y sutura de los bordes de la piel sin tensión. Oclusión con vendaje».

Pensé que Agnes Klarström debía de haber leído aquel texto muchas veces y que habría pedido que se lo explicaran. Y que seguramente reaccionó ante el hecho de que, entre todos los términos técnicos, apareciese, de repente, una palabra bastante común. La habían operado en posición de «tumbona», como si hubiese estado en la playa o en un porche, con el brazo desnudo, y las lámparas del quirófano habrían sido lo último que vio antes de sucumbir a los efectos de la anestesia. Yo la había expuesto a una agresión terrible mientras ella descansaba como en una tumbona.

¿Habría más de una Agnes Klarström? En aquel entonces era joven. ¿Se habría casado y se habría cambiado el apellido? Según el servicio de información, no aparecía bajo ninguna profesión.

Fue una noche aterradora pero también decisiva. Ya no podía seguir escabulléndome. Tenía que hablar con ella, explicarle lo que pudiera explicarse y decirle que, en muchos sentidos, yo también me había amputado a mí mismo.

Me eché encima de la cama y me quedé allí un buen rato despierto antes de dormirme. Cuando abrí los ojos, ya era de día. Jansson no vendría hoy con el correo. Así que podría cavar mi hoyo en el hielo tranquilamente.

Me vi obligado a utilizar una palanca para abrir una brecha en la gruesa capa de hielo. El perro estaba sentado en el embarcadero y observaba mis esforzados movimientos. El gato se había metido en el cobertizo para buscar ratones. Al final logré abrir el agujero y bajé al frío abrasador del agua. Pensé en Harriet y en Louise mientras me preguntaba si hoy sería capaz de llamar a Agnes Klarström para preguntarle si ella era la mujer que yo buscaba.

No llamé ese día. En un arrebato de ira limpié la casa de arriba abajo, pues estaba llena de polvo por todas partes. Logré poner en marcha mi vieja lavadora y lavé las sábanas, tan sucias que parecían las de un pordiosero. Después fui a dar una vuelta por la isla a contemplar con los prismáticos el vacío de la banquisa y pensé que debía tomar una decisión.

Una vieja que apareció sobre el hielo con su andador, una hija desconocida que vivía en una caravana. A los sesenta y seis años de edad, todo aquello que yo daba por resuelto y decidido empezaba a cambiar.

Por la tarde, me senté a la mesa de la cocina y escribí dos cartas. Una para Harriet y Louise, la otra para Agnes Klarström. Jansson se quedaría muy sorprendido cuando le entregase las dos cartas para que las echase al correo. Por si acaso, pensaba sellarlas con cinta adhesiva. No me fiaba de él. Tal vez fuese capaz de, con una resolución que yo no le conocía, abrir las cartas que le daba.

¿Qué escribí? A Harriet y a Louise que ya se me había pasado el enfado. Que las comprendía, pero que no podía verlas, por el momento. Que había regresado a mi isla para encargarme de los animales que había dejado abandonados. Pero que daba por hecho que nos volveríamos a ver pronto. Nuestras conversaciones y nuestra relación debían continuar, por supuesto.

Me llevó largo rato escribir aquellas líneas. El suelo de la cocina estaba lleno de bolas de papel cuando, por fin, me di por satisfecho. Lo que había escrito no era cierto. No se me había pasado el enfado. Mis animales podían arreglárselas con Jansson algo más de tiempo. Tampoco sabía si volveríamos a vernos pronto. Necesitaba tiempo para pensar. Sobre todo, en lo que le diría a Agnes Klarström, si es que la encontraba.

La carta que escribí para Agnes Klarström no me costó lo más mínimo. Comprendí que la había llevado escrita dentro de mí durante años. Sólo quería verla, nada más. Le daba mi dirección y firmaba con mi nombre, el mismo que ella no habría podido olvidar con el paso del tiempo. Esperaba habérsela escrito a la persona adecuada.

Cuando Jansson llegó al día siguiente, había empezado a soplar el viento. Anoté en mi diario que la temperatura había descendido durante la noche y que el viento racheado oscilaba entre el oeste y el suroeste.

Jansson llegó puntual. Le di trescientas coronas por haberme recogido y me negué a aceptar el dinero cuando quiso devolvérmelo.

–Quiero que eches estas cartas al correo –le dije tendiéndole los dos sobres.

Había sellado con cinta adhesiva los cuatro lados. Jansson no ocultó su asombro cuando las vio.

–Sólo escribo cuando es necesario. De lo contrario, no lo hago.

–La postal que me enviaste era muy bonita.

–¿Un jardín cubierto de nieve? ¿Qué puede tener de hermoso algo así? –Noté que empezaba a impacientarme–.

¿Qué tal va tu dolor de muelas? –le pregunté esforzándome por ocultar mi irritación.

–Viene y va. Donde más lo noto es aquí arriba, a la derecha.

Jansson abrió la boca de par en par.

–No veo nada –admití–. Ve a visitar a un dentista.

Jansson cerró la boca. Y se oyó un crujido. La mandíbula le colgaba de modo que quedó con la boca medio abierta. Se notaba que le dolía mucho. Era muy difícil comprender lo que intentaba decirme. Con mucho cuidado presioné con los pulgares ambos lados de la cara, buscando la mandíbula, y la froté rítmicamente hasta que pudo cerrar la boca.

–Me ha dolido mucho.

–Intenta evitar bostezos y no abras la boca demasiado durante varios días.

–¿Es síntoma de alguna enfermedad grave?

–En absoluto. Puedes estar tranquilo.

Jansson se llevó mis cartas. El viento me azotaba el rostro mientras volvía a mi casa.

Aquella tarde abrí la puerta de la habitación de las hormigas. En el creciente hormiguero parecía haberse colado otro trozo de mantel. Pero la habitación y la cama donde Harriet había dormido estaban como las dejamos.

Nada sucedió en los días posteriores. Salí a la banquisa hasta que llegué a mar abierto. En tres ocasiones medí el grosor de la capa de hielo. No me hizo falta consultar mis anteriores diarios para saber que, en todos los años que llevaba en la isla, jamás había sido tan gruesa.

Un día quité la lona para sopesar si mi barco podría hacerse a la mar. ¿Llevaría demasiado tiempo en tierra? ¿Tendría yo el aguante suficiente para volver a equiparlo? Dejé caer la lona sin haberme dado una respuesta.

Una noche sonó el teléfono. Era rarísimo que llamase alguien y quienes lo hacían eran por lo general vendedores que querían convencerme de que cambiase de compañía telefónica o que instalase la banda ancha. Cuando se enteran de que vivo en una isla desierta y que, además, estoy jubilado, los abandona el entusiasmo. Ni siquiera sé qué es la banda ancha.

En esta ocasión, en cambio, cuando levanté el auricular, fue para oír la voz de una mujer extraña.

–Soy Agnes Klarström. He recibido tu carta.

Contuve la respiración, sin decir nada.

–¿Hola? ¡Hola!

No respondí. La mujer intentó sacarme de mi cueva un par de veces más, antes de colgar.

Agnes Klarström existía. La había encontrado. La carta había llegado a su destinatario. Vivía a las afueras de Flen.

En uno de los cajones de la cocina guardaba un viejo mapa de Suecia. Creo que era de mi abuelo. Él solía decir que, un día, emprendería un viaje para visitar Falkenberg. Aunque ignoro por qué deseaba viajar a esa ciudad precisamente. Sin embargo, en toda su vida ni siquiera visitó Estocolmo y tampoco cruzó nunca las fronteras de Suecia. De modo que se llevó a la tumba su sueño de ir a Falkenberg.

Desplegué el mapa sobre la mesa y busqué hasta localizar Flen. No era un mapa muy detallado, por lo que no pude encontrar Sångledsbyn. Me llevaría como máximo dos horas ir allí en coche. Estaba decidido. Iría a verla.

Dos días después crucé el hielo hasta mi coche. En esta ocasión, no dejé ninguna nota en la puerta. No le dije nada a Jansson, que se quedaría con la incógnita. Les había puesto bastante comida al perro y al gato. El cielo estaba despejado, no soplaba el viento y nos encontrábamos a dos grados. Me puse en marcha en dirección norte, giré hacia tierra firme y llegué a Flen poco después de las dos de la tarde. En una librería, compré un buen mapa donde pude localizar Sångledsbyn. Estaba a pocos kilómetros de Harpsund, donde los primeros ministros suecos tienen su residencia de verano. Hace tiempo vivió allí un hombre que se había hecho millonario con el corcho. Y le dejó su casa al Estado. Junto con la finca iba una barca en la que habían paseado dirigentes extranjeros cuyos nombres ningún joven recordaba hoy.

Yo sabía todo esto sobre Harpsund porque mi padre había sido camarero allí durante un tiempo, cuando el entonces primer ministro Erlander tuvo invitados extranjeros. Mi padre nunca se cansaba de hablar de aquellos hombres –siempre eran hombres, nunca mujeres– que se sentaban a la mesa para discutir aspectos importantes de la situación mundial. Era durante la guerra fría, y mi padre se esforzaba especialmente para moverse sin hacer el menor ruido, recordaba el menú y los vinos que sirvió. Por desgracia, también ocurrió algo que estuvo a punto de hacer estallar un escándalo. Mi padre lo refería como si él mismo hubiese sido partícipe de un gran secreto que, tras no poca vacilación, terminó por revelarnos a mí y a mi madre. Uno de los invitados se emborrachó más de la cuenta. Y pronunció un incomprensible e inopinado discurso de agradecimiento al anfitrión, cosa que generó un desconcierto transitorio entre los camareros que, no obstante, lograron controlar la situación; interrumpieron su actividad y aguardaron antes de servir los vinos del postre. El hombre ebrio se desplomó más tarde sobre el césped, ante la puerta de la casa.

–La borrachera de Fagerholm fue un gran desacierto –decía mi padre con gesto grave.

Ni mi madre ni yo supimos nunca quién era aquel Fagerholm. Aunque años después, ya muerto mi padre, averigüé que el borracho tenía que ser uno de los representantes de los trabajadores finlandeses.

Ahora, en las proximidades de Harpsund, vivía una mujer a la que yo le había arrebatado un brazo.

Sångledsbyn se componía de varias fincas diseminadas por la orilla de un lago alargado. Los campos y los pastos estaban cubiertos de nieve. Me había llevado los prismáticos y trepé a una colina para abarcar mejor el panorama. De vez en cuando aparecía alguien trajinando por las fincas, afanándose entre el almacén y el cobertizo, entre la casa y el garaje. Ninguna de las personas que vi a través de los prismáticos podía ser Agnes Klarström.

De repente di un respingo. Un perro olisqueaba mis pies. Por la carretera caminaba un hombre que llevaba un abrigo largo y un par de botas. Llamó al perro y me saludó con la mano. Yo oculté los prismáticos y bajé a la carretera. Conversamos brevemente sobre las vistas, sobre el largo y seco invierno.

–¿Vive aquí una mujer llamada Agnes Klarström? –pregunté al cabo.

El hombre señaló la casa más alejada.

–Sí, allí vive, con sus malditas niñas –repuso el hombre–. Antes de que llegasen ellas, yo no tenía perro. Pero ahora todo el mundo tiene.

Dicho esto, asintió irritado y reanudó su camino. No me gustó lo que acababa de oír. No deseaba mezclarme en algo que me trajese más líos de los que ya tenía en mi vida. Así que decidí marcharme y volví al coche. Pero algo me retenía. Seguí, pues, cruzando el pueblo y me detuve en una vía de servicio sin acondicionar. Por allí podría acercarme a la última casa por la parte de atrás, a través de una arboleda.

Era media tarde y pronto empezaría a anochecer. Fui avanzando por la nieve y me detuve cuando vi la casa entre los árboles. Retiré la nieve que vencía unas ramas para despejar la visión. Observé que la casa estaba en buen estado. Ante ella había un coche con un cable que iba del motor a una toma de la pared.

Alguien apareció de repente en el campo de visión de mis prismáticos. Una niña. Miraba directamente hacia donde yo estaba. De repente sacó algo que llevaba oculto a la espalda. Una espada reluciente. Y echó a correr hacia mí blandiendo la espada sobre su cabeza.

Aparté los prismáticos, me di la vuelta y emprendí la carrera. Tropecé con la raíz de un árbol o con una piedra y me caí. Aún no había conseguido levantarme cuando la niña de la espada me dio alcance.

Clavó en mí una mirada llena de odio.

–La gente como tú estáis por todas partes –me espetó–. Siempre andan espiando entre los arbustos con sus prismáticos.

Tras ella apareció corriendo una mujer que se colocó a su lado y le quitó la espada, con la mano izquierda. Y comprendí que era Agnes Klarström. Tal vez en lo más hondo de mi memoria conservaba también la imagen del rostro de la joven que, doce años atrás, se había expuesto sobre una camilla a mis manos esterilizadas y enfundadas en guantes de goma.

Llevaba una cazadora azul abrochada hasta el cuello. La manga derecha, vacía, estaba sujeta al hombro con un imperdible. La niña que seguía a su lado me miraba con encono.

Deseé que Jansson hubiese aparecido y se me hubiese llevado de allí. Por segunda vez en un breve espacio de tiempo, una placa de hielo se había desprendido bajo mis pies y me llevaba a la deriva impidiéndome llegar a tierra.

6

Me levanté del suelo nevado, retiré la nieve de mis ropas y me presenté. La niña empezó a darme patadas, pero Agnes la reprendió y la pequeña se marchó.

–Yo no necesito ningún perro guardián –me dijo Agnes–. Sima ve todo lo que sucede y a todo aquel que se acerca a la casa. Tiene la vista de una comadreja. En realidad, creo que iba para ave de rapiña.

–Creí que me rebanaría con la espada.

Agnes me lanzó una mirada fugaz, pero no respondió. Y comprendí que, de hecho, cabía dentro de lo posible.

Entramos y nos sentamos en su despacho. En algún lugar de la casa retumbaba a todo volumen un disco de música rock. Agnes no parecía oírla. Se quitó la cazadora con tanta soltura como si hubiese tenido dos brazos y dos manos.

Me senté en una silla. En el escritorio no había más que un bolígrafo; por lo demás, estaba totalmente vacío.

–¿Cómo crees que reaccioné ante tu carta? –preguntó Agnes.

–No lo sé. Seguro que con sorpresa. Tal vez ira.

–Sentí un gran alivio. Por fin, me dije. Pero después me pregunté, ¿por qué ahora? ¿Por qué no ayer o hace diez años?

Se echó hacia atrás en la silla. Tenía el cabello castaño y largo, llevaba un sencillo pasador y sus ojos eran de un límpido azul claro. Parecía fuerte, resuelta.

Había dejado la espada de samurái sobre una estantería junto a la ventana y me sorprendió mirándola.

–Me la regaló un hombre que decía que me amaba. Cuando murió el amor, se llevó la vaina, por alguna extraña razón, y me dejó la afilada espada. Tal vez esperaba que me abriese el estómago ante la desesperación de verme abandonada.

Se expresaba apresuradamente, como si tuviese poco tiempo. Le hablé de Harriet, de Louise, de que al haber tomado conciencia de todas mis traiciones me vi obligado a buscarla, a averiguar si seguía viva.

–Y qué esperabas, ¿que estuviese muerta?

–Hubo un tiempo en que sí. Pero ya no.

Sonó el teléfono. Ella contestó, escuchó, respondió parcamente y sin vacilación. No quedaban plazas en su hogar para niñas abandonadas. Ya tenía tres adolescentes de las que ocuparse.

Accedí a un mundo del que nada sabía. Agnes Klarström vivía en aquella casa enorme junto con tres jóvenes adolescentes que, en mi juventud, se habrían considerado como bastante mal educadas. La niña llamada Sima procedía de alguno de los peores suburbios de Gotemburgo. Resultaba imposible precisar su edad. Llegó a Suecia sola, como refugiada, acurrucada en un camión que alcanzó tierra sueca en Trelleborg. Durante su larga huida desde Irán le habían aconsejado que se deshiciese de sus documentos tan pronto como pusiese el pie en suelo sueco, que se cambiase el nombre y que borrase toda huella de su identidad. De ese modo nadie podría repatriarla, aunque todos quisieran hacerlo. Lo único que traía era un trozo de papel en el que habían anotado las tres palabras que se suponía que podría necesitar.

«Refugiada», «perseguida», «sola».

Cuando el camión se detuvo ante el aeropuerto de Sturup, el conductor le señaló el edificio de la terminal y le explicó que debía buscar la comisaría de policía. Cuando llegó tendría once o doce años, ahora contaría unos diecisiete y la vida que había llevado en Suecia la había obligado a no sentirse segura más que cuando empuñaba en su mano la espada de samurái.

En la casa de Agnes Klarström vivían otras dos muchachas, aunque una de las dos se había fugado y estaba huida en aquellos momentos. La casa no estaba cercada por ninguna valla, no era una casa de puertas cerradas con llave. Aun así, a quien se marchaba sin permiso se le consideraba un fugitivo. Si el suceso se repetía demasiadas veces, Agnes perdía la paciencia y llegaba la hora de la institución para menores, donde las puertas eran pesadas y los manojos de llaves, abundantes.

La chica que había huido hacía dos días se llamaba Miranda, era africana, de Chad, y seguramente, se habría marchado a casa de una de sus amigas que, sin que nadie supiese la razón, se hacía llamar Tea-Bag. Miranda tenía dieciséis años y había llegado con su familia como integrante de alguna cuota de las Naciones Unidas, procedente de un campo de refugiados.

Su padre, un hombre sencillo, que sabía trabajar la madera y era profundamente religioso, no tardó en perder el temple ante el frío permanente y la sensación de que nada resultaba como él había imaginado. Se encerró en la habitación más pequeña de las tres que había en la casa donde vivía la gran familia, la única habitación donde no había ningún mueble, tan sólo un pequeño montón de tierra africana que habían recogido de sus viejas maletas cuando llegaron al país de acogida. Su esposa colocaba una bandeja de comida ante la puerta, tres veces al día. Por las noches, cuando todos dormían, iba al baño y tal vez también se diese algún paseo nocturno. Al menos eso creían ellos, pues a veces, cuando despertaban por la mañana, encontraban huellas de pisadas mojadas en el suelo.

Llegó un día en que Miranda no lo soportó más y una noche se marchó, tal vez para recorrer el mismo camino que los había llevado hasta su actual hogar. El nuevo país había resultado ser un callejón sin salida. Poco tiempo después, la policía la había detenido tantas veces por hurtos y pequeños robos que empezó a transitar regularmente por distintas instituciones.

Y ahora había huido otra vez. Agnes Klarström estaba fuera de sí y no pensaba rendirse hasta que la policía hiciese todo lo posible para encontrarla y llevarla de vuelta a su casa.

En la pared, fijada con alfileres, había una fotografía de Miranda. Llevaba el cabello trenzado en artística composición muy pegada al cuero cabelludo.

–Si te fijas bien verás que, a la altura de la sien izquierda, ha trenzado la palabra «mierda» –me advirtió Agnes Klarström.

Y comprobé que tenía razón.

En aquella especie de centro de acogida que era la misión y el sustento de Agnes Klarström vivía una tercera muchacha. Era la más joven, tan sólo catorce años, un ser escuálido que más parecía un animal enjaulado. Agnes lo ignoraba casi todo de ella. Parecía surgida del viejo cuento sobre la niña que, un día, apareció en una plaza sin saber cómo se llamaba ni de dónde venía.

Una noche de hacía ya dos años, uno de los empleados de la estación de ferrocarril de Skövde que estaba a punto de cerrar, la encontró sentada en un banco. El hombre le dijo que tenía que marcharse, pero ella no pareció comprender y le mostró un papel en el que se leía «tren a Karlsborg», así que el hombre empezó a preguntarse quién de los dos estaría loco, pues hacía más de quince años que no había tráfico ferroviario entre Skövde y Karlsborg.

Pocos días después empezó a aparecer en los diarios como «la niña de la estación de Skövde». Nadie parecía reconocerla, pese a que su fotografía no tardó en verse por todas partes. No tenía nombre, los psicólogos que la examinaron, y los intérpretes, expertos en los más curiosos campos del lenguaje, intentaron hacerla hablar, pero no pudieron indicar una procedencia verosímil. El único eslabón con su pasado era el enigmático letrero con la leyenda «tren a Karlsborg». Recorrieron entonces al milímetro el pequeño municipio a orillas del lago Vättern. Pero nadie la conocía ni comprendía por qué esperaba un tren cuya línea había desaparecido hacía ya quince años. Finalmente, un diario vespertino le asignó, mediante una votación entre sus lectores, el nombre de Aida. Le concedieron la ciudadanía sueca y un número de identidad, una vez que los médicos acordaron que tenía doce años, como máximo trece. Por su negro y espeso cabello y sus ojos color aceituna, supusieron que procedía de algún lugar de Oriente Medio.

Aida siguió guardando silencio. Durante dos años no pronunció una sola palabra. Probaron todas las posibilidades, sin resultado, y hasta que Agnes Klarström apareció en escena no se produjo ningún cambio. Una mañana bajó y se sentó a desayunar. Agnes Klarström no había dejado de hablar con ella en todo momento, como parte de su programa para eliminar las barreras que rodeaban el interior de Aida. Y, como de costumbre, le preguntó qué quería desayunar.

–Leche fermentada –respondió Aida en un sueco casi perfecto.

A partir de ahí empezó a hablar. Los psicólogos que acudían a ella como las moscas a la miel supusieron que había aprendido el idioma escuchando a cuantos habían estado esforzándose por hacerla hablar. Sobre todo, porque resultó que la muchacha dominaba y comprendía una gran cantidad de términos de psicología y medicina que de ningún modo se incluían en el vocabulario de la gente de su edad.

La muchacha hablaba, pero no tenía nada que decir sobre su identidad ni tampoco sobre lo que pretendía hacer en Karlsborg. Cuando le preguntaban por su verdadero nombre, decía lo único que cabía esperar:

–Me llamo Aida.

De nuevo apareció en los periódicos. Se alzaron voces oscuras que murmuraban que los había engañado a todos, que todo había sido mero teatro para despistar y anular toda resistencia y para que se le concediese la entrada al país como un miembro digno de la comunidad sueca. Pero Agnes Klarström estaba convencida de que la explicación era muy distinta. Ya la primera vez que se vieron, Aida se quedó mirando su brazo amputado. Fue como si encontrase allí un punto de apoyo, como si hubiese estado nadando en las profundidades durante años y, por fin, hubiese alcanzado el fondo sobre el que afianzar el pie. Tal vez el brazo amputado de Agnes infundiese en Aida una sensación de seguridad. Tal vez hubiese visto cómo les amputaban los miembros del cuerpo a otras personas. Los que amputaban eran sus enemigos, los mutilados, los únicos en quienes podía confiar.

La mudez de Aida se debía a que había presenciado lo que nadie, y menos aún un niño, debería verse forzado a presenciar.

Ni siquiera cuando empezó a hablar contó nada sobre su vida. Era como si, poco a poco, estuviese liberándose de los últimos vestigios de vivencias horrendas y ahora, día a día, estuviese consiguiendo comenzar una vida digna de ser vivida.

En compañía de aquellas tres muchachas dirigía Agnes Klarström esa especie de pequeña institución, que recibía la ayuda de distintas instancias provinciales. Muchos pedían que les abriese las puertas a otras niñas que deambulaban por ahí al margen de la sociedad. Pero ella se negaba, no tendría las mismas posibilidades de ayudar ni de brindar seguridad si permitía que aquello creciera. Las muchachas que vivían con ella solían huir de vez en cuando, pero casi siempre regresaban. Se quedaban con ella mucho tiempo y, cuando por fin la dejaban para siempre, tenían otra vida a la que dedicarse. Pero nunca eran más de tres.

–Aquí podría tener mil niñas –aseguró–. Mil muchachas iracundas, abandonadas, de las que odian su soledad y su sensación de no ser bienvenidas en el lugar donde han de vivir. Mis niñas han aprendido que quien no tiene dinero, sólo merece desprecio. Mis niñas se cortan, clavan cuchillos en la carne de gente extraña pero, en el fondo, gritan de un dolor que no comprenden.

–¿Cómo empezaste con esto?

Agnes Klarström señaló el brazo que yo le había amputado.

–Yo me dedicaba a la natación, como recordarás. Esa información debía de figurar en mi documentación. No sólo prometía, sino que podría haber llegado muy lejos. Haber ganado medallas. Te diré, sin acritud, que mi baza no eran las piernas, sino la fuerza de mis brazos.

Un joven con el pelo largo recogido en una cola de caballo entró en la habitación.

–¡Ya te he dicho que llames antes de entrar! –le gritó–. Vuelve a salir y hazlo bien.

El joven retrocedió, se marchó, llamó a la puerta y volvió a entrar.

–Medio bien. Tienes que esperar hasta que te haya dicho que puedes entrar. Bueno, ¿qué quieres?

–Aida está enfadada. Anda amenazando a todo el mundo. Sobre todo a mí. A Sima dice que la va a ahogar.

–¿Qué ha pasado?

–No lo sé. Me pregunto si no será que se aburre, simplemente.

–Pues eso es algo que tiene que aprender. Déjala.

–Quiere hablar contigo.

–Dile que ya voy.

–Es que quiere que vayas ahora mismo.

–Ya voy.

El joven se marchó.

–Un inútil –dijo con una sonrisa–. Creo que necesita a alguien detrás todo el tiempo. Pero no se toma a mal que lo reprenda. Siempre puedo achacar mi humor a lo del brazo. Lo conseguí a través de algún tipo de apoyo a la contratación. Sueña con participar en alguno de esos programas de televisión en los que se acuestan unos con otros ante las cámaras. Si no lo consigue, le gustaría ser, por lo menos, presentador de un programa. Pero eso de ayudarme en la sencilla tarea de ser el único hombre entre mis chicas es algo que lo supera. Así que no creo que Mats Karlsson haga ninguna carrera digna de mención en el mundo mediático.

–Eso suena bastante cínico.

–En absoluto. Yo amo a mis muchachas, amo incluso a Mats Karlsson. Pero no le hago ningún favor alimentando sus falsos sueños o permitiendo que crea que está haciendo algo de provecho aquí. Le doy la posibilidad de verse a sí mismo y de ver dónde es probable que encuentre su camino en la vida. En el mejor de los casos estaré equivocada. Y tal vez un día se corte el pelo y pruebe a hacer algo de provecho en la vida.

Se levantó, me llevó a una sala común y me dijo que no tardaría. La música rock seguía retumbando en algún lugar de la planta de arriba.

La nieve derretida goteaba desde el tejado, al otro lado del cristal de la ventana. Los pájaros se movían entre las ramas de los árboles como veloces sombras fugaces.

De repente me sobresalté. Sima había entrado en la sala, a mi espalda. En esta ocasión no empuñaba ninguna espada. Se sentó en el sofá y encogió las piernas sobre los cojines. La joven no abandonaba su actitud de alerta.

–¿Por qué me observabas con los prismáticos?

–No era a ti a quien miraba.

–Pues yo te vi, so pederasta.

–¿Qué quieres decir?

–Conozco a la gente como tú. Sé cómo sois.

–He venido a ver a Agnes.

–¿Por qué?

–Es asunto nuestro.

–¿Es que Agnes te pone cachondo?

Me quedé atónito y abochornado.

–Creo que será mejor que dejemos el tema.

–¿Qué tema? ¡Contéstame!

–No hay nada que contestar.

Sima dejó de hacer preguntas. Volvió el rostro, como si se hubiese cansado de intentar mantener conmigo una conversación. Me sentía humillado. El que me acusasen de pederastia sobrepasaba cuanto había podido imaginar. La miré a hurtadillas. Se mordía las uñas con frenesí. Su cabello, que alternaba entre el rojo y el negro, aparecía enredado, como si se lo hubiese peinado con movimientos furiosos. Tras la dura superficie intuía yo la existencia de una niña muy pequeña vestida con ropas demasiado grandes, demasiado negras.

Agnes entró en la sala. Sima se levantó en el acto y se marchó. El domador había hecho su aparición y la fiera se retiraba, me dije. Agnes se acomodó en el mismo lugar en que Sima se había sentado y encogió las piernas sobre el cojín, imitando a Sima, como si la copiase.

–Aida es una niña que hace agua por todas partes –sentenció.

–¿Qué ha pasado?

–Nada en absoluto. Simplemente, le recordaron quién es. Una gran nada sin remedio, como ella misma dice. Una perdedora entre perdedores. Si en Suecia se fundase el Partido de los Perdedores, no serían pocos los que podrían asumir responsabilidades y aportar su experiencia. Yo tengo treinta y tres años, ¿y tú?

–El doble.

–Sesenta y seis. Es bastante. En cambio treinta y tres es poco. Pero lo suficiente como para saber que nunca antes había sufrido este país tensiones como las de hoy. Aunque nadie parece percatarse, al menos no quienes deberían hacernos reflexionar. Existe aquí un sistema de muros invisibles que no cesa de crecer, que separa a la gente, que hace crecer las distancias. Desde fuera puede parecer lo contrario. Si te sientas en un metro de Estocolmo y vas a los suburbios, verás que la distancia en kilómetros no es muy larga, pero, en realidad, es gigantesca. Y decir que se trata de otro mundo es un absurdo. Es el mismo mundo, pero cada estación que te aleja del centro constituye otro muro. Finalmente, cuando alcanzas lo más profundo de la periferia, puedes elegir entre ver la verdad o no verla.

–¿Cuál es la verdad?

–Que lo que tú crees que es el margen último es, en realidad, el centro que está recreando Suecia poco a poco. Muy despacio, el eje se disloca, dentro y fuera, cerca y lejos, centro y periferia cambian de lugar. Mis chicas se encuentran en una tierra de nadie donde no ven ni hacia delante ni hacia atrás. Nadie las quiere, son superfluas, desechadas. No es extraño que lo único en lo que confían sea la falta de dignidad que les hace muecas cada mañana, cuando se levantan. ¡Y ellas no quieren despertar! ¡No quieren levantarse! Tenían el alma impregnada de amargura ya a la edad de cinco o seis años.

–¿De verdad que están tan mal?

–Están peor.

–Yo vivo en una isla. Allí no hay suburbios, sólo pequeños atolones e islotes. Y, desde luego, ninguna niña desgraciada que aparezca a la carrera empuñando una espada de samurái.

–Les hacemos tanto daño a nuestros niños que al final no tienen otra forma de expresarse que la violencia. Antes era cosa de chicos pero hoy en día ya tenemos crueles bandas de chicas que no dudan en tratar a otras con la violencia más horrible. Es la peor derrota, que las chicas, en su desconcierto, crean que su salvación consiste en comportarse como los peores gánsteres de que se acompañan sus novios.

–Sima me llamó pederasta.

–A mí me llama puta cuando le viene bien. Pero lo peor es lo que se llama a sí misma. Ni siquiera me atrevo a formularlo mentalmente.

–¿Qué dice?

–Que está muerta. El corazón suspira en su pecho. Escribe extraños poemas que, sin mediar palabra, me deja sobre la mesa o en los bolsillos. Dentro de diez años es muy posible que esté muerta. Puede haberse quitado la vida, o puede que otro se la quite. Puede sufrir un accidente relacionado con las drogas y otras mierdas que se meta en el cuerpo. Ése es un final de lo más probable para su terrible historia. Pero también puede que le vaya bien, aunque eso exige que yo triunfe. Que yo logre oxigenar su ser, que ahora sólo resiste con sangre podrida, con sentimientos podridos.

Agnes se levantó.

–Tengo que conseguir que la policía se esfuerce un poco en encontrar a Miranda. Date un paseo por los establos mientras tanto; seguiremos hablando después.

Salí de la sala. Sima estaba detrás de una cortina, en el piso de arriba, vigilando mis movimientos. Unos cachorros de gato trepaban entre las balas de heno en el interior del establo. Los caballos y las vacas descansaban en sus cuadras y establos. Reconocí vagamente el olor de los primeros años de mi niñez, cuando mis abuelos maternos criaban animales en su isla. Acaricié el hocico de los caballos y les di unas palmaditas a las vacas. Agnes Klarström parecía tener su vida controlada. ¿Qué habría hecho yo, si un cirujano hubiese cometido conmigo semejante error? ¿Me habría convertido en un borracho amargado y me habría muerto de cirrosis en poco tiempo, sentado en algún banco del parque? ¿O habría salido adelante? No tenía ni idea.

Mats Karlsson entró en el cobertizo y se puso a echarles manojos de heno a los animales. Trabajaba despacio, como obligado a ejecutar una tarea repugnante.

–Agnes quiere que entres –dijo de pronto–. Se me olvidó decírtelo.

Volví a la casa. Sima ya no estaba en la ventana. Soplaba el viento y nevaba ligeramente y yo me sentía helado y exhausto. Agnes me esperaba en el vestíbulo.

–Sima se ha fugado –me dijo.

–Pero ¡si acabo de verla!

–Hace un rato, sí. Pero ya se ha marchado. En tu coche.

Tanteé el bolsillo con la mano, donde tenía las llaves del coche. Sabía que lo había cerrado. Cuando uno se hace viejo, se le acumulan cada vez más llaves en el bolsillo, aunque viva solo en una isla desierta del archipiélago.

–Ya veo que no me crees –observó Agnes–. Pero he visto partir el coche. Y la cazadora de Sima no está. Tiene una especial para fugas, la que siempre se pone para irse de aquí. Tal vez crea que esa cazadora la hace invulnerable, invisible. También se ha llevado la espada. ¡Maldita jovenzuela!

–Ya, pero ¡yo tengo en el bolsillo las llaves del coche!

–Sima tuvo un novio, Filippo, un joven amable, italiano, que le enseñó a abrir un coche cerrado con llave y a poner el motor en marcha. Él solía robar coches aparcados ante piscinas cubiertas o en lugares donde él sabía que había clubes de juego ilegales. Así se aseguraba de que los propietarios se mantendrían apartados un tiempo. Según él, tan sólo los aficionados robaban coches en los aparcamientos normales. Además, las piscinas cubiertas y los clubes de juego están más céntricos que el aparcamiento del aeropuerto de Arlanda, por ejemplo. No tenía sentido viajar tanto para robar un coche, decía.

–¿Y tú cómo sabes todo eso?

–Sima me lo contó. Confía en mí.

–Ya, bueno, pero aun así se ha fugado en mi coche.

–Eso también puede considerarse indicio de confianza. Confía en que la comprenderemos.

–Pues yo quiero recuperar mi coche.

–Sima suele quemarles el motor. Al venir aquí corrías ese riesgo. Aunque, claro está, tú no lo sabías.

–Cuando llegué, me encontré con un hombre que paseaba su perro. Y dijo algo así como «malditas niñas».

–Sí, claro, yo también lo digo. ¿Qué perro tenía?

–No lo sé. Era marrón y lanudo.

–Ah, entonces era Alexander Bruun. Un viejo tramposo que trabajaba en una caja de ahorros y se quedaba con el dinero de los clientes. Falsificaba firmas, mentía acerca de sus conocimientos sobre acciones y obligaciones y se dedicó a vender opciones hasta que todo se fue al garete. Ni siquiera lo metieron en la cárcel. Ahora vive bien con los fondos que malversó en su día y que la policía no consiguió encontrar. Alexander me odia a mí y odia a las chicas.

Entramos en su despacho, llamó a la policía y les explicó lo sucedido. Yo escuchaba cada vez más indignado lo que parecía una jovial conversación con un oficial de policía, el cual tampoco parecía preocuparse especialmente por una fugitiva que, a aquellas alturas, estaría acabando con mi ya maltrecho vehículo.

Agnes colgó por fin.

–¿Qué pasará ahora? –pregunté.

–Nada.

–Bueno, algo tendrán que hacer, ¿no?

–No disponen del personal suficiente para ponerse a buscar a Sima y tu coche. Ya se le acabará la gasolina. Entonces dejará el coche y tomará el tren o un autobús. O quizá se le ocurra robar otro coche. En una ocasión volvió con un motocarro. Tarde o temprano, siempre vuelve. La mayoría de las que se escapan lo hacen sin un destino concreto. ¿Tú no te has escapado nunca?

Pensé que la única respuesta sincera sería decir que llevaba huyendo más de doce años. Pero no lo dije. No dije nada.

Hacia las seis nos sentamos a cenar Agnes, Aida, Mats Karlsson y yo. Aida había puesto cubierto también para las dos chicas fugadas.

La cena consistió en un insulso pescado gratinado. Yo comí demasiado rápido, pues estaba preocupado por mi coche. Aida parecía tensa por la huida de Sima y hablaba sin cesar. Mats Karlsson la escuchaba e intervenía con algún que otro comentario alentador mientras que Agnes Klarström comía en silencio.

Después de la cena, Aida y Mats Karlsson quitaron la mesa y se encargaron de fregar los platos. Agnes y yo fuimos al cobertizo.

Le pedí disculpas y le expliqué, tan detalladamente como pude, qué había ido mal aquel funesto día. Hablaba despacio y de forma prolija, para no pasar por alto ningún detalle. Pero en realidad podría haberlo explicado en muy pocas palabras. Había ocurrido algo que no debía haber sucedido. Al igual que el comandante de un avión es el responsable último de la revisión externa de su aparato antes del despegue...; pero eludí mi responsabilidad y no comprobé que el brazo expuesto era el correcto.

Estábamos sentados cada uno en una bala de paja. Agnes me miraba sin apartar la vista de mí mientras yo hablaba. Cuando terminé, se levantó y les dio a los caballos unas zanahorias que fue sacando de un saco. Después volvió a sentarse a mi lado en la bala de paja.

–Te he maldecido constantemente –confesó–. Nunca comprenderás lo que, para una persona que ama la natación, supone tener que dejarla. Soñaba con ir a buscarte un día y cortarte el brazo con un cuchillo romo. Con enrollarte un ovillo de alambre de púas alrededor del cuerpo y arrojarte al mar. Pero ahora que te veo y te he escuchado, toda mi amargura se ha esfumado. El odio puede ser fuente de energía sólo por un tiempo limitado. Nos infunde la ilusión de ser fuertes pero, ante todo, es un parásito que nos devora. Ahora las chicas son lo más importante.

Agnes me estrechó la mano.

–Vamos a dejarlo –dijo–. Terminaremos poniéndonos sentimentales. Y no me gustaría. Los mancos somos proclives a la sensiblería.

Volvimos a entrar. Desde la habitación de Aida se oía la música, de nuevo a todo volumen. El chirriar de guitarras, el retumbar de los bajos, las paredes vibraban. Entonces sonó el teléfono que Agnes llevaba en el bolsillo. Respondió, escuchó y no contestó más que unos monosílabos.

–Era Sima. Te manda saludos.

–¿Que me manda saludos? ¿Dónde está?

–Eso no me lo ha dicho. Sólo quería que Aida la llamase.

–No te he oído decirle que vuelva con mi coche.

–Porque me limité a escuchar. Era ella quien hablaba.

Agnes se levantó, subió la escalera y empezó a gritar para hacerse oír con la música tan alta. Pensé que había encontrado a Agnes Klarström, pero que no se había enfurecido conmigo. No me había abrumado con acusaciones. Ni siquiera había levantado la voz cuando me explicó que, en sus sueños, deseaba matarme.

Tenía mucho sobre lo que reflexionar. En pocas semanas, tres mujeres habían aparecido en mi vida súbitamente. Harriet, Louise y ahora Agnes. Y quizá debería añadir a Sima, Miranda y Aida.

Agnes volvió abajo y nos tomamos un café. No se veía a Mats Karlsson por ninguna parte. La música rock seguía retumbando.

Llamaron a la puerta y, cuando Agnes abrió, se encontró con tres policías que llevaban a una muchacha. Comprendí que se trataba de Miranda. Los oficiales la sujetaban por los brazos, como si fuese peligrosa.

Tenía uno de los rostros más hermosos que había visto en mi vida. Una María Magdalena rodeada de soldados romanos.

Miranda no dijo nada, pero por lo que pude colegir de la conversación entre Agnes y los policías, la había atrapado un granjero cuando estaba a punto de robarle una ternera. Agnes protestó enérgicamente, no entendía para qué querría Miranda robar un animal. La conversación iba subiendo de tono, los policías parecían hastiados, nadie escuchaba y Miranda ni se movía.

Los oficiales se marcharon sin haber logrado aclarar la supuesta tentativa de robo de la ternera. Agnes le hizo a Miranda algunas preguntas en tono severo. La muchacha del bello rostro respondió tan bajo que no conseguí entender lo que decía.

Desapareció escaleras arriba y la música cesó. Agnes se sentó en el sofá observándose las uñas.

–Miranda es una chica que yo habría querido como hija. De todas las muchachas que han pasado por aquí, que han llegado y se han ido, es la que se las arreglará mejor, creo yo. Siempre y cuando encuentre el horizonte que lleva dentro.

Agnes me condujo a una habitación que había detrás de la cocina, y en la que yo podría dormir. Me dejó, pues tenía mucho trabajo que hacer en su despacho. Me tumbé en la cama recreando la imagen de mi coche. El motor echaba humo. Junto a Sima, en el asiento del acompañante, relucía la punzante espada. ¿Qué habría pasado si mis abuelos hubiesen estado vivos y yo hubiera intentado contárselo? No me habrían creído, o no lo habrían comprendido. ¿Y qué habría dicho el modoso camarero que tuve por padre? ¿Mi llorona madre? Apagué la luz y me quedé tumbado en la oscuridad, rodeado de voces susurrantes que me decían que los doce años que había pasado en la isla me habían hecho perder el contacto con el mundo en que, de hecho, vivía.

Debí de dormirme. Sentí un objeto frío en la garganta que me arrancó del sueño. Se encendió la lámpara que había junto a la cama. Abrí los ojos y allí estaba Sima, con la espada contra mi garganta. Ni sé cuánto tiempo me mantuve sin respirar, hasta que ella retiró el arma.

–Me ha gustado tu coche –explicó la joven–. Es viejo y no corre mucho. Pero me ha gustado.

Me senté en la cama y ella dejó la espada en el alféizar de la ventana.

–Ahí lo tienes –prosiguió–. No le ha pasado nada.

–De todos modos, no me gusta que nadie se lleve mi coche sin pedírmelo.

Sima se sentó en el suelo, con la espalda apoyada en el radiador.

–Háblame de tu isla –rogó.

–¿Y por qué iba a hacer tal cosa? Además, ¿cómo sabes que vivo en una isla?

–Yo sé lo que tengo que saber.

–Está muy lejos, en medio del mar y, en estos momentos, se encuentra rodeada de hielo. En otoño suelen soplar fuertes vendavales que arrastran a tierra los barcos que no están bien amarrados.

–¿Y de verdad vives solo allí?

–Bueno, tengo un gato y un perro.

–¿No te da miedo que esté tan vacía?

–Las rocas y los helechos no suelen amenazar con espadas. Son las personas las que hacen cosas así.

Sima guardó silencio un instante, antes de levantarse y tomar su espada.

–En fin, puede que vaya a hacerte una visita algún día –prometió.

–No lo creo.

La chica sonrió.

–Yo tampoco. Pero suelo equivocarme.

Intenté volver a conciliar el sueño. Hacia las cinco, me di por vencido. Me vestí, le escribí una nota a Agnes para avisarle de que no me había fugado y se la pasé por debajo de la puerta del despacho.

Cuando partí, toda la casa dormía.

El motor olía a quemado, le puse aceite cuando reposté en una estación de servicio abierta las veinticuatro horas. Poco antes del amanecer llegué al puerto.

Fui paseando hasta el embarcadero. Soplaba un viento fresco. Pese a que el mar estaba helado, el olor a sal llegaba a tierra desde alta mar. Varias luces aquí y allá iluminaban el puerto, donde algunos pesqueros abandonados rozaban los neumáticos que protegían las paredes.

Aguardé hasta el alba para que la luz me ayudase a llegar a casa cruzando el hielo. No tenía la menor idea de cómo iba a administrar mi vida después de todo lo ocurrido.

Allá en el embarcadero, con el viento azotándome la cara, empecé a llorar. Todas las puertas de mi fuero interno golpeteaban al viento, cuya intensidad parecía aumentar a cada minuto.

Tercera parte
El mar

1

El hielo no empezó a resquebrajarse hasta primeros de abril. En todos los años que llevaba en la isla, no lo había visto durar tanto. Ese año pude llegar a tierra a pie, sobre los caladeros, hasta finales de marzo.

Jansson venía con su hidrocóptero cada tres días y me informaba sobre el estado del hielo. Según decía, recordaba un invierno de la década de los sesenta tan largo como aquél, que trajo además islotes de hielo flotando por entre los atolones más remotos.

Aquél fue un largo invierno.

El blanco paisaje me cegaba mientras escalaba la montaña que se erguía detrás de la casa para contemplar el horizonte. A veces me colgaba al cuello los crampones del abuelo, tomaba un viejo bastón e iba atracando por las playas de los islotes y arrecifes próximos a los antiguos bancos de arenque, donde mi abuelo, como su padre, obtenía capturas hoy imposibles de soñar siquiera. Recorría los atolones en los que nada crece recordando cómo solía remar hasta ellos de niño. En las grietas podían ocultarse extraños vestigios de algún naufragio. En una ocasión encontré la maltrecha cabeza de una muñeca; en otra, una caja sellada que contenía discos de vinilo de setenta y ocho revoluciones. Mi abuelo le preguntó a una persona entendida en aquello y supo que se trataba de éxitos alemanes de la gran guerra que había terminado cuando yo era niño. No sabía adónde habrían ido a parar aquellos discos. Pero en uno de los islotes encontré también un gran diario de bitácora que algún capitán desesperado había arrojado al mar. Se trataba de un carguero que transportaba madera entre las serrerías y los puertos de carga de la costa norte de Irlanda, hambrienta de madera para sus casas. Era una embarcación llamada *Flanagan,* de tres mil toneladas. Pero nadie sabía por qué habría ido a parar al agua el diario. Mi abuelo intervino y habló con un maestro jubilado que pasaba los veranos en Lönö, en una cabaña que pertenecía a los herederos del piloto Grundström. Él lo tradujo, pero no encontró nada extraño en las anotaciones del día en que lo arrojaron al mar. Yo aún recordaba la fecha, el 9 de mayo de 1947. La última anotación hacía referencia a la necesidad de «engrasar el elevador del ancla lo antes posible». Después, nada de nada. El diario de bitácora estaba inconcluso y había sido arrojado al mar. Cuando eso sucedió, el barco había zarpado de Kubikenborg con una carga de madera hacia la lejana Belfast. Hacía buen tiempo, la mar estaba en calma, una anotación matutina atestiguaba que soplaba viento del sursureste a un metro por segundo.

Aquel largo invierno pensé a menudo en el diario y sus lagunas. Pensé que mi vida, después de la gran catástrofe, había transcurrido como si yo hubiese arrojado por la borda mi inconcluso diario de bitácora para después seguir navegando y arribando a distintos puertos sin dejar rastro. El insignificante diario que yo de hecho escribía, cuyo contenido versaba principalmente sobre una avecilla, el ampelis europeo, y los achaques de mis animales domésticos, carecía de interés incluso para mí mismo. Lo escribía porque constituía un recordatorio cotidiano de que yo vivía una vida vacía de sentido. Hablaba de ampelis para confirmar la existencia del vacío.

Fue también un invierno de retrospectivas. De repente empecé a soñar con mis padres. Me despertaba a menudo a medianoche a causa de extraños recuerdos, perdidos hacía tiempo, pero que ahora recuperaba en mis sueños. Veía a mi padre en la estrecha sala de estar, arrodillado, colocando en fila sus soldaditos de plomo e ilustrando los desplazamientos de la batalla de Waterloo o la de Narva. Mi madre, que desde su silla lo contemplaba dulcemente, sin moverse del asiento, sin hablar, pues siempre reinaba el silencio cuando él jugaba con sus soldaditos de plomo.

La marcha de los soldados de plomo garantizaba una gran paz momentánea en nuestro hogar. En mis sueños, yo rastreaba mi miedo por las discusiones que estallaban a veces. Mi madre lloraba y mi padre hacía un patético intento de mostrarse iracundo maldiciendo al propietario del restaurante que lo tuviese contratado en ese momento. Y, soñando, evoqué poco a poco mis raíces. De algún modo, intuí que andaba como con una azada en la mano, removiendo la tierra en busca de lo que me había perdido.

Pese a todo, fue aquél un invierno marcado por cuanto había recuperado. Harriet me había dado una hija y Agnes no me odiaba.

Fue también un invierno de cartas. Yo escribía cartas y recibía respuestas. Por primera vez en los doce años que viví en la isla, las constantes visitas de Jansson adquirieron sentido. Él seguía considerándome como su médico y me hacía constantes consultas sobre sus dolencias imaginarias. Pero ahora me traía correspondencia y yo solía darle un par de cartas para enviar.

La primera carta la escribí el mismo día en que regresé. A la grisácea luz de la mañana, llegué a mi casa cruzando el hielo. Mis mascotas parecían hambrientas, pese a que les había dejado comida más que suficiente. Cuando vi que ya habían saciado su hambre, me senté a la mesa de la cocina y le escribí una carta a Agnes:

«Disculpa mi precipitada partida. Puede que me sobrepasara el hecho de verte sabiendo que te había causado tanto sufrimiento. Yo querría haber hablado contigo de muchas cosas y puede que tú hubieras querido preguntarme sobre muchas otras. Pero ya estoy de vuelta en mi isla. La banquisa sigue cubriendo las bahías y se mantiene firme en las playas. Espero que mi súbita desaparición no nos lleve a perder el contacto».

No modifiqué una sola palabra. Al día siguiente se la envié a través de Jansson, que no parecía haber notado mi ausencia. Naturalmente, le intrigó la carta. Pero no me hizo ningún comentario. Aquel día, ni siquiera le dolía nada.

Por la noche empecé a redactar una carta para Harriet y Louise conjuntamente, pese a que no había recibido respuesta a la anterior. Resultó una misiva demasiado larga. Además, comprendí que no era adecuada. No podía enviar una única carta para las dos, puesto que yo sólo intuía lo que la una pensaba o sabía de la otra. Rompí la carta y comencé de nuevo. El gato estaba dormido en el sofá de la cocina mientras el perro suspiraba en el suelo, junto a los fogones. Intenté ver si le dolían las articulaciones. El animal no viviría más allá del otoño. Y tampoco el gato.

Le escribí a Harriet, le pregunté cómo estaba. Era una pregunta absurda, puesto que, naturalmente, estaba mal. Pese a todo, le pregunté. La pregunta que habría sido natural fue la imposible de formular. Después, le hablé de nuestro viaje:

«Visitamos la laguna. Estuve a punto de ahogarme y tú me salvaste. Ahora que me encuentro de nuevo en mi isla, he tomado conciencia de lo cerca que estuve de morir. Me habría congelado enseguida. Un minuto más en el agua, y todo habría acabado. Lo más extraordinario es, pese a todo, que me dio la sensación de que me perdonabas mientras me salvabas».

El solo recuerdo me erizó la piel. Aunque no por ello dejé de cavar mi hoyo en el hielo por las mañanas. Después de transcurridos varios días, comprendí, no obstante, que ya no necesitaba mis baños tanto como antes. Tras mi encuentro con Harriet y Louise, no me resultaba imprescindible exponerme a ese frío extremo. Mis baños matutinos eran cada vez más breves.

Aquella misma noche le escribí también a Louise. En una vieja enciclopedia de la Uggleserien, del año 1909, leí la entrada sobre Caravaggio. Comencé mi carta con una cita de la enciclopedia: «Su poderoso, aunque lúgubre colorido y su osada reproducción de la naturaleza despertó un enorme y justificado interés». Rompí el folio. Me sentía incapaz de fingir que aquélla era mi opinión. Tampoco quería desvelar que estaba copiando las palabras de un texto de casi un siglo de antigüedad, aunque atenuase lo pulido de la expresión.

Empecé desde el principio. Quedó una carta bastante breve:

«Me fui de tu caravana dando un portazo. No debería haberlo hecho. No logré controlar mi desconcierto. Y te pido perdón por ello. Espero que no sigamos viviendo como si ninguno de los dos supiese de la existencia del otro».

No era una maravilla de carta. Y, dos días después, comprendí que no había sido bien recibida. De repente, a medianoche, sonó el teléfono. Medio dormido, fui tambaleándome entre las patas de mis mascotas hasta que pude descolgar el auricular. Era Louise. Estaba fuera de sí y gritaba tan alto que me hería el tímpano.

–Estoy indignada contigo. ¿Cómo eres capaz de enviar una carta así? Cierras de un portazo porque la cosa se puso un tanto incómoda e íntima para ti.

Oí que hablaba atropelladamente. Eran las tres de la madrugada. Intenté calmarla, pero sólo conseguí empeorarlo; de modo que guardé silencio y la dejé que se desahogara.

«Ésa es mi hija», salmodiaba yo para mí. «Dice lo que tiene que decir. Y ya sabía yo desde el principio que aquella carta que le di a Jansson era un error.»

No recuerdo cuánto tiempo estuvo gritándome al teléfono. De repente, en medio de una frase, oí un clic y la conversación se cortó. El vacío retumbaba en mis oídos. Me levanté y abrí la puerta de la sala de estar. A la luz de la lámpara vi que el hormiguero seguía creciendo. Al menos, eso me parecía a mí. Pero ¿es posible que crezcan los hormigueros en invierno, cuando las hormigas están aletargadas? Lo ignoraba tanto como ignoraba el modo en que debía dirigirme a Louise. Comprendí que estaba enojada. Pero y ella, ¿me comprendía a mí? ¿Acaso había algo que comprender? ¿Puede uno ver a su hija como a una mujer adulta cuya existencia ni siquiera ha sospechado? Y además, ¿quién era yo para ella?

Aquella noche no logré conciliar el sueño. Me sobrevino un temor del que no supe defenderme. Me senté a la mesa de la cocina agarrado al hule azul que la cubría desde los días de mi abuela. El vacío y la impotencia me engullían. Louise se había aferrado a lo más hondo de mi ser con uñas y dientes.

Al alba salí afuera. Pensé que lo mejor habría sido que Harriet no hubiese aparecido nunca en medio del hielo. Yo habría podido vivir mi vida sin mi hija, del mismo modo en que Louise habría podido arreglárselas sin padre.

En el embarcadero me envolví en el viejo abrigo de piel de mi abuelo y me senté en el banco. No se veía ni al perro ni al gato. Ellos tenían sus propios caminos, como testimoniaban las huellas que dejaban en la nieve. Rara vez iban juntos. Me pregunté si también ellos se mentían sobre sus intenciones.

Me levanté del banco y lancé un grito al aire brumoso. El retumbar del eco fue atenuándose hasta morir del todo en la luz grisácea. El orden se había alterado. Harriet había llegado a poner mi vida patas arriba. Louise me había gritado al oído una verdad de la que no pude defenderme. Tal vez incluso Agnes desatase contra mí su ira inesperada.

Volví a desplomarme sobre el banco. Las palabras de mi abuela, su miedo, me invadieron. Si uno se adentraba a pie o a remo en la niebla, podía desaparecer para siempre jamás.

Llevaba doce años viviendo solo en la isla. Ahora me sentía como si la hubiesen invadido tres mujeres.

En realidad, debería invitarlas para el verano. Así podrían atacarme por turno en una hermosa noche estival. Finalmente, cuando apenas quedase algo de mí, Louise podría ponerse los guantes de boxeo y darme el golpe de gracia antes de la cuenta atrás.

Podrían contar hasta mil. Y yo no volvería a levantarme nunca más.

Pocas horas después cavé mi agujero y me hundí en las frías aguas. Noté que, en esa ocasión, me obligaba a mí mismo a permanecer allí más tiempo del habitual.

Jansson apareció con su hidrocóptero, puntual como de costumbre. Aquel día no traía ninguna carta para mí y yo tampoco tenía ninguna que entregarle. Justo cuando estaba a punto de marcharse, recordé que hacía ya tiempo que no se quejaba de dolor de muelas.

–¿Qué tal van las muelas?

Jansson me miró inquisitivo.

–¿Qué muelas?

No insistí. El hidrocóptero se esfumó en la niebla.

De camino a casa, desde el embarcadero, me detuve una vez más ante mi barco y, una vez más, alcé la lona. La mal cuidada superficie del casco lanzó un destello. Si lo dejaba apuntalado un año más, lo perdería para siempre.

Aquel día le escribí otra carta a Louise. Le pedía disculpas por todo lo imaginable y también por lo que tal vez se me escapase y por las molestias que pudiera causarle en el futuro. Y terminé la carta hablándole del barco:

«Tengo un viejo barco de madera que heredé de mi abuelo y que tengo estribado sobre unos tocones y cubierto por una lona. Es una vergüenza que lo haya descuidado tanto. Simplemente, no me he puesto a repararlo y aparejarlo. Como el barco, yo mismo he estado apuntalado sobre unos maderos, bajo una lona desde que vine para instalarme a vivir en esta isla. Jamás lograré aparejar el barco antes de haberme aparejado a mí mismo».

Pocos días después le di la carta a Jansson y, la semana siguiente, me trajo la respuesta de Louise. Tras varios días de deshielo había vuelto el frío. El invierno rehusaba ceder. Me senté a leer la carta en la cocina. El gato y el perro tuvieron que quedarse fuera. A veces, no los soportaba.

Louise me decía en su carta:

«En ocasiones me siento como si hubiese vivido una vida de labios secos y resquebrajados. Es algo que se me ocurrió una mañana en que la vida me parecía peor que de costumbre. No es preciso que te cuente qué tipo de vida he llevado, pues ya te lo dejé entrever suficientemente. Rellenar los huecos con detalles no cambia nada. Ahora estoy intentando encontrar el modo de vivir contigo, el *troll* que salió del bosque y resultó ser mi padre. Aunque sé que era responsabilidad de Harriet contármelo, no puedo dejar de sentir furia contra ti también. El portazo que diste al marcharte lo sentí yo como un golpe en la mandíbula. En un primer momento pensé que era mejor así. Pero la sensación de vacío resultó demasiado desbordante. Por eso espero que encontremos un camino que nos lleve a ser un día amigos, por lo menos».

Firmaba con una hermosa y elaborada ele mayúscula.

«Vaya, no es una historia bonita que digamos», pensé. «Harriet, Louise y yo. Louise tiene, en verdad, toda la razón de este mundo para dirigir su cólera contra nosotros.»

Pasó el invierno, salpicado de cartas que iban y venían entre la isla y la caravana. De vez en cuando también recibía una carta de Harriet, que ya estaba de vuelta en Estocolmo. Ni ella ni Louise me explicaron quién la llevó allí. Me escribió que se sentía muy cansada, pero que el recuerdo de la laguna y la idea de que Louise y yo nos hubiésemos conocido por fin le mantenían el ánimo. Yo le preguntaba por su estado físico, pero ella nunca me respondía.

Sus cartas emanaban una suerte de resignación sosegada, casi respetuosa. Lo contrario de lo que sucedía con las de Louise, que siempre ocultaban entre líneas la amenaza de un acceso de cólera.

Cada mañana, al despertar, me proponía en serio ponerme a ordenar mi vida. Ya no podía seguir permitiendo que los días se esfumasen inútilmente.

Pero no conseguía llegar a nada. No tomaba ninguna decisión. De vez en cuando levantaba la lona que protegía el barco y pensaba que, en realidad, la levantaba para observarme a mí mismo. Mío era el color desvaído, las grietas y la humedad. Tal vez también el olor a madera en estado de putrefacción.

Los días eran cada vez más largos. Las aves migratorias empezaban a volver en bandadas por lo general nocturnas. Con los prismáticos podía ver las aves marinas acercándose a los más remotos islotes helados del archipiélago.

Mi perro murió el 19 de marzo. Lo solté como de costumbre cuando bajé a la cocina por la mañana temprano. Era evidente que le dolían las patas, pues se levantó de la cesta con gran dificultad. Pero creí que viviría todo el verano. Tras darme un baño en el agujero y una vez que me hube secado en la cocina, bajé al cobertizo a buscar las herramientas que necesitaba para arreglar una fuga en una tubería del baño. Me extrañó que el perro no apareciese, pero no me molesté en ir a buscarlo. Fue aproximadamente a la hora de la cena cuando caí en la cuenta de que llevaba todo el día desaparecido. Hasta el gato parecía intrigado. Estaba sentado fuera oteando el entorno desde la escalera. Salí y llamé al perro, pero el animal no acudió. Entonces empecé a sospechar que había ocurrido algo. Me puse el chaquetón y salí a buscarlo. Cerca de una hora más tarde lo encontré al otro lado de la isla, junto a extrañas formaciones rocosas que parecían elevarse del hielo como columnas gigantes. Estaba tendido en una pequeña hondonada resguardada del viento. No sé cuánto tiempo me quedé allí contemplándolo. Tenía los ojos abiertos y relucientes como cristales, exactamente igual que la gaviota que había encontrado congelada a principios del invierno.

La muerte era un calvero y no quedaba en ella ninguno de los escondites propios de la vida.

Llevé el cuerpo del perro a la casa. Era más pesado de lo que me figuraba. Los muertos siempre pesan mucho.

Después, tomé un pico y logré cavar un hoyo lo suficientemente grande debajo del manzano. El gato seguía en la escalera observando el espectáculo. Cuando fui a poner el cuerpo del perro en el hoyo para cubrirlo de tierra, ya estaba rígido.

Dejé el pico y la pala junto a la fachada de la casa. Parecía que había vuelto la niebla matutina. Pero ahora eran mis ojos los que se nublaban. Lloraba la muerte de mi perro.

Anoté el fallecimiento en el diario y calculé que había vivido nueve años y tres meses. Se lo compré de cachorro a uno de los viejos pescadores de arrastre que, al final de sus días, decidió dedicarse a criar perros de dudoso pedigrí.

Durante varios días estuve acariciando la idea de hacerme con otro perro. Pero el futuro era incierto y el gato tampoco tardaría en dejarme. Entonces nada me ligaría a aquella isla, salvo yo mismo.

Les conté la noticia de la muerte del perro tanto a Harriet como a Louise. Y en las dos ocasiones me eché a llorar mientras escribía.

Sus respuestas fueron muy diferentes. Louise comprendió mi añoranza, en tanto que Harriet se preguntaba cómo podía lamentar la muerte de un viejo perro artrítico que por fin había encontrado la paz.

Pasaban las semanas y yo no hacía nada por mi barco. Era como si anduviese esperando algo. Tal vez debería escribirme una carta a mí mismo para exponerme cuáles eran mis planes de futuro.

Los días, cada vez más largos. La nieve se derretía ya en las grietas de las rocas. Pero el mar seguía cubierto de hielo.

Finalmente, también el hielo empezó a ceder. Una mañana apareció resquebrajado en grandes grietas hasta alta mar. Jansson se presentó en su motora, pues ya había guardado el hidrocóptero. Para el próximo invierno tenía pensado comprarse un aerodeslizador. No estoy seguro de haber comprendido lo que era exactamente, pese a que me ofreció una descripción detallada que yo no había solicitado. Me pidió que le examinara el omoplato izquierdo. ¿No notaba que tenía un bulto? ¿Un tumor, quizá?

Pero no había nada. Jansson seguía tan sano como de costumbre.

El mismo día, retiré totalmente la lona que cubría el barco y empecé a lijar la cubierta. Logré limpiar de pintura vieja todo el espejo de popa.

Mi intención era continuar al día siguiente. Pero algo me lo impidió.

Cuando iba camino del embarcadero para darme el habitual baño matutino, descubrí que un pequeño barco de motor había arribado a tierra.

Me quedé inmóvil y contuve la respiración.

La puerta del cobertizo estaba abierta.

Había recibido visita.

2

En el interior del cobertizo brilló un destello. No cabía en mi imaginación que pudiera ser la luz del sol sobre la hoja de una afilada espada. Pero era Sima quien estaba en el cobertizo; y salió de la oscuridad espada en mano.

–Creí que no ibas a despertarte nunca.

–¿Cómo has llegado hasta aquí? ¿Qué barco es ese que has arrastrado a tierra?

–Lo cogí.

–¿Lo cogiste?

–En el puerto. Estaba encadenado, pero a mí no hay cadenas que me aten.

–O sea, que lo has robado, ¿no?

Entre tanto, el gato había bajado hasta el embarcadero y ahora observaba a Sima a cierta distancia.

–¿Dónde está el perro?

–Está muerto.

–¿Cómo que está muerto?

–Pues muerto. Sólo hay una forma de estar muerto. Se está muerto. No vivo. Exánime. Muerto. Y mi perro está muerto.

–Yo tuve un perro una vez. Y también está muerto.

–Los perros se mueren. El gato tampoco vivirá mucho más. Él también es viejo.

–¿Piensas pegarle un tiro? ¿Tienes escopeta?

–No pienso contestarte a esa pregunta. Quiero saber qué haces aquí y por qué has robado el barco.

–Quería verte.

–¿Y eso por qué?

–No me caíste bien.

–¿Y por eso querías verme?

–Quiero saber por qué no me caíste bien.

–Estás loca. ¿Y cómo es que sabes llevar un barco de motor?

–Viví durante un tiempo en un centro de rehabilitación junto al lago Vättern. Allí tenían un barco.

–¿Cómo sabías que vivía aquí?

–Le pregunté a un viejo que rastrillaba hojas secas junto a una iglesia. No ha sido difícil. Simplemente, le pregunté por un médico que se esconde en una isla. Le dije que era tu hija.

Me rendí. Sima tenía respuesta para todas las preguntas. Ya sabía yo que Hugo Persson, el encargado de cuidar el camposanto, hablaba por los codos. Lo más probable era que le hubiese indicado el camino, que no era nada complicado: todo recto en dirección a Mittbåden, donde está el faro, y después a través del estrecho de Järnsund, recortado por escarpadas paredes rocosas y una vez más todo derecho, hasta llegar a mi isla, donde había dos banderas junto a los escollos próximos al golfo.

Vi que estaba cansada. Tenía los ojos apagados, el rostro pálido, el cabello en un desgarbado recogido sujeto con horquillas baratas. Iba totalmente vestida de negro y calzaba unas zapatillas de deporte de rayas rojas.

–Ven conmigo a la casa –le dije–. Supongo que tienes hambre. Te daré de comer. Después llamaré a la guardia costera y les diré que estás aquí y que has robado un barco. Ellos vendrán a buscarte.

Ella no dijo nada, ni alzó la espada contra mí. Ya en la cocina, le pregunté qué quería.

–Gachas.

–Yo creía que ya nadie comía gachas.

–No sé qué hacen los demás. Pero yo quiero gachas. Puedo prepararlas yo misma.

Yo tenía un paquete de copos de avena y un tarro de puré de manzana que aún podía consumirse. Sima preparó unas gachas bastante espesas, apartó el puré de manzana y llenó el cuenco de leche. Comió despacio, con la espada sobre la mesa. Le pregunté si quería té o café, pero ella negó con un gesto. Sólo quería las gachas. Intentaba comprender por qué había venido a buscarme a mi isla. ¿Qué quería de mí? La última vez que la vi, salió corriendo hacia mí con la espada en alto. Ahora, en cambio, la tenía en mi cocina comiendo gachas. No me cuadraba. Sima enjuagó el cuenco y lo colocó junto al fregadero.

–Estoy cansada. Tengo que dormir.

–En la habitación contigua hay una cama. Puedes dormir ahí. Pero te advierto que hay un hormiguero y, puesto que es primavera, las hormigas han empezado a despertar.

Me creyó. Había puesto en duda que mi perro hubiese muerto. Pero lo del hormiguero se lo creyó. Y señaló el sofá de la cocina.

–Puedo dormir ahí.

Le di un almohadón y una manta. No se quitó ni la ropa ni los zapatos, se cubrió con la manta hasta la cabeza y se durmió. Esperé hasta estar seguro de que así era y fui a vestirme.

Junto con el gato, volví a la bahía. El barco era un Ryd, con un motor Mercury fuera borda de veinticinco caballos. El casco estaba muy dañado debido a las piedras del fondo. No cabía duda de que lo había arrastrado por las piedras de la orilla a propósito. Intenté comprobar si el plástico de la base se había resquebrajado y si había algún agujero, pero no vi nada.

Era día de correo. Jansson vería el barco, así que sólo disponía de un par de horas para tomar una decisión. No estaba tan claro que yo estuviese dispuesto a llamar a la guardia costera. Si existía la menor posibilidad, prefería convencerla de que regresase junto a Agnes sin la intervención de las autoridades. No sólo por ella, sino también por mí mismo. No era apropiado en absoluto que un viejo médico recibiese la visita de jovencitas que se dedican a robar barcos y a huir de sus hogares de acogida.

Con la ayuda de un bichero y un tablón logré deslizar el barco hasta el agua antes de empujarlo hacia el embarcadero. Le amarré mi barca a proa. El bote tenía un sistema de encendido eléctrico, pero era preciso utilizar una llave que, claro está, no se encontraba puesta cuando Sima la emprendió con el barco. Ella lo arrancó con la cuerda, y eso mismo hice yo. Al cuarto intento, el motor arrancó. La hélice y el piñón estaban en buen estado. Retrocedí desde el embarcadero rumbo a los dos islotes llamados Suckarna.* Entre ambos había un pequeño puerto natural difícil de ver desde fuera. Y allí podría dejar entre tanto el barco robado.

El asunto de por qué los islotes se llaman Suckarna es

* Los suspiros. *(N. de la T.)*

muy discutido. Jansson asegura que, hace ya mucho tiempo, vivía por la zona un cazador de aves llamado Måsse. Y cada vez que lograba atrapar un eider lanzaba un suspiro. Y por él recibieron su nombre los islotes.

No sé si es verdad. En mi mapa no figura el nombre de esos islotes. Pero a mí me gusta pensar que esas rocas peladas que se alzan de las aguas se llaman Suckarna. A veces tengo la sensación de que los árboles susurran, las flores murmuran, los arbustos canturrean melodías ignotas y los escaramujos que crecen en las grietas, detrás del manzano de mi abuela, interpretan hermosas tonadas con instrumentos invisibles. De modo que, ¿por qué no iban a suspirar las islas?

Cerca de una hora me llevó remar en mi barca para volver al embarcadero. Aquella mañana no hubo baño matutino, así que subí de nuevo a la casa. Sima seguía durmiendo bajo la manta. No había cambiado de posición desde que se acostó. Al mismo tiempo, oí el traqueteo del barco de Jansson. Bajé al embarcadero y esperé. Soplaba un leve viento del nordeste, no estaríamos a más de cinco grados y la primavera aún parecía lejana. Un lucio asomó a la superficie del agua para desaparecer enseguida.

Aquel día, Jansson tenía molestias en el cuero cabelludo. Temía estar quedándose calvo. Le propuse que acudiese a un peluquero. Pero él desenrolló una página que había arrancado de una revista y me pidió que la leyese. Contenía un anuncio a toda página sobre una medicina milagrosa que prometía resultados inmediatos si se utilizaba el susodicho fluido, compuesto según pude ver de lavanda, entre otros ingredientes. Pensé en mi madre y le dije a Jansson que no se creyese todo lo que escribían en anuncios publicitarios tan bien costeados.

–Quiero tu consejo.

–Ya te lo he dado. Vete a ver a un peluquero. Seguro que él sabe más que yo sobre la caída del cabello.

–¿Es que no aprendíais nada sobre la calvicie en la carrera de medicina?

–Debo confesar que no mucho.

Se quitó el gorro e inclinó la cabeza, como si quisiera expresarme un súbito respeto. Pero yo no veía nada más que su aún abundante cabello, incluso en la coronilla.

–¿No ves que tengo menos pelo?

–Bueno, es natural, con la edad.

–Pues según el anuncio, eso no es así.

–En ese caso, creo que lo que debes hacer es encargar esa porquería y masajearte con ella el cuero cabelludo.

Jansson arrugó la hoja de la revista.

–A veces me pregunto si de verdad eres médico.

–Bueno, por lo menos sé ver la diferencia entre los auténticos enfermos y los carteros con dolencias imaginarias.

Jansson estaba a punto de contestar cuando vi que su mirada se apartaba de mi cara y se clavaba en algo que había a mi espalda. Me di la vuelta y allí estaba Sima. Con el gato en el regazo y la espada colgada del cinturón. No dijo nada, tan sólo sonrió. Jansson se quedó boquiabierto. Dentro de un par de días, todo el archipiélago sabría que yo había recibido la visita de una joven de ojos oscuros, el cabello largo y salvaje y una espada de samurái.

–Pues creo que voy a encargar el tratamiento para el pelo –dijo Jansson en tono amable–. En fin, no te molesto más. Hoy no tienes correo.

Se marchó del embarcadero caminando hacia atrás mientras yo lo seguía con la mirada. Cuando me dio la espalda, Sima ya iba camino de la casa. Al gato lo había soltado en medio de la pendiente.

Entré y la vi fumando sentada a la mesa de la cocina.

–¿Dónde está el barco? –me preguntó.

–Lo he trasladado a un lugar donde nadie pueda verlo.

–¿Quién es el hombre con el que estabas hablando en el embarcadero?

–Se llama Jansson. Distribuye el correo por el archipiélago. Ha sido bastante desafortunado que te vea.

–¿Por qué?

–Es un chismoso. No para de hablar.

–A mí no me importa.

–Ya, tú no vives aquí. Pero yo sí.

Sima apagó el cigarrillo en uno de los platos de la antigua vajilla de la abuela. No me gustó lo más mínimo.

–He soñado que me vaciabas encima un viejo hormiguero. Yo intentaba defenderme con la espada, pero se me quebró la punta. Y entonces me desperté. ¿Por qué tienes un hormiguero en el dormitorio?

–No deberías haber entrado.

–A mí me parece elegante. La mitad del tapete de la mesa ha desaparecido ya en su interior. En unos años habrá cubierto toda la mesa.

De pronto me percaté de algo que me había pasado inadvertido hasta ese momento. Sima estaba inquieta. Se movía nerviosamente y, cuando la observé a hurtadillas, vi que se frotaba los dedos.

Recordé que, hacía ya muchos años, un paciente al que había tenido que amputarle una pierna a causa de la diabetes, experimentaba un extraño picor similar al de Sima. Aquel paciente sufría una bacilofobia aguda y era, además, desde el punto de vista psiquiátrico, un caso límite con depresiones agudas recurrentes.

El gato se subió a la mesa de un salto. Hasta hace algunos años solía espantarlo para que bajase de allí. Pero ya he dejado de hacerlo. El gato ha ganado la batalla. Aparté la espada para que no se hiriese las patas. Sima se sobresaltó al verme tocar la empuñadura. El gato se enroscó sobre el hule y empezó a ronronear. Sima y yo lo mirábamos en silencio.

–Cuéntame –la animé–. Por qué estás aquí y adónde crees que vas. Después decidiremos cómo salir de ésta sin buscarnos problemas innecesarios.

–¿Dónde está el barco?

–Lo he varado en una bahía que hay entre dos pequeñas islas llamadas Suckarna.

–¿Cómo puede alguien llamar suspiro a una isla?

–Por aquí cerca hay un caladero que se llama Kopparändan.* Y el arrecife que hay al otro lado de Bogholmen se llama Fisen.** Las islas tienen nombres, como las personas. Y no siempre sabemos de dónde vienen.

–¿Has escondido el barco?

–Sí.

–Gracias.

–No sé si es para darme las gracias. Pero si no me lo cuentas todo ahora mismo, echo mano del teléfono y lla-

* Trasero de cobre. *(N. de la T.)*

** El pedo. *(N. de la T.)*

mo a la guardia costera. No tardarán ni media hora en venir a buscarte.

–Si tocas el teléfono, te corto la mano.

Contuve la respiración, pero le dije enseguida lo que ya sospechaba.

–No creo que quieras tocar la espada después de haberla tocado yo. Te asustan las bacterias ajenas. Te aterra pensar que tu cuerpo pueda verse invadido de enfermedades contagiosas.

–No sé de qué me hablas.

Supe enseguida que yo tenía razón. Un imperceptible estremecimiento atravesó todo su cuerpo. Se abrió una grieta en la dura superficie. Entonces contraatacó. Agarró a mi viejo gato del pescuezo y lo arrojó contra el arcón para la leña que había junto a los fogones. Después empezó a gritarme. No comprendí una palabra de lo que decía, pues me hablaba en su lengua. La miré y pensé que no era mi hija y, por tanto, tampoco era responsabilidad mía.

De repente, guardó silencio.

–¿No piensas coger la espada? ¿No vas a tocar el puño? ¿No quieres atravesarme con ella?

–¿Por qué eres tan malvado?

–A mi gato no lo trata nadie como lo has tratado tú.

–No soporto el pelo de gato. Soy alérgica.

–Eso no significa que tengas derecho a matarlo a golpes.

Me levanté y dejé salir al gato que, sentado junto a la puerta, me observaba con suspicacia. Salí con él de la cocina, pues pensé que Sima tal vez necesitase estar a solas un rato. El sol había atravesado la capa de nubes, no corría la menor brisa, era el día más cálido de la primavera, hasta entonces. El gato se perdió al doblar la esquina de la casa. Con suma cautela miré por la ventana. Sima estaba ante el fregadero, lavándose las manos. Después se las secó cuidadosamente, limpió la empuñadura de la espada con la bayeta y volvió a dejarla en la mesa.

Para mí era una persona del todo incomprensible. Ni siquiera podía figurarme lo que pensaba. ¿Qué había en su interior? Ni lo sospechaba.

Volví a entrar y la encontré sentada ante la mesa. No dije nada de la espada. Sima me miró y me dijo:

–Chara, así me gustaría llamarme, Chara.

–¿Y eso por qué?

–Porque es bonito. Porque es un telescopio. Está en el monte Wilson, a las afueras de Los Ángeles. Pienso ir allí antes de morir. Por ese telescopio se ven las estrellas. Y cosas que uno no puede ni imaginar. Es el telescopio más potente de todos. –Aquí empezó a susurrar como exaltada o como si estuviese a punto de revelarme una preciada confidencia–. Es tan potente, que uno puede distinguir desde la Tierra a una persona que esté en la Luna. A mí me gustaría ser esa persona.

Intuía, más que comprendía, lo que intentaba explicarme. Una jovencita perseguida que huye de todo, y principalmente, de sí misma, pensaría que, puesto que era invisible aquí en la Tierra, podría hacerse visible a través de la lente de aquel potente telescopio.

Sentí como si detectase un pequeño fragmento de su identidad. Intenté continuar la conversación hablándole de los cuerpos celestes que podían verse en las claras noches otoñales de luna nueva. Pero ella se retiró, no quería, como si se arrepintiese de haber hablado.

Permanecimos un rato sentados y en silencio. Después volví a preguntarle por qué había venido a la isla.

–Petróleo –dijo de pronto–. Pienso ir a Rusia y hacerme rica. Allí hay petróleo. Después regresaré a Suecia y me volveré pirómana.

–¿Y qué pretendes quemar?

–Todas las casas en las que he vivido contra mi voluntad.

–¿Piensas quemar mi casa también?

–Será la única que dejaré entera. Ésta y la de Agnes. Pero el resto pienso quemarlo.

Empezaba a creer que la chica que tenía sentada frente a mí estaba loca. No sólo andaba por ahí con una espada bastante afilada; además tenía unos planes de futuro completamente absurdos.

Sima pareció leerme el pensamiento.

–¿No me crees?

–Sinceramente, no.

–Pues puedes irte al cuerno.

–No pienso permitirte que hables así en mi casa. Puedo hacer que venga la guardia costera antes de lo que tú te crees.

Le di un golpe al plato de mi abuela que ella había estado usando de cenicero. Los fragmentos quedaron esparcidos por el suelo de la cocina. Ella seguía impertérrita, como si mi arrebato no le incumbiese.

–No quiero que te enfades –dijo con calma–. Sólo quiero pasar aquí la noche. Después, me marcharé.

–Pero ¿para qué has venido?

Su respuesta me dejó perplejo.

–Pero si me invitaste tú.

–No lo recuerdo.

–Me dijiste que no creías que viniese. Y yo quería demostrarte que estabas equivocado. Además, yo a donde voy es a Rusia.

–No creo una palabra de lo que dices. ¿No puedes decir la verdad?

–Me temo que no querrás oírla.

–¿Y por qué no?

–¿Por qué piensas que llevo la espada? Quiero estar en condiciones de defenderme. En una ocasión no pude hacerlo. Ocurrió cuando tenía once años.

Comprendí que era verdad. Su vulnerabilidad anulaba por completo su ira.

–No te creo. Pero ¿por qué viniste aquí? ¿No hablarás en serio cuando dices que vas a Rusia?

–Sé que allí triunfaré.

–¿Y qué vas a hacer? ¿Sacar petróleo con las manos? Ni siquiera te dejarán entrar. ¿Por qué no te quedas con Agnes?

–Tengo que irme. Le dejé una nota en la que le avisaba de que me iba al norte.

–Pero ¡si esto está al sur!

–Es que no quiero que me encuentre. A veces se comporta igual que un perro, olisqueando tras los que se van. Sólo quiero quedarme aquí por un tiempo. Después me iré.

–Pero comprenderás que eso no puede ser.

–Si permites que me quede, te dejaré.

–Me dejarás ¿qué?

–¿Tú qué crees?

De pronto, comprendí qué era lo que me ofrecía.

–Pero ¿quién te has creído que soy? Olvidaré lo que acabas de decir. No lo he oído.

Me indigné tanto que me fui a la calle. Pensé en el rumor que, seguramente, Jansson estaría difundiendo por las islas. Me convertiría en Fredrik, el viejo que se entretenía en secreto con niñas importadas de algún país árabe.

Me senté en el embarcadero. Lo que Sima acababa de decirme no sólo me avergonzaba; también me entristecía. Y empecé a comprender de verdad la carga que soportaba la joven.

Al cabo de un rato, también ella bajó al embarcadero.

–Siéntate –le dije–. Puedes quedarte unos días.

Sentí su desasosiego. Le temblaban las piernas. No podía echarla de mi casa. Además, necesitaba tiempo para pensar. Una cuarta mujer había invadido mi vida y exigía una prestación cuya naturaleza yo aún ignoraba.

Nos comimos la última liebre que tenía en el congelador. Sima apenas si rozaba la comida. No habló mucho, pero parecía cada vez más inquieta. No quería dormir entre las hormigas, así que le preparé la cama en la cocina. No eran más de las nueve cuando me dijo que quería acostarse.

El gato tuvo que quedarse fuera aquella noche. Yo subí a la primera planta y me tumbé a leer. No se oía ningún ruido procedente de la cocina, aunque se veía el haz de luz que atravesaba la ventana. Aún no la había apagado. Cuando eché la cortina, vi que el gato se había sentado a la luz.

También el gato me dejaría en breve. Era como si ya se hubiese convertido en un ser transparente.

Leí uno de los libros de mi abuelo, de 1911, que trataba de aves zancudas insólitas. Debí de dormirme sin apagar la luz. Cuando abrí los ojos, aún no habían dado las once. Había dormido media hora, como máximo.

Me levanté y entreabrí la cortina. La luz de la cocina estaba apagada y el gato había desaparecido. Estaba a punto de acostarme, cuando presté atención. Oí un ruido procedente de la cocina que no fui capaz de identificar. Me acerqué a la puerta y agucé el oído. Y entonces lo oí claramente. Sima estaba llorando. Me quedé de pie. ¿Debía bajar con ella o querría que la dejase en paz? Tras un instante, el llanto pareció apagarse, así que volví a cerrar la puerta con cuidado y me acosté. Ya sabía dónde poner el pie para que el listón de madera del suelo no crujiese.

El libro de aves zancudas se había deslizado hasta caer al suelo. No me molesté en recuperarlo, sino que intenté tomar una decisión sobre qué hacer. Lo único correcto era llamar a la guardia costera. Pero ¿por qué iba a hacer siempre lo correcto? Resolví, pues, llamar a Agnes. Ella decidiría. Después de todo, Agnes era lo más parecido a un pariente para Sima, si no había entendido mal la historia.

Como de costumbre, me desperté poco después de las seis. El termómetro exterior indicaba que estábamos a cuatro grados. Y había niebla.

Me vestí y bajé la escalera. Aún con paso cauteloso, puesto que supuse que Sima seguía durmiendo. Pensé en llevarme la cafetera al cobertizo, donde tenía una vieja cocina eléctrica que lleva allí desde los tiempos de mi abuelo. Él la usaba para cocer una mezcla de alquitrán y resina que utilizaba para sellar el barco.

La puerta de la cocina estaba entreabierta. La abrí con cuidado, pues sabía que chirriaba un poco. Sima estaba tumbada sobre la cama, en ropa interior. La lámpara del rincón, junto al sofá, estaba encendida. El cuerpo y las sábanas estaban cubiertos de sangre.

Era como si un gran foco iluminase su cuerpo. Yo no daba crédito a mis ojos. Sabía que era verdad y, aun así, era como si no pudiese haber sucedido. Intenté reanimarla al tiempo que buscaba el lugar donde se había hecho las heridas más profundas. No había utilizado la espada, sino uno de los viejos cuchillos de pesca de mi abuelo. Por alguna razón, esto aumentó mi desesperación; como si Sima hubiese arrastrado al viejo pescador en su desgracia. Le grité para que despertara, pero su cuerpo estaba blando y tenía los ojos cerrados. Presentaba las heridas más graves en el vientre y en los tobillos. Y, curiosamente, también tenía bastantes cortes en la nuca, aunque no lograba comprender cómo se las había arreglado para dañarse esa parte del cuerpo. La peor lesión era la que se había infligido en el brazo derecho. El día anterior me fijé en que era zurda. De allí manaba la sangre a borbotones. Había perdido muchísima. Improvisé unas compresas con unos paños de cocina. Después le tomé el pulso. Era muy débil. No dejaba de intentar reanimarla, pero no sabía si habría ingerido alguna pastilla o si habría utilizado alguna droga. Desde luego, en la cocina había un olor que no me resultaba familiar. Olí el cenicero, otro de los platos de porcelana de mi abuela, y pensé que lo más probable era que hubiese fumado hachís o marihuana. Lancé una maldición al recordar que todo mi instrumental médico estaba en el cobertizo. Eché a correr para ir a buscarlo, tropecé con el gato, que estaba tumbado en el vestíbulo, tomé un tensiómetro y regresé a la cocina. Tenía la tensión muy baja. Su estado era grave.

Marqué el número de la guardia costera y me respondió Hans Lundman, con quien yo solía jugar de niño los veranos. Su padre, que era piloto, y mi abuelo eran buenos amigos.

–Soy Fredrik Welin. Tengo aquí a una joven que necesita ingresar en un hospital cuanto antes.

Hans es un hombre sensato. Sabía que nadie llamaba a la guardia costera por la mañana temprano si el asunto no era grave.

–¿Qué ha pasado?

No pude por menos de decirle la verdad.

–Ha intentado suicidarse. Se ha cortado y ha perdido mucha sangre. Tanto el pulso como la tensión están muy bajos. Tiene que ingresar de inmediato.

–Hay niebla –observó Hans Lundman–, pero estaremos ahí en media hora.

–¿Llamas tú a la ambulancia?

–Dalo por hecho.

Treinta y dos minutos tardé en oír los potentes motores de la embarcación de la guardia costera. Fueron los minutos más largos de mi vida. Más que cuando me robaron en Roma y creí que iban a matarme, más que en ninguna otra situación de mi vida. No podía hacer nada. Sima estaba muriéndose. No podía calcular cuánta sangre habría perdido. Ni podía ponerle nada, salvo las compresas caseras. Intenté susurrarle al oído cuando comprendí que de nada servía gritarle. Acerqué los labios a su oído y le susurré que debía vivir, que no podía morir así, sin más, que no era justo, no allí, en mi cocina, no ahora que era primavera, no en un día como el que acababa de empezar. No sabía si estaría oyéndome, pero seguí murmurándole al oído. Le conté fragmentos de historias que aprendí de niño, le hablé del perfume de las lilas y del cerezo aliso en flor. Le dije lo que cenaríamos aquella noche y le hablé de las extraordinarias aves que capturaban su presa como el rayo mientras se refrescaban en la orilla del mar. Le hablé por su vida y por la mía; tal era el pánico que sentía ante la idea de que muriera. Cuando por fin oí el paso apremiado de Hans Lundman y sus ayudantes, les grité que se apresurasen. Traían una camilla y no perdieron ni un segundo en trasladarla de la cama, acto seguido nos marchamos. Yo corrí hacia el barco en calcetines, con las botas bajo el brazo y ni siquiera me preocupé de cerrar la puerta.

Navegamos atravesando la niebla. Hans Lundman iba al timón y me preguntaba por el estado de Sima.

–No lo sé. Está perdiendo tensión.

Hans iba a toda velocidad, hendiendo la brumosa blancura. Su ayudante, al que yo no conocía, miraba nervioso a Sima, que yacía sujeta a la camilla. Me pregunté si el hombre no estaría a punto de desmayarse.

La ambulancia esperaba en el puerto. Todo seguía envuelto en la densa niebla.

–Esperemos que se salve –dijo Hans Lundman a modo de despedida.

Parecía preocupado. Probablemente, la experiencia le habría enseñado a contemplar a una persona acechada por la muerte.

Nos llevó cuarenta y tres minutos llegar al hospital. La mujer que iba sentada junto a la camilla en la ambulancia se llamaba Sonja y tenía unos cuarenta años. Le puso un gotero, actuando despacio y sistemáticamente, y de vez en cuando llamaba al hospital para informar del estado de Sima. Me preguntó un montón de detalles sobre la hora del suceso que yo no supe darle.

–¿Sabes si ha tomado algo? ¿Alguna pastilla?

–No lo sé. Puede que haya fumado marihuana.

–¿Es tu hija?

–No. Vino a visitarme inesperadamente.

–¿Has llamado a sus familiares?

–No sé quiénes son. Vive en un centro de acogida. Sólo la había visto una vez en mi vida. Y tampoco sé por qué vino a mi casa.

–Llama al centro.

La mujer me tendió un teléfono que había colgado de la pared de la ambulancia. Llamé al servicio de información telefónica y me pusieron con la granja de Agnes. Cuando saltó el contestador, dije la verdad, a qué hospital nos dirigíamos y dejé el número de teléfono que me indicó Sonja.

–Vuelve a llamar –me dijo–. La gente suele despertarse si uno no se da por vencido.

–Puede que esté en los establos.

–¿No tiene móvil?

Sentí que no tenía fuerzas para volver a llamar.

–No –contesté–. No tiene móvil. Agnes es distinta.

Hasta que Sima no entró en urgencias y quedó a cargo del equipo médico y yo me vi sentado en un banco del pasillo, con mis botas recortadas, no logré ponerme en contacto con Agnes. Se oía el pánico en su respiración.

–¿Cómo está?

–Está muy mal.

–Dime la verdad.

–Cabe la posibilidad de que muera. Depende de cuánta sangre haya perdido, de la gravedad del trauma. ¿Sabes si tomaba somníferos?

–No lo creo.

–Tenemos que saberlo.

–Con Sima es difícil saber algo seguro. Pero no creo que los tomase.

–¿Drogas?

–Fumaba hachís, pero no en mi presencia. No se lo permitía.

–¿Pudo haber tomado alguna otra cosa?

–¡No lo sé!

La enfermera que venía en la ambulancia entró en la habitación y le di el auricular.

–Es el pariente más próximo de la muchacha. Habla con ella. Ya le he dicho que su estado es grave.

Salí de la habitación. Un hombre de edad, desnudo de cintura para abajo, se lamentaba tumbado en una camilla. Al mismo tiempo, dos enfermeros trataban de tranquilizar a una madre histérica cuyo bebé lloraba a pleno pulmón en su regazo. Yo seguí andando por el pasillo y salí por la entrada de urgencias, ante la cual había aparcada una ambulancia con las luces apagadas. Pensé en lo que me había dicho Sima del telescopio con el que se podía ver a una persona que estuviese en la Luna. «Intenta vivir», susurré para mí. «Chara, pequeña Chara, intenta vivir y puede que un día te conviertas en esa persona a la que no se ve en la Tierra pero que se vengó saludándonos con la mano desde la Luna.»

Fue una plegaria, o tal vez un conjuro. Mientras estaba allí dentro e intentaba mantenerse con vida, Sima necesitaba toda la ayuda posible. Yo no creo en Dios, pero uno tiene derecho a crear sus propios dioses cuando los necesita.

Allí estaba, pues, elevando una plegaria a un telescopio instalado en un lugar llamado monte Wilson. Si sobrevivía, yo le pagaría el viaje a ese monte. Me enteraría de quién había sido el tal Wilson, el que le había dado nombre a la montaña.

Nada impide que un dios tenga nombre. ¿Por qué el Creador no iba a poder llamarse Wilson de apellido?

Si muriera, sería culpa mía. Si yo hubiese bajado al oírla llorar, tal vez no se habría cortado. Soy médico y debería haber comprendido... Ante todo, soy una persona que debería haber percibido parte de la ingente soledad que aquella niña de larga y afilada espada era capaz de sentir.

De repente sentí añoranza de mi padre. No lo hacía desde que falleció. Su muerte me causó gran dolor, aunque él y yo nunca hablamos con confianza, siempre imperó entre nosotros una muda comprensión mutua. Vivió lo suficiente para ver que lograba estudiar medicina y nunca ocultó el asombro y el orgullo que eso le producía. En los últimos años de su vida, cuando estaba en cama con aquel terrible cáncer que se extendió, de ser un pequeño lunar negro bajo el talón hasta convertirse en metástasis que él se imaginaba como el musgo sobre la piedra, hablaba a menudo de la bata blanca que yo tenía derecho a vestir. A mí me parecía vergonzoso que él considerase que el poder residía en la bata. Después comprendí que, para él, yo tenía que tomar la revancha. Él también había llevado una chaqueta blanca, pero a él lo habían pisoteado. Y a mí me tocaba vengarme. Nadie se atrevía a tratar con desprecio a un médico con su bata blanca.

Ahora lo echaba de menos. Y aquel mágico viaje al bosque, y las negras aguas de la laguna. Sentí deseos de irme, de volver, de que la mayoría de los sucesos de mi vida no se hubiesen producido. También mi madre me vino a la mente. Lavanda y lágrimas, una vida que nunca comprendí. ¿Habría llevado ella también una espada, pero invisible? ¿Estaría al otro lado del río de la vida, saludando a Sima?

Mentalmente, intenté hablar también con Harriet y con Louise. Pero las dos estaban extrañamente mudas, como si pensaran que esto era algo de lo que tenía que salir yo solo.

Volví adentro y encontré una pequeña sala de espera que estaba vacía. Tras unos minutos vino alguien del personal a decirme que el estado de Sima seguía siendo grave. Que la trasladarían a la unidad de cuidados intensivos. Seguí a la enfermera hasta el ascensor. Los dos celadores que empujaban la camilla eran negros. Uno de ellos me sonrió. Yo le devolví la sonrisa y estuve tentado de hablarle del extraordinario telescopio que había en el monte Wilson. Sima yacía con los ojos cerrados, seguía con el suero y recibía oxígeno a través de unos catéteres nasales. Me agaché un poco y le susurré al oído: «Chara, cuando te cures, podrás viajar al monte Wilson y verás que, en la Luna, hay una persona que se parece extraordinariamente a ti».

Un médico me explicó la difícil situación y me advirtió de que era posible que hubiese que operar. Le sorprendía que Sima no hubiese reaccionado aún a sus intervenciones. Me hizo algunas preguntas; yo le dije que ignoraba si padecía alguna enfermedad o si había intentado quitarse la vida antes. La mujer que podría responder a esas preguntas estaba en camino.

Agnes llegó poco después de las diez. De repente me pregunté cómo podría conducir con un solo brazo. ¿Tendría un vehículo especial? Bueno, aquello no tenía importancia. La conduje hasta el otro lado de la cortina donde descansaba Sima. Agnes empezó a llorar, sin apenas emitir un sollozo, pero yo no quería que Sima la oyese, de modo que me la llevé afuera otra vez.

–Está estable –le dije–. Pero el solo hecho de que hayas venido mejora la situación. Intenta hablar con ella. Necesita sentir que estás aquí.

–Pero ¿oirá mi voz?

–No lo sé. Esperemos que sí.

Agnes habló con el médico y respondió a todas sus preguntas. Ninguna enfermedad, ningún medicamento, ningún intento de suicidio anterior a éste, que ella supiera. El médico, que tendría mi edad, dijo que seguía sin mejorar, aunque estaba algo más estable que cuando ingresó. Y que, por el momento, no había motivo de preocupación.

Observé que sus palabras tranquilizaban a Agnes. Había una máquina de café en el pasillo. Aunando esfuerzos, logramos reunir las monedas necesarias para sacar dos tazas de un café bastante malo. Me sorprendió la habilidad con la que usaba su único brazo para hacer algo para lo que yo necesitaba los dos.

Le conté lo sucedido a Agnes, que me escuchaba moviendo la cabeza de un lado a otro.

–Bueno, no es impensable que, de hecho, fuese camino de Rusia. Sima siempre está intentando escalar montañas. Jamás se contenta con pasear por senderos normales y corrientes, como nosotros.

–Pero ¿por qué vendría a verme a mí?

–Tú vives en una isla. Al otro lado del mar está Rusia.

–Ya, aunque luego, una vez en mi isla, intenta quitarse la vida. No lo comprendo.

–Sima ha vivido en su vida experiencias que no podemos ni imaginar. No podemos distinguir la gravedad de las heridas que una persona puede tener en su interior, sólo observando su superficie.

–A mí me contó una parte.

–En ese caso, puedes figurarte algo.

Hacia las tres llegó una enfermera que nos comunicó que seguía estable. Que podíamos irnos a casa si queríamos, pues ella nos llamaría si había alguna novedad. Pero no teníamos adónde ir, de modo que nos quedamos todo el día y toda la noche. Agnes se acurrucó en un sofá bastante estrecho, y se quedó dormida. Yo, en cambio, estuve casi todo el tiempo sentado en una silla, hojeando manoseadas revistas en las que personas para mí desconocidas y ataviadas con ropas de alegres colores le contaban al mundo lo importantes que eran. De vez en cuando íbamos a comer, pero no nos quedábamos mucho tiempo fuera.

Justo después de las cinco de la mañana vino una enfermera a comunicarnos que el estado de Sima había cambiado de forma repentina. Que se habían producido graves hemorragias internas y que los médicos iban a intervenir inmediatamente para detenerlas en la medida de lo posible y volver a estabilizarla.

Nos habíamos relajado demasiado. De pronto, Sima se nos iba de nuevo.

El médico entró en la sala a las seis y veinte. Parecía muy cansado, se sentó en una silla, mirándose las manos. No habían logrado detener las hemorragias. Sima había fallecido. Nunca despertó. Si queríamos hablar con alguien, podía solicitar los servicios del psicólogo del hospital.

Entramos juntos para verla. Ya le habían quitado los tubos y el zumbido de las máquinas había cesado. Ya empezaba a apreciarse en su rostro ese color amarillento que otorga a los recién fallecidos el aspecto de una figura de cera. No recordaba a cuántas personas muertas había visto en mi vida. He visto morir a gente, he participado en reconocimientos forenses, he sostenido en mis manos los cerebros de los muertos. Pese a todo, fui yo quien rompió a llorar, en tanto que Agnes enmudecía de dolor. Me agarró el brazo con la mano, noté lo fuerte que era y deseé que nunca me soltase.

Yo quería quedarme, pero Agnes me pidió que volviese a casa. Ella se encargaría de Sima, yo ya había hecho cuanto había podido y me lo agradecía, pero quería estar sola. Me acompañó hasta el taxi que aguardaba a la salida. Hacía una hermosa mañana, aún algo fresca. En un seto que había junto a la rampa de acceso a urgencias crecían los tusilagos.

«El momento del tusilago», me dije. Aquél era ese momento, aquella mañana en la que Sima yacía muerta allí dentro. Por un instante, relució como un rubí. Y ahora era como si nunca hubiera existido.

Lo único que me asusta de la muerte es su gran indiferencia.

–La espada –recordé de pronto–. Y también tenía una maleta. ¿Qué hago con ellas?

–Ya te llamaré –respondió Agnes–. No puedo precisar cuándo, pero ya sé dónde estás.

La vi entrar al hospital. Un triste ángel de un solo brazo que había perdido uno de sus malogrados y extraordinarios hijos.

Entré en el taxi y le di la dirección al taxista. El hombre me miraba con suspicacia. Comprendí que mi aspecto era, cuando menos, sospechoso. La ropa arrugada, las botas recortadas con unas tijeras, ojeroso y sin afeitar.

–Solemos cobrar un anticipo cuando se trata de carreras de muchos kilómetros –aseguró el taxista–. Hemos tenido malas experiencias.

Me tanteé la chaqueta y me di cuenta de que ni siquiera llevaba la cartera. Así que me incliné hacia el taxista y le dije:

–Mi hija acaba de morir. Quiero irme a casa. Te pagaré, puedes estar seguro. Quiero que conduzcas despacio y con precaución.

Rompí a llorar. El hombre no dijo nada más y se mantuvo en silencio hasta que llegamos al puerto. Eran las diez y soplaba una leve brisa que apenas si rizaba el agua en la dársena. Le pedí al taxista que se detuviese ante la caseta roja de la guardia costera. Hans Lundman había visto llegar el taxi y apareció por la puerta. Por la expresión de mi rostro, supo que había terminado mal.

–Ha muerto –le dije–. Hemorragias internas. Inesperadamente. Creíamos que iba a salvarse... Necesito que me prestes mil coronas para pagar el taxi.

–Lo pagaré con mi tarjeta –dijo Hans antes de encaminarse al taxi.

Había terminado su turno hacía varias horas y comprendí que se había quedado para verme cuando yo volviera. Hans Lundman vivía en una de las islas del sur del archipiélago.

–Te llevo –me dijo.

–No tengo dinero en casa –le confesé–. Pido los reintegros a través de Jansson.

–¿Y a quién le importa ahora el dinero? –me respondió.

Estar en alta mar me infunde siempre un gran sosiego. La embarcación de Hans Lundman era un viejo pesquero reconstruido que hendía las olas despacio. Hans podía tener prisa en el trabajo, de vez en cuando; pero nunca fuera del trabajo.

Atracamos en el embarcadero. El sol apretaba y hacía calor. Había llegado la primavera. Pero era como si eso no fuese cosa mía. Yo me encontraba al otro lado de la valla invisible de creciente verdor.

–En la bahía de Suckarna hay un bote amarrado –le dije–. Es robado.

Hans comprendió.

–Mañana iremos a buscarlo –respondió–. Patrullaré por allí casualmente. No sabemos quién es el ladrón.

Nos estrechamos la mano.

–No debería haber muerto –declaré de pronto.

–No –convino Hans Lundman–. No debería.

Me quedé en el embarcadero viendo cómo viraba para salir de la bahía. Alzó la mano para despedirse antes de desaparecer de mi vista.

Me senté en el banco. Y tardé bastante en subir la pendiente hacia mi casa, cuya puerta estaba abierta de par en par.

3

Los robles florecían tardíos este año.

Anoté en el diario que el gran roble que se erguía entre el cobertizo y lo que fue en su día el gallinero de mis abuelos no empezó a verdear hasta el 25 de mayo. El inmenso robledal que se extendía al norte de la isla junto al golfo incomprensiblemente llamado Trätan,* había empezado a echar hojas varios días antes.

Se dice que fue la Corona quien, a principios del siglo XIX, plantó los robles en las islas para obtener madera con la que construir los buques de guerra que se fabricaban en Karlskrona. En una ocasión, cuando yo era niño, cayó un rayo en el robledal. Recuerdo que mi abuelo segó los restos del tronco. Aquel árbol había echado raíces y había empezado a crecer ya en 1802. En tiempos de Napoleón, me contó mi abuelo. Yo entonces no sabía quién era Napoleón, pero comprendí que hacía mucho, mucho tiempo. Los anillos leñosos de aquel árbol me han acompañado desde entonces, durante toda mi vida. Beethoven vivió cuando el roble aún era un plantón. Cuando mi padre nació, se había convertido en un gran árbol.

El verano llegó, como suele suceder en las islas, en varias oleadas. Y nunca podía uno estar seguro de cuándo

* La disputa. *(N. de la T.)*

había venido para quedarse. Pero yo no lo noté mucho, salvo por las breves anotaciones que me obligaba a escribir a diario. La sensación de soledad disminuía por lo general cuando hacía más calor. Pero aquel año no fue así. Pasaba los días sentado junto a mi hormiguero, la acerada espada de Sima y su maleta medio vacía.

Por aquella época, hablaba con Agnes por teléfono bastante a menudo. Me contó que el funeral se había celebrado en la iglesia de Mogata. A excepción de Agnes y las dos muchachas que vivían con ella y a las que yo había conocido, Miranda y Aida, tan sólo asistió un hombre muy anciano que aseguraba ser pariente lejano de Sima. El hombre había llegado en taxi, Agnes temió que muriese allí mismo, tan frágil parecía. Nunca consiguió aclarar qué tipo de parentesco tenía con la muchacha. Tal vez el hombre la confundiese con otra persona. Cuando le mostró la fotografía de Sima, no la reconoció del todo.

Pero ¿qué importaba?, decía Agnes. La iglesia debería haber estado llena de gente para despedir a aquel joven ser humano que jamás tuvo la oportunidad de descubrir sus talentos ni de recorrer y aprender de un mundo que debería haberla estado esperando con los brazos abiertos.

El ataúd llevaba sobre la tapa un manojo de rosas rojas. Una mujer de la parroquia que llevaba consigo a un niño bastante inquieto y que se había colocado en la galería del coro entonó unos salmos, Agnes pronunció unas palabras, no sin antes haberle pedido al sacerdote que evitase hablar de un Dios omnisciente y misericordioso. Cuando supe que la tumba llevaría un número por toda leyenda, me ofrecí a pagar una lápida. Un día, Jansson me trajo una carta de Agnes con la fotografía de la lápida que habían encargado. Figuraría el nombre de Sima y la fecha. En la parte superior, Agnes proponía tallar una rosa.

Esa misma noche la llamé y le pregunté si no podrían tallar una espada de samurái en lugar de la rosa. Me comprendió y me dijo que ella también lo había pensado.

–Pero creará polémica –vaticinó–. Y no me veo con fuerzas para luchar por el derecho a tallar una espada en la lápida de Sima.

–¿Qué quieres que haga con sus cosas? ¿Con la espada y la maleta?

–¿Qué llevaba en la maleta?

–Ropa interior. Unos pantalones, un jersey. Un desgastado mapa del Báltico y del golfo de Finlandia.

–Iré a buscarlo todo. Quiero ver tu casa. Y, ante todo, quiero ver la habitación en la que Sima lloró la noche que se hizo los cortes.

–Ya te lo dije, sé que debería haber bajado a verla cuando la oí. Siempre lamentaré no haberlo hecho.

–No te culpo de nada. Sólo quiero ver el lugar donde empezó a morir. El lugar en el que culminó su muerte ya lo he visto contigo.

Agnes iba a venir a visitarme la última semana de mayo, pero algo se lo impidió. Llegó a cambiar la fecha dos veces. La primera, porque Miranda se había escapado; la segunda, porque se puso enferma. Cuando florecieron los robles, aún no había venido. La espada y la maleta con la ropa de Sima estaban en la habitación del hormiguero. Una noche me desperté de un sueño en el que las hormigas habían empezado a extender su hormiguero por la maleta y la espada. Eché a correr escaleras abajo y abrí la puerta de un tirón. Pero las hormigas seguían conquistando la mesa y el blanco tapete.

En cualquier caso, trasladé las cosas de Sima al cobertizo.

Un día, Jansson me contó, como de pasada, que la guardia costera había encontrado hacía unos días un barco de motor robado y amarrado cerca de las islas Suckarna. Comprendí que Hans Lundman había cumplido su palabra.

–Cualquier día lo atacan a uno –auguró Jansson ceñudo.

–¿Quiénes?

–Los gánsteres. Llegan de todas partes. ¿Qué vamos a hacer para defendernos? ¿Coger el barco y hacernos a la mar?

–¿Y a qué iban a venir aquí, qué iban a robar en las islas?

–Tan sólo de pensarlo me pongo nervioso por mi tensión.

Fui al cobertizo a buscar el tensiómetro. Jansson se tumbó en el banco. Tras cinco minutos de reposo le tomé la tensión.

–Excelente, ciento cuarenta y ochenta.

–Creo que te equivocas.

–Pues entonces, búscate otro médico.

Entré en el cobertizo y me quedé allí a oscuras, hasta que oí que Jansson salía del embarcadero.

Los días que precedieron a aquellos en que florecieron los robles emprendí por fin la reparación de mi barco. Cuando, después de un gran esfuerzo, logré retirar la gran lona, encontré una ardilla muerta en la sobrequilla. Me sorprendió, porque nunca había visto una ardilla en la isla y ni siquiera había oído hablar de que hubiese.

El barco estaba en mucho peor estado de lo que yo temía. Después de dos días de exhaustivo inventario de los daños y de las medidas que había que adoptar, me sentía dispuesto a abandonar aun antes de haber comenzado. Al día siguiente, no obstante, continué raspando toda la pintura descascarillada del casco. Llamé a Hans Lundman para pedirle consejo. Me prometió que se pasaría un día. El trabajo iba lento. No estaba acostumbrado a realizar ninguna tarea con regularidad, salvo el baño matutino y las anotaciones en el diario.

El mismo día que empecé a raspar el barco, fui a buscar el diario de mi primer año en la isla. Lo abrí por la fecha del día en que estábamos. Leí con asombro que había anotado que me emborraché. «Ayer bebí hasta emborracharme.» Sólo eso. Lo recordaba vagamente, pero no recordaba el porqué. El día anterior había escrito que arreglé un canalón. Al día siguiente de la borrachera eché las redes y capturé siete platijas y tres percas.

Dejé el diario. Ya era de noche. El manzano estaba en flor. Pensé que casi podía ver a mi abuela sentada en el banco, una figura resplandeciente que se fundía con el trasfondo, con el tronco del árbol, con las rocas, con las espinas de la maleza.

Al día siguiente, Jansson me trajo carta de Harriet y de Louise. Finalmente había sacado fuerzas de flaqueza para contarles la historia de la muchacha que vino a mi isla y hablarles de su trágica muerte. Empecé por leer la carta de Harriet. Como de costumbre, había escrito muchas líneas. Me escribía que, en realidad, se sentía demasiado cansada para redactar una carta. Mientras leía, fruncía el entrecejo. La caligrafía era difícil de descifrar, no como antes. Ahora las letras se retorcían sobre el papel.

Además, el contenido resultaba desconcertante. Me decía que se encontraba mejor, pero que se sentía más enferma. Pero nada decía sobre la muerte de Sima.

Dejé a un lado la carta. El gato se subió a la mesa de un salto. A veces envidio a los animales, porque no tienen que vérselas con mensajes que llegan en sobres cerrados. ¿Estaría Harriet aturdida por el efecto de los analgésicos cuando escribió la carta? Me preocupó, descolgué el teléfono y la llamé. Si estaba entrando en la última fase de su vida, quería saberlo. Dejé sonar muchos tonos de llamada, pero no me respondió. Lo intenté llamándola al móvil, pero tampoco allí contestaba. Le dejé un mensaje en el que le pedía que me llamara.

Después abrí la carta de Louise. Me hablaba del curioso sistema de galerías de las cuevas de Lascaux, en el oeste de Francia, donde, en el año 1940, unos niños encontraron por casualidad pinturas rupestres de diecisiete mil años de antigüedad. Algunos de los animales tallados y pintados en la roca tenían cuatro metros de largo. «Ahora», me decía, «sobre esas obras de arte antiquísimas se cierne la amenaza de la destrucción, pues unos insensatos han instalado aparatos de aire acondicionado en los pasajes. Los turistas americanos que las visitan no deben verse obligados a abstenerse de sus comodidades, uno de cuyos principales componentes es el aire enfriado de modo artificial. Las paredes se han visto atacadas por extensas colonias de moho. Si no se le pone remedio, si el mundo entero no se responsabiliza de esto, del museo más antiguo de que disponemos, el futuro sólo podrá ver esas imágenes en copias.»

Me contaba que ella pensaba actuar. Supuse que les escribiría cartas a todos los dirigentes políticos de Europa y me sentí orgulloso. Mi hija oponía resistencia.

Había escrito la carta a ratos. Tanto la caligrafía como el bolígrafo variaban. Entre los pasajes serios en que expresaba su indignación, intercalaba notas cotidianas. Se había torcido un pie mientras iba a buscar agua. Giaconelli había estado enfermo. Temían que fuese neumonía, pero ya empezaba a recuperarse. Y lamentaba el dolor que sentía por la muerte de Sima.

«Pronto iré a visitarte», concluía la carta. «Quiero ver la isla en la que te has escondido todos los años que has estado apartado del mundo. A veces soñaba que yo tenía un padre tan aterradoramente hermoso como Caravaggio. Ya sé que no puede decirse que sea así. Pero ahora, al menos, para mí no volverás a ser invisible. Quiero conocerte, quiero mi herencia, quiero que me expliques todo lo que aún sigo sin comprender.»

No decía ni una palabra sobre Harriet, y yo no lo comprendía. ¿Acaso no le importaba lo más mínimo su madre moribunda?

Marqué una vez más los números de Harriet, pero seguía sin responder. Llamé al móvil de Louise, y ella tampoco me contestó. Subí a la montaña por la parte trasera de la casa. Hacía un hermoso día de los que anuncian el verano. Aún no apretaba el calor, pero las islas habían empezado a reverdecer. En la distancia vislumbré uno de los primeros veleros del año rumbo a un puerto desconocido. Sentí un súbito deseo de liberarme de la isla. Era tanto el tiempo de mi vida que había malgastado en mis eternas idas y venidas entre el embarcadero y la casa...

Simplemente, quería irme de allí. Cuando Harriet apareció en medio del hielo con su andador, anuló la maldición en la que yo me había escudado como en una jaula. Descubrí que los doce años que llevaba en la isla habían sido años perdidos, un líquido que yo había vertido en una vasija rota. Y podía dar un paso atrás, no podía volver a empezar.

Di un paseo por la isla. Olía intensamente a mar y a tierra. Unos cuantos ostreros correteaban ansiosos por la orilla picoteando con sus rojos picos. Era como si deambulase por una granja carcelaria pocos días antes de salir por la puerta y volver a ser un hombre libre. Pero ¿sería capaz de hacerlo? ¿Adónde iba a ir? ¿Qué vida me esperaba?

Me senté bajo uno de los robles de Trätan. De repente, comprendí que tenía prisa. Ya no había tiempo que perder. Sin importar lo que me esperase.

Aquella tarde bajé al embarcadero, subí a mi bote y remé hasta Starrudden. Allí el fondo era liso. Eché un arrastre para pescar platijas, aunque no abrigaba la menor esperanza de capturar mucho, tal vez alguna platija o alguna perca de la que pudiese disfrutar el gato. La red se llenaría de las algas que ahora proliferan en el fondo del Báltico.

Tal vez el mar que se extiende ante mi vista en las hermosas noches primaverales esté transformándose, poco a poco, en una ciénaga.

Más tarde, aquella misma noche, hice algo que jamás llegaría a comprender. Fui a buscar una pala y cavé en el lugar donde el perro estaba enterrado. No tardé en toparme con el cuerpo en descomposición. Y desenterré todo el cadáver. La corrupción se había producido con gran rapidez. Los gusanos ya habían devorado la mayor parte de las mucosas de la boca, los ojos y los oídos y habían abierto el estómago. A la altura de la apertura anal había una bola blanca formada por gusanos. Dejé la pala y fui a buscar al gato, que dormía en la casa, tumbado en el sofá. Lo tomé en mis brazos y lo posé sobre el perro muerto. El gato dio un salto en el aire, como si se hubiese encontrado con una víbora, y desapareció por la esquina de la casa; allí se dio la vuelta, dispuesto a continuar su huida. Tomé en una mano algunos de los mantecosos gusanos y me pregunté si sería capaz de tragármelos o si las arcadas me lo impedirían. Después, los arrojé sobre el perro y volví a cubrir la tumba.

No sabía qué estaba haciendo. ¿Estaría cavando una tumba similar dentro de mí mismo? ¿Para atreverme a ver todo aquello que venía soportando en mi interior, quizás?

Me lavé las manos dejándolas largo rato bajo el agua corriente del fregadero. Me repugnaba lo que acababa de hacer.

Hacia las once llamé a Harriet y a Louise, pero ninguna de las dos contestó.

A la mañana siguiente, muy temprano, recogí el arrastre. Había dos platijas escuálidas y una perca muerta. Tal y como yo temía, las redes estaban llenas de limo y de algas. Más de una hora me llevó dejarlas más o menos limpias antes de colgarlas de la pared del cobertizo. Me alegré al pensar que mi abuelo se hubiese librado de ver cómo aquel mar que él tanto amó moría asfixiado. Después continué con el lijado del barco. Trabajaba medio desnudo e intentaba reconciliarme con el gato, que me miraba suspicaz desde que se encontró en el jardín con el perro muerto. Las platijas no le interesaron lo más mínimo, pero se llevó la perca a una grieta en la roca y se puso a mordisquearla despacio.

A las diez entré en la casa para llamar por teléfono. Ninguna de las dos me contestó. Tampoco hoy recibiría correo. No había nada que yo pudiese hacer.

Me cocí unos huevos para el almuerzo y hojeé un viejo folleto sobre pintura para botes de madera. Pero el folleto era de hacía ocho años.

Después de comer me tumbé a descansar en el sofá de la cocina. El esfuerzo de lijar el barco me había agotado bastante y me dormí.

Cuando desperté sobresaltado, era cerca de la una. A través de la ventana abierta de la cocina oí el ruido de un viejo motor diésel. Sonaba como el barco de Jansson, pero se suponía que hoy no iba a venir. Me levanté del sofá, me puse las botas y salí. El ruido del motor se acercaba. Ya no me cabía la menor duda de que se trataba del barco de Jansson, con el irregular sonido que emite al llevar el tubo de escape a veces bajo la superficie del agua, a veces por encima. Bajé al embarcadero y esperé a que llegara. Me sorprendió que fuese a tan poca velocidad. Finalmente asomó la roda por entre las rocas. El barco se deslizaba muy despacio.

Hasta que comprendí por qué. Jansson arrastraba una carga. En efecto, llevaba amarrada detrás una vieja barca para transportar ganado. Cuando yo era niño, veía cómo aquellas embarcaciones transportaban vacas hacia las islas que tenían pastos. Pero eso era entonces. No había visto transbordadores de ese tipo en los diez años que llevaba viviendo solo en la isla.

En la embarcación iba la caravana de Louise. Ésta se encontraba ante la puerta abierta, exactamente igual que la primera vez que la vi. Junto a la barandilla distinguí la figura de otra persona. Era Harriet, con su andador.

Si hubiese podido, me habría arrojado al agua y me habría ido de allí a nado. Pero no podía desaparecer. Jansson aminoró la marcha y soltó las cuerdas de su carga al tiempo que empujaba la embarcación para que entrase en la parte menos profunda del golfo. Yo me quedé paralizado viendo cómo encallaba en la playa. Jansson echó amarras en el embarcadero.

–Jamás creí que esta vieja barca volviese a serme útil. La última vez que la saqué fue para transportar dos caballos a Rökskär. Pero de eso debe de hacer veinticinco años, como mínimo –aseguró.

–Podrías haber llamado –le recriminé–. Haberme advertido.

Jansson se me quedó mirando con expresión de sincero asombro.

–Creí que sabías que iban a venir. Eso me dijo la mujer que se llama Louise. Bueno, tendremos que sacar la caravana con ayuda de tu tractor. Por suerte hay pleamar; de lo contrario habríamos tenido que soltar la caravana en el agua.

A mí nadie me había dicho nada. Aunque ahora ya comprendía por qué nadie respondía a mis llamadas. Louise ayudaba a Harriet con el andador. Noté que estaba mucho más delgada y débil que cuando la dejé en la caravana el día de mi súbita partida.

Bajé a la playa. Louise sujetaba a Harriet del brazo.

–Esto es muy hermoso –dijo Louise–. Yo prefiero el bosque, pero admito que es precioso.

–Supongo que debo daros la bienvenida –respondí.

Harriet alzó la cabeza y pude ver su rostro sudoroso.

–Si me paro, me caigo redonda –aseguró–. Me gustaría echarme un rato en la habitación de las hormigas.

Le ayudamos a subir hasta la casa. Le dije a Jansson que intentara arrancar mi viejo tractor. Harriet se tumbó sobre la cama. Respiraba con dificultad y parecía que tuviese algún dolor. Louise le dio una pastilla y fue a buscar agua. Harriet se tragó la pastilla con gran dificultad; después me miró y me tendió la mano.

–No viviré mucho tiempo más –auguró–. Dame la mano.

Yo obedecí y tomé entre las mías la calidez de la suya.

–Quiero quedarme aquí tumbada, escuchar el mar y teneros cerca a los dos. Sólo eso. Esta vieja os promete no molestaros sin necesidad. No gritaré cuando el dolor sea demasiado intenso. Simplemente, me tomaré las pastillas o Louise me pondrá una inyección.

Cerró los ojos. Louise y yo nos quedamos mirándola. Harriet no tardó en dormirse. Louise rodeó la mesa y se puso a observar el hormiguero, que cada vez era más grande.

–¿Cuántas hormigas habrá? –preguntó susurrando.

–Dicen que puede haber hasta un millón, tal vez más.

–¿Cuánto tiempo hace que lo tienes?

–Este año hace once.

Salimos de la habitación.

–Podrías haber llamado –me lamenté.

Ella se colocó ante mí y me agarró los hombros con fuerza.

–Si lo hubiese hecho, habrías dicho que no. Y no quería exponerme a eso. Ahora estamos aquí. Nos lo debes a mí y a mi madre. Sobre todo, se lo debes a ella. Si es su deseo quedarse tumbada escuchando el mar en lugar de estar oyendo las bocinas de los coches mientras muere, pues así será. Y deberías alegrarte de que no tenga intención de perseguirte con mis acusaciones hasta que tú también mueras.

Dicho esto, se dio la vuelta y salió. Jansson había logrado arrancar el tractor. Tal y como yo venía sospechando todos estos años, tiene buena mano con los motores que se resisten.

Amarramos unas cuerdas a la caravana y logramos arrastrarla a tierra desde la embarcación. Jansson se encargó del tractor.

–¿Dónde quieres que la deje? –preguntó a gritos.

–Aquí –respondió Louise mientras señalaba una porción de césped que había más arriba de la franja de arena que se extiende al otro lado del cobertizo.

–Yo quiero tener un día mi propia playa –aseguró Louise–. Es algo con lo que siempre he soñado.

Jansson hizo gala de no poca habilidad con el tractor, pues consiguió arreglárselas para dejar la caravana en el lugar indicado. Le pusimos debajo cajas viejas de pescado y trozos de maderos hasta que quedó firme.

–Quedará estupenda –afirmó Jansson ufano–. La única isla del archipiélago con una caravana en el jardín.

–Bueno, y ahora, te invitamos a un café –anunció Louise.

Jansson me miró inquisitivo, pero no dijo nada.

Era la primera vez, desde que me mudé a la isla, que Jansson entraba en mi casa y, ya en la cocina, miró con curiosidad a su alrededor.

–Esto está como yo lo recordaba –declaró–. No has cambiado casi nada. Si no me equivoco, el tapete es el mismo que el que tenían tus abuelos.

Louise preparó el café y preguntó si tenía algún bizcocho. Pero yo no tenía nada, así que fue a la caravana para buscar algún dulce.

–Es una mujer muy elegante –opinó Jansson–. ¿Cómo la has encontrado?

–No fui yo quien la encontró a ella: ella me encontró a mí.

–No habrás puesto un anuncio, ¿verdad? Yo he pensado en hacerlo.

Jansson no es demasiado espabilado. No se le puede acusar de actividad mental innecesaria, la verdad. Pero el que fuese capaz de creer que Louise era una dama a la que yo había conquistado, con caravana y todo, incluida una vieja moribunda..., me resultaba incomprensible.

–Es mi hija –le revelé–. ¿No te había contado que tengo una hija? Pues yo juraría que lo había hecho. Estábamos sentados en el banco. A ti te dolía el oído. Fue en otoño. Te conté que tenía una hija ya mayor. ¿Lo has olvidado?

Ni que decir tiene que Jansson ignoraba por completo de qué le estaba hablando. Pero no se atrevió a protestar. No es capaz de correr el riesgo de perderme como su siempre dispuesto facultativo.

Louise volvió con una bandeja de bollos. Jansson y mi hija parecieron caerse bien enseguida. Pensaba explicarle a Louise que ella podía ser señora en su caravana pero que, en mi isla, era yo y nadie más quien imponía las reglas, una de las cuales era precisamente que no había que invitar a Jansson a tomar café en mi cocina.

Jansson arrastró al mar el transporte para ganado y, bordeando el cabo, desapareció. No le pregunté a Louise cuánto le había pagado. Dimos un paseo por la isla, pues Harriet aún dormía. Le mostré dónde había enterrado al perro y después trepamos por los riscos en dirección sur para seguir la orilla.

Por un instante me sentí como si tuviese una niña pequeña. Louise hacía preguntas sobre todo lo que veía, las plantas, las algas, las islas que se vislumbraban a través de la neblina, los peces que habría en el fondo, aunque no se veían... Yo pude contestar a algo así como la mitad de sus preguntas. Pero a ella no le importaba, lo más importante era, al parecer, que yo la escuchase.

Había en el cabo de Norrudden unos bloques de piedra que la erosión del hielo había modelado hacía ya tiempo hasta convertirlos en una especie de altos tronos. Y allí nos sentamos.

–¿De quién fue la idea? –pregunté.

–Creo que se nos ocurrió a las dos al mismo tiempo. Ya era hora de venir a visitarte y de reunir a la familia antes de que fuese demasiado tarde.

–¿Qué opinan tus amigos, los que viven en el bosque?

–Saben que un día volveré.

–¿Y por qué te has traído la caravana?

–Es mi cáscara. Nunca la dejo.

Me habló de Harriet. Uno de los boxeadores, un hombre llamado Sture que se ganaba la vida cavando pozos, la había llevado de vuelta a Estocolmo.

A partir de ahí empeoró muy rápido. Louise viajó hasta la capital para cuidarla, pues no quería ir a ninguna residencia. Y Louise peleó por el derecho a administrarle a Harriet los analgésicos que necesitaba. Lo único que podía hacerse ya era paliar su dolor. Ya habían renunciado a todo intento de impedir que el cáncer se propagara. Había empezado la cuenta atrás definitiva. Louise mantenía contacto diario con el hospital de Estocolmo.

Hablábamos sentados en nuestros tronos, mientras contemplábamos el mar.

–No creo que viva ni un mes más –dijo Louise–. Ya tengo que hacerle tomar grandes dosis de analgésicos. Morirá aquí. Será mejor que te hagas a la idea. Eres médico o, al menos, lo has sido. Así que estás más habituado que yo a la muerte. Aunque una cosa sí que he comprendido: que uno siempre está solo ante la muerte. De todos modos, podemos estar a su lado y prestarle ayuda.

–¿Le duele mucho?

–A veces llega a gritar.

Reanudamos el paseo por la orilla. Cuando llegamos al cabo que da a mar abierto, nos detuvimos de nuevo. Mi abuelo colocó allí una vez un banco que él había fabricado con el esqueleto de un viejo carromato y unas planchas de roble bastante gruesas. Las contadas ocasiones en que él y mi abuela discutían y se enfadaban, él solía venir aquí a sentarse hasta que ella acudía a buscarlo para avisarle de que la cena estaba lista. Para entonces, ya se les había pasado el enfado. Cuando yo tenía siete años, grabé mi nombre en aquel banco. Seguro que a mi abuelo no le gustó que lo hiciera, pero nunca me dijo nada.

Había un grupo de eider, de somormujos y algunos negrones que se balanceaban sobre las ondas.

–Ahí delante hay una fosa profunda –le expliqué–. Por lo general, el fondo suele estar por aquí a una profundidad de entre quince y veinte metros. Pero de repente se abre una grieta de hasta cincuenta y seis metros. Cuando yo era niño y echaba un cabo desde mi bote, soñaba con descubrir que la fosa no tenía fondo. Ha habido ya varias expediciones de geólogos que pretendían averiguar por qué existe pero, por lo que yo sé, no han sabido dar ninguna explicación plausible, hasta ahora. Eso me encanta. No tengo fe en un mundo en el que puedan descifrarse todos los misterios.

–Yo creo en un mundo en el que se ofrece resistencia –declaró Louise.

–¿Estás pensando en las cuevas francesas de las que me hablabas?

–Entre otras muchas cosas, sí.

–¿Has escrito alguna carta?

–Las últimas, tanto a Tony Blair como al presidente Chirac.

–¿Te han contestado?

–Por supuesto que no. Pero estoy preparando otras iniciativas.

–¿Como cuáles?

Ella negó con un gesto, pues no quería responder.

Proseguimos nuestro deambular y nos detuvimos junto al cobertizo. El sol daba contra la pared al socaire.

–Cumpliste uno de los deseos de Harriet –dijo Louise–. Pero aún le queda uno.

–No pienso volver a la laguna.

–No, su deseo ha de realizarse aquí. Quiere celebrar una fiesta estival.

–¿Y eso qué es?

Louise se impacientó.

–¿Puede significar otra cosa que aquello a lo que alude su nombre? Una fiesta que se celebra en verano, por supuesto.

–Yo no suelo dar fiestas en la isla. Ni en verano ni en invierno.

–Pues entonces, ya va siendo hora de que lo hagas. Harriet quiere sentarse fuera en una hermosa noche de verano, en compañía de varias personas, disfrutar de una buena cena, de un buen vino y, después, volver a su lecho para morir lo antes posible.

–Bueno, eso lo podemos arreglar. Tú, yo y ella. Colocamos una mesa en el césped, ante la grosella.

–Pero Harriet quiere que haya invitados. Quiere ver gente.

–¿Y a quiénes íbamos a invitar?

–Tú eres quien vive aquí. Invita a algunos de tus amigos. No tienen que ser tantos.

Louise se marchó en dirección a la casa. No esperó mi respuesta. Comprendí que no me quedaría otro remedio que organizar la fiesta. Podía invitar a Jansson, a Hans Lundman y a su esposa Romana, que trabaja de carnicera en el mercado del pueblo.

Harriet celebraría su última cena aquí, en mi isla. Era lo mínimo que podía hacer por ella.

4

Llovió casi sin cesar hasta la noche de San Juan. Fuimos adoptando sencillas medidas según empeoraba el estado de Harriet. En un principio, Louise dormía en su caravana, pero después de que Harriet se pasase dos noches consecutivas gritando de dolor se trasladó a mi cocina. Me ofrecí a turnarme con ella para administrarle a Harriet los analgésicos, pero ella quería seguir siendo la responsable de ese asunto. Extendió sobre el suelo un colchón que, por las mañanas, enrollaba y colocaba en el vestíbulo. Me contó que el gato solía tumbarse a sus pies.

Harriet dormía casi todo el tiempo, sumida en un estado de semiconsciencia provocado por la gran ingesta de calmantes. Casi nunca quería comer, pero Louise la obligaba, con una paciencia infinita, a ingerir el alimento suficiente. Derrochaba con su madre una ternura que me emocionaba. Era una ternura que yo no había visto antes. Yo me encontraba a su lado, pero jamás alcanzaría ese grado de intimidad.

Por las noches, nos sentábamos en la caravana de Louise o en mi cocina, y charlábamos. Ella se hacía cargo de la comida. Yo llamaba a la tienda para encargar el pedido que ella me indicaba y que luego nos traía el barco del correo. La semana anterior a la noche de San Juan intuí que a Harriet no le quedaba mucho tiempo. En sus momentos de vigilia preguntaba qué tiempo hacía, pero yo sabía que en lo que pensaba era en su fiesta estival. El siguiente día de correo, cuando llovía casi a diario y soplaban vientos fríos desde el lejano mar del Norte, invité a Jansson a la fiesta ese viernes.

–¿Es tu cumpleaños?

–Todas las navidades te lamentas porque no pongo velas ni adornos. Todos los días de San Juan protestas porque ni siquiera accedo a tomarme un trago en el embarcadero. Así que ahora te invito a una fiesta. ¿Te cuesta tanto entenderlo? A las siete, si el tiempo lo permite.

–Siento en mis pulgares que el calor está ya en camino.

Según Jansson, él es capaz de encontrar manantiales con una varilla de rabdomante. Además, dice que tiene sensibilidad al clima justo en los pulgares.

No hice ningún comentario sobre sus pulgares. Ese mismo día llamé a Hans Lundman y lo invité a él y a su mujer.

–Me toca trabajar ese día, pero seguro que puedo cambiar el turno con Edwin –me dijo–. ¿Es tu cumpleaños?

–Siempre es mi cumpleaños –le respondí–. Os espero a las siete, si el tiempo lo permite.

Louise y yo planeamos la fiesta. Saqué los viejos muebles de jardín de mis abuelos que llevaban mucho tiempo guardados. Los pinté y reparé la mesa, en una de cuyas patas la madera ya estaba medio podrida.

La víspera de San Juan llovió a cántaros. Soplaba una gélida ventisca del noroeste y la temperatura bajó a doce grados. Louise y yo subimos con gran esfuerzo hasta la cima del monte, desde donde vislumbramos algunos barcos varados en el golfo, al socaire, al otro lado de Korsholmen, que es la isla más próxima que tengo como vecina.

–¿Tú crees que mañana hará este tiempo? –preguntó Louise.

–Según los pulgares de Jansson, hará bueno –expliqué.

Al día siguiente amainó el viento. También la lluvia cesó, las nubes se dispersaron y subió la temperatura. Harriet había pasado dos malas noches en las que los analgésicos no parecían surtir mucho efecto. Después, súbitamente, se hizo la calma. Preparamos, pues, nuestra fiesta. Louise parecía saber con exactitud lo que quería Harriet.

–Un exceso sencillo –aseguró–. Es una tarea desesperante la de compaginar lo sencillo y lo lujoso. Pero a veces uno debe desear lo imposible.

Resultó aquélla una singular fiesta de verano que, según creo, ninguno de los asistentes olvidará nunca, aunque nuestros recuerdos no coincidan. Hans Lundman llamó la misma mañana y me preguntó si podía traer a su nieta, que estaba con ellos de visita, y a la que no podían dejar sola en casa. Se llamaba Andrea y tenía dieciséis años. Yo sabía que la nieta de Lundman tenía una minusvalía psíquica que, entre otras manifestaciones, afloraba bajo la forma de una confianza infinita en cualquier persona extraña. Le costaba comprender ciertas cosas, o aprenderlas, igual que a otras personas con ese tipo de minusvalías. Lo más característico de Andrea era, no obstante, su forma de relacionarse con los desconocidos. A cualquiera le daba la mano y, de niña, se sentaba sin vacilar en el regazo del primer extraño que apareciese.

Le dije que por supuesto que podían traerla. De modo que pusimos la mesa para siete personas, en lugar de seis. Harriet, que casi nunca se levantaba de la cama, se sentó en su sillón del jardín ya a las cinco de la tarde. Louise le había puesto un vestido de verano de color claro y le había arreglado el blanquísimo cabello en un hermoso rodete en la nuca. Y observé que incluso la había maquillado. El rostro demacrado de Harriet había recuperado parte de la fuerza que solía irradiar. Me senté a su lado, con una copa de vino en la mano. Ella me la arrebató y la dejó medio vacía de un trago.

–Sírveme más –me pidió–. Para evitar dormirme he reducido la dosis de todo aquello que mantiene a raya el dolor. Así que ahora me duele bastante, y más que me va a doler. Pero ahora quiero más vino blanco en lugar de todas esas pastillas blancas. ¡Dame vino!

Fui a la cocina, donde estaban las botellas ya descorchadas. Louise trajinaba con algo que iba a poner en el horno.

–Harriet quiere vino –dije.

–Pues ¡dáselo! Esta fiesta es para ella. Es la última vez en la vida que podrá beber hasta la euforia. Debemos alegrarnos si se emborracha.

Me llevé una botella al jardín. La mesa estaba puesta con buen gusto. Louise la había adornado con flores y ramas verdes y, con los desgastados paños de la abuela, había cubierto los platos fríos, que ya estaban servidos.

Brindamos y Harriet me tomó la mano.

–¿Te disgusta que quiera morir en tu casa?

–¿Por qué me iba a disgustar?

–Tú no querías vivir conmigo. Tal vez tampoco me quieras en tu casa ahora que estoy moribunda.

–No me extrañaría nada que nos sobrevivieras a todos.

–Pronto habré muerto. Ya noto cómo tira de mí. La tierra tira de mí. A veces, por las noches, cuando me despierta el dolor, justo antes de que me duela tanto que me veo obligada a gritar, me pregunto si temo lo que me espera. Y tengo miedo, pero como si no lo tuviera. Es más bien un vago desasosiego, estar a punto de abrir una puerta que no sabemos a ciencia cierta qué oculta. Después viene el dolor intenso y, entonces, es el dolor lo que temo. Y nada más.

Louise salió y se sentó con nosotros, provista también de su copa de vino.

–Aquí tenemos a la familia –anunció–. No sé si quiero apellidarme Welin o Hörnfeldt. Tal vez sea Louise Hörnfeldt-Welin. De profesión, epistológrafa.

Se había traído una cámara y nos fotografió a Harriet y a mí con las copas en la mano. Después tomó una instantánea donde también aparecería ella misma.

–Esta cámara que tengo es antigua –explicó–. He de revelar los carretes. Pero, de cualquier modo, ya tengo la foto con la que siempre soñé.

Brindamos por la noche de estío. Pensé que Harriet tenía que llevar pañales bajo su veraniego vestido de color claro y que la hermosa Louise era, de hecho, mi hija.

Louise fue a cambiarse a la caravana. El gato se plantó en la mesa de un salto y yo lo espanté. El animal se apartó ofendido. Ambos guardábamos silencio y escuchábamos el leve murmullo del mar.

–Tú y yo –dijo Harriet de improviso–. Tú y yo. Y, de pronto, todo habrá pasado.

Cuando dieron las siete, no soplaba nada de viento y estábamos a diecisiete grados.

Jansson y la familia Lundman llegaron al mismo tiempo. Los barcos iban uno tras otro como formando un pequeño convoy amistoso. Ambos llevaban banderas en la popa. Louise esperaba radiante en el embarcadero. Lucía un vestido tan corto que casi resultaba provocador, pero sus piernas eran preciosas y reconocí enseguida los zapatos rojos que tenía la primera vez que la vi salir de la caravana. Jansson se había puesto un viejo traje de chaqueta que le quedaba de lo más estrecho, Romana relumbraba de negro y rojo y Hans vestía de blanco e iba tocado con su gorra de marino. Andrea llevaba un vestido azul y una cinta amarilla en el pelo. Amarramos los botes y nos quedamos un rato en el embarcadero, un tanto apretujados, charlando sobre el verano, que se había dignado llegar por fin, antes de encaminarnos hacia la casa. Jansson tenía los ojos acuosos y daba algún que otro paso en falso, pero nadie pareció notarlo y, menos que nadie, Harriet, que se levantó por sí misma de la silla para estrecharle la mano.

Habíamos decidido decirles la verdad. Harriet era la madre de Louise, y yo su padre. Y que hubo un tiempo en que Harriet y yo estuvimos casi casados. Que ahora Harriet estaba enferma, pero no tanto como para que no pudiésemos pasar una noche cenando en el jardín bajo los robles.

Después, cuando todo pasó, pensé que nuestra fiesta fue, en un principio, como una pequeña orquesta cuyos miembros afinaban sus instrumentos. Poco a poco, fuimos hablando hasta dar con el tono adecuado. Entre tanto, íbamos comiendo y bebiendo y llevando adentro bandejas vacías mientras el eco de nuestras risas sobrevolaba las rocas. Harriet estuvo, en aquellos momentos, totalmente sana. Habló de bengalas de emergencia con Hans, con Romana, de los precios de la cesta de la compra y a Jansson le pidió que le hablase de todos los envíos extraños que debía de haber entregado durante todos los años que llevaba ejerciendo de cartero. Era su fiesta, ella era quien dominaba, quien dirigía y armonizaba todos los tonos para conseguir un todo. Andrea no decía nada, pero no tardó en pegarse a Louise, que la dejaba hacer. Ni que decir tiene que nos emborrachamos todos, Jansson el primero, pero no perdió el control en ningún momento. Le ayudó a Louise a retirar los platos y no se le cayó ni uno. Él fue, además, quien encendió las velas y las bengalas de jardín que Louise había comprado para mantener alejados a los mosquitos. Andrea observaba a los adultos con ojos escudriñadores. Harriet, que estaba sentada enfrente de ella, extendía a veces la mano para rozar las yemas de los dedos de Andrea. Cada vez que veía cómo sus dedos se encontraban me invadía una honda pesadumbre. Una de las dos mujeres no tardaría en morir, la otra jamás llegaría a comprender qué significa vivir. Harriet captó mi mirada y alzó su copa. La hizo tintinear contra la mía y bebimos en silencio.

Después, yo pronuncié un discurso. Nada que hubiese preparado de antemano, no. Al menos, yo no era consciente de haber formulado aquellas palabras cuando me levanté para que todos las oyesen. Hablé de la sencillez y del exceso. Sobre la perfección, que tal vez no existiese, pero que tal vez pudiese intuirse durante una noche de verano en compañía de buenos amigos. El verano sueco es caprichoso, nunca demasiado largo. Pero su belleza podía llegar a ser ensordecedora, como la de aquella noche.

–Vosotros sois mis amigos –declaré–. Sois mis amigos y mi familia y yo me he comportado como un príncipe mezquino al no permitiros entrar en mis dominios. Os agradezco la paciencia que me habéis mostrado, temo lo que hayáis podido pensar de mí y deseo que ésta no sea la última vez que nos veamos en estas circunstancias.

Bebimos. Una leve brisa nocturna se fundió con el follaje de los robles y rozó las llamas de las velas llevándose el humo que ascendía de las bengalas.

Jansson se puso en pie, después de dar unos toquecitos sonoros en su copa. Vaciló, pero se mantuvo erguido. No dijo nada. Y, de pronto, empezó a cantar. Con la voz de barítono más limpia que imaginarse pueda, entonó el *Ave María* de un modo que me hizo estremecer. Creo que todos experimentaron la misma sensación. Hans y Romana se mostraron tan perplejos como yo. Nadie parecía saber que Jansson tuviese una voz tan poderosa. Y los ojos se me anegaron de lágrimas. Allí estaba Jansson, con todas aquellas dolencias suyas imaginarias y su traje, que tan estrecho le quedaba, cantando como si un dios hubiese venido a sentarse entre nosotros en la noche estival. Sólo él podía explicar por qué había ocultado su talento.

De tal modo cantó, que hasta los pájaros callaron. Andrea escuchaba boquiabierta. Fue un momento grandioso, casi como un hechizo. Cuando Jansson terminó y volvió a sentarse, todos quedamos mudos. Hasta que Hans rompió el silencio con las únicas palabras que cabía pronunciar.

–¡Ha sido increíble!

Jansson recibió un aluvión de preguntas. Qué bien cantaba. ¿Cómo no lo había hecho nunca antes? Pero Jansson no contestó. Y tampoco quiso volver a cantar.

–Ha sido mi discurso de agradecimiento –nos explicó–. Con un canto. Desearía que esta noche no terminase nunca.

Seguimos bebiendo y comiendo. Harriet había dejado su batuta y ahora la conversación iba a trompicones. Todos estábamos ebrios; Louise y Andrea se retiraron discretamente hacia el cobertizo y la caravana. A Hans se le ocurrió que Romana y él tenían que bailar, y se apartaron también, saltando y trotando en un baile que, según Jansson, pretendía ser un *Rheinländer,* para luego aparecer por la esquina, desde detrás de la casa, en algo que más se asemejaba a un hambo.

Harriet disfrutaba. Creo que hubo instantes de aquella noche en que no sintió ningún dolor, ni pensó en que no tardaría en morir. Yo serví más vino y un chupito para cada uno, salvo para Andrea. Jansson fue tambaleándose hasta los arbustos para orinar. Hans y Romana echaban un pulso con los dedos y, de mi aparato de radio, se oía una música que yo creí identificar como alguna onírica pieza de piano de Schumann. Fui a sentarme junto a Harriet.

–Fue mejor así –dijo ella de pronto.

–¿A qué te refieres?

–Tú y yo no habríamos podido vivir juntos. Al final me habría cansado de tu constante espionaje y de tu hurgar en mis papeles. Era como tenerte dentro de mi propia piel. Me producías picazón. Como te amaba, no me molestaba demasiado. Creía que se pasaría. Y así fue. Pero no antes de que te hubieses marchado.

Alzó la copa y me miró a los ojos.

–Tú nunca has sido una buena persona –me recriminó–. Siempre has rehuido las responsabilidades que te correspondía asumir. Y nunca serás una buena persona. Pero puede que llegues a ser mejor. Procura no perder a Louise. Cuídala y ella te cuidará a ti.

–Deberías habérmelo dicho. Tantos años teniendo una hija, sin saberlo...

–Por supuesto que debí habértelo dicho. Y tienes razón, de haberlo querido de verdad, te habría encontrado. Pero estaba tan enfadada. Fue mi modo de vengarme, quedarme con tu hija para mí sola. Ahora recibo el castigo por lo que hice.

–¿Qué castigo?

–El arrepentimiento.

Jansson apareció trastabillando y fue a sentarse frente a Harriet, sin importarle que estuviésemos manteniendo una conversación privada.

–Creo que eres una mujer excepcional –dijo con la voz empañada–. Una mujer totalmente excepcional, por sentarte en mi hidrocóptero sin vacilar lo más mínimo y aventurarte a cruzar el hielo.

–Fue toda una experiencia –respondió Harriet–. Pero es una excursión que no me gustaría repetir.

Me levanté y subí a la cima de la montaña. Desde el otro lado de la casa las voces me llegaban como tintineos y gritos difusos. Me pareció poder ver a mi abuela abajo, en el banco, junto al manzano; y al abuelo, tal vez subiendo por el sendero desde el cobertizo.

Fue una noche en que los muertos y los vivos podían celebrar una fiesta juntos. Fue una noche para los que aún tenían mucha vida por delante y para quienes, como Harriet, se encontraban muy cerca del límite invisible, aguardando ya la embarcación que los llevaría a la otra orilla.

Una embarcación en la que ella había viajado cuando vino con la caravana en el barco de Jansson. Ahora ya sólo le quedaba el último tramo.

Bajé al embarcadero. La puerta de la caravana estaba abierta. La rodeé y miré discretamente por la ventana. Andrea estaba probándose la ropa de Louise, haciendo equilibrio sobre sus altos tacones, un par de zapatos de color azul claro y luciendo un extraño vestido de brillantes lentejuelas.

Me senté en el banco. De pronto, recordé la noche del solsticio de invierno. Aquella noche, sentado en la cocina, pensé que mi vida nunca cambiaría. Y ahora, seis meses después, nada era como antes. Ahora, el solsticio de verano nos llevaba de nuevo a la oscuridad. En la distancia oí las voces que llenaban mi, por lo general, tan silenciosa isla. La risa chillona de Romana y, de repente, también la voz de Harriet sobreponiéndose a la muerte y al dolor y pidiendo a gritos más vino.

¡Más vino! Sonaba como un grito de guerra. Harriet había movilizado sus últimas fuerzas para afrontar la batalla final. Fui a la casa y descorché las dos botellas que nos quedaban. Cuando salí, Jansson abrazaba a Romana en una danza mimosa, semiinconsciente. Hans había ido a sentarse al lado de Harriet. Le sostenía la mano, o tal vez fuese al revés, y ella escuchaba mientras él intentaba explicarle, con gran esfuerzo y menos éxito, cómo alumbraban los faros de las vías marítimas para garantizar la navegación incluso a velocidades muy altas. Louise y Andrea aparecieron de entre las sombras. Nadie, salvo Harriet, se percató de lo hermosa que estaba Andrea ataviada con las imaginativas creaciones de Louise. Aún llevaba los zapatos de color azul claro. Louise vio que me quedaba mirando los pies de Andrea.

–Me los hizo Giaconelli –me susurró al oído–. Pero se los he regalado a esta joven, que encierra en su alma tanto amor, que nadie se atreve a tomarlo. Un ángel debe calzar zapatos de color azul claro creados por un maestro.

La noche se prolongaba y avanzó poco a poco hacia una fase onírica en la que ya no recuerdo con claridad qué hicimos ni qué dijimos. Pero en un momento en que yo fui a orinar, vi a Jansson sentado en la escalera de entrada a la casa, llorando en el regazo de Romana. Hans bailaba un vals con Andrea, Harriet y Louise se susurraban confidencias al oído y el sol surgía discreto de las aguas del mar.

Cuando, a las cuatro de la madrugada, emprendimos la senda que descendía hasta el embarcadero, formábamos un séquito tambaleante. Harriet iba detrás, con el andador y Hans, dócil, tras ella. Nos despedimos en el embarcadero, soltamos los cabos y vimos partir los botes.

Justo antes de que Andrea subiese a bordo del barco con sus zapatos celestes en la mano, se me acercó y me abrazó con esos brazos suyos escuálidos y marcados de picaduras de mosquito.

La sensación de aquel abrazo, de tener el cuerpo envuelto en una cálida membrana, me duró mucho después de que los barcos hubiesen desaparecido detrás del cabo.

–Voy a acompañar a Harriet a la casa –dijo Louise–. Tendré que lavarla bien. Será más fácil si lo hacemos a solas. Si estás cansado, puedes acostarte en la caravana.

–Iré quitando los platos.

–Eso podemos dejarlo para mañana.

Las vi tomar la pendiente hacia la casa. Harriet se sentía muy cansada y apenas tenía fuerzas para mantenerse en pie, pese a que iba apoyada en el andador y también en su hija.

«Es mi familia», me dije. «Una familia que he empezado a tener cuando ya era demasiado tarde.»

Me dormí en el banco y me desperté cuando noté que Louise me rozaba el hombro.

–Ya se ha dormido. También nosotros debemos dormir.

El sol se veía ya alto en el horizonte. Me dolía la cabeza y tenía la boca reseca.

–¿Crees que está contenta? –le pregunté.

–Eso espero.

–¿No te ha dicho nada?

–Estaba casi inconsciente cuando la tumbé en la cama.

Subimos a la casa. El gato, que llevaba casi toda la noche desaparecido, se había tumbado en el sofá de la cocina. Louise me tomó la mano.

–Me pregunto quién eres –aseguró de pronto–. Tal vez un día lo averigüe. Pero la fiesta ha sido un éxito. Y me han gustado tus amigos.

Extendió el colchón en el suelo. Y yo subí a mi habitación y me tumbé en la cama, sin quitarme nada, salvo los zapatos.

En mis sueños oí graznar a las gaviotas y las golondrinas de mar. Se acercaban cada vez más mientras volaban y, súbitamente, enfilaban sus picos precipitándose a toda velocidad contra mi rostro.

Cuando desperté, comprendí que los gritos venían de la planta baja. Era Harriet, que volvía a gritar de dolor.

La gran fiesta había tocado a su fin.

5

Una semana después desapareció el gato. Pese a que Louise y yo lo buscamos en cada grieta de la isla, el gato no aparecía y siguió sin aparecer. Durante los días de búsqueda, pensé a menudo en el perro. Él habría encontrado al gato enseguida. Pero el perro estaba muerto y comprendí que lo más probable era que el gato hubiese corrido la misma suerte. Vivía en una isla llena de animales muertos, con una moribunda que sufría sus últimos días de padecimientos junto a un hormiguero que, poco a poco, iba apoderándose de cuanto había en la habitación.

El gato no volvió. Y el calor de pleno verano pesaba sobre mi isla. Navegué hasta tierra en mi bote para comprar un ventilador, que colocamos en la habitación de Harriet. Por las noches dejábamos las ventanas abiertas. Los mosquitos bailaban estrellándose contra las viejas mosquiteras que una vez fabricara mi abuelo. Incluso había escrito la fecha, con un lápiz de carpintero, en uno de los laterales del marco: 1936. Pese al frío del comienzo, empecé a creer que la prolongada ola de calor del mes de julio convertiría aquel verano en uno de los más calurosos de mi vida en la isla.

Louise se bañaba por las tardes. El estado de Harriet era ya tan grave que procurábamos encontrarnos siempre lo bastante cerca de ella para poder oírla. Alguno de los dos tenía que mantenerse en las proximidades de la habitación. El dolor se presentaba cada vez con más frecuencia. Louise llamaba cada tres días para hacer consultas al hospital, donde tenían la responsabilidad última de la evolución de Harriet. La segunda semana de julio enviarían a un médico para que la examinase. Yo me encontraba en el vestíbulo cambiando una bombilla mientras Louise hablaba con ellos. Ante mi sorpresa, la oí decir que no era necesario que enviasen a nadie, puesto que su padre era médico.

Yo cogía el bote periódicamente para ir a la farmacia a comprar más analgésicos para Harriet. Un día, Louise me pidió que le llevase unas cuantas postales. No le importaba de qué tipo. De modo que compré un montón de postales y de sellos y, cuando Harriet dormía, ella les escribía a sus amigos del bosque. De vez en cuando trabajaba también en la redacción de una carta que, según empecé a comprender, sería muy larga. Pero no quiso revelarme a quién iba dirigida. Nunca dejaba nada encima de la mesa, sino que, cuando terminaba, se llevaba todos los papeles a la caravana.

Le advertí que era muy probable que Jansson leyese todas y cada una de las postales que le entregase para que las enviara.

–¿Por qué iba a hacer tal cosa?

–Porque es curioso.

–Yo creo que respetará mis postales.

Y no volvimos a hablar del asunto. Cada vez que Jansson atracaba en el embarcadero, ella le daba las últimas postales escritas. Él se las guardaba en la saca sin mirarlas siquiera.

Y tampoco se quejaba ya de ningún achaque. El verano en que Harriet murió en mi casa, Jansson pareció quedar liberado de todas sus dolencias imaginarias.

Puesto que Louise era la encargada de cuidar a Harriet, yo hacía la comida. Desde luego que Harriet era la protagonista, pero Louise gobernaba la casa como si fuese el capitán de un buque. Y yo no tenía nada que objetar.

Los días calurosos eran una tortura para Harriet. Así que fui a comprar otro ventilador, que no mejoró mucho la situación. Llamé varias veces a Hans Lundman para preguntarle por los pronósticos de los meteorólogos de la guardia costera.

–Estamos sufriendo una extraña ola de calor que no se comporta como es habitual. Las altas presiones suelen venir de algún punto para desplazarse hacia otro, aunque lo hagan de forma tan lenta que apenas si lo notamos. Pero esto es insólito. Este anticiclón no se mueve lo más mínimo. Los historiadores del clima aseguran que se trata del mismo tipo de ola de calor que azotó Suecia el caluroso verano de 1955.

Yo recordaba aquel verano. Tenía entonces dieciocho años y dedicaba la mayor parte de mi tiempo a navegar a vela en el barco de mi abuelo. Fue un verano de desasosiego al ritmo del retumbar de la pulsión adolescente. Me había tendido desnudo sobre las ardientes rocas a soñar con mujeres. Las más hermosas de mis maestras deambulaban por mi mundo imaginario, sustituyéndose mutuamente como mis amantes.

Hacía ya casi cincuenta años.

–Debéis de tener un pronóstico –insistí–. ¿Cuándo remitirá el calor?

–Por ahora, el anticiclón es estable. En los campos ya se han producido autoigniciones. Y se declaran incendios en islas donde no se conocían.

De modo que seguimos viviendo con aquel calor. De vez en cuando, una bandada de oscuras nubes surgía en el horizonte de tierra firme y nos llegaban atronadoras tormentas desde el interior. A veces se interrumpía el suministro eléctrico, pero mi abuelo había dedicado muchos e interminables días a construir un ingenioso sistema de reconducción de los rayos que protegía tanto la casa como el cobertizo.

La primera vez que comprendimos que se acercaba la tormenta, la noche de uno de los días más calurosos, Louise me habló de su miedo. Habíamos consumido la mayor parte de las bebidas que habíamos comprado para la fiesta. Tan sólo quedaba media botella de coñac. Y ella se sirvió una copa.

–No creas que finjo –me advirtió–. Te digo de verdad que siento un miedo atroz.

Después, tomó la copa y se sentó bajo la mesa de la cocina. La oía gritar cada vez que caía un rayo seguido del trueno. Cuando pasó la tormenta, salió de su escondite con la copa vacía y la cara pálida.

–No sé por qué será –confesó–. No existe ninguna otra cosa que me asuste tanto como la luz de los rayos y el retumbar de los truenos.

–¿Pintó Caravaggio alguna tormenta? –le pregunté.

–Seguro que les tenía tanto miedo como yo. Lo cierto es que solía pintar aquello que le infundía temor, pero, que yo sepa, nunca plasmó en el lienzo una tormenta.

La lluvia que seguía a las tormentas refrescaba la tierra y también a los que la habitábamos. Cuando pasaba el temporal, era yo quien solía entrar a ver a Harriet. Aunque antes me iba afuera para ver si había salido el arco iris. Harriet yacía con la cabeza en alto para mitigar los dolores que se irradiaban desde la columna. Me senté en la silla que había junto a la cama y tomé su mano, menuda y fría.

–¿Sigue lloviendo?

–No, ya ha parado. Desde las montañas discurren hacia el mar canalillos de aguas furiosas.

–¿Ha salido el arco iris?

–No, esta tarde no.

Harriet guardó silencio un instante.

–No he visto al gato –dijo al fin.

–Ya no está. Lo hemos buscado, pero no lo encontramos.

–Pues entonces estará muerto. Los gatos se esconden cuando notan que les ha llegado la hora. Hay gente de ciertas tribus que hace lo mismo. Los demás nos aferramos todo el tiempo posible a quienes esperan que nos muramos de una vez.

–Yo no estoy esperando tal cosa.

–Por supuesto que sí. Quien acompaña a alguien cuya muerte está próxima, alguien que sufre una enfermedad incurable, no puede hacer otra cosa que esperar. Y la espera nos vuelve impacientes.

Hablaba entrecortadamente, como si estuviese subiendo una escalera interminable y tuviese que detenerse a menudo para recobrar el aliento. Muy despacio, extendió la mano en busca del vaso de agua. Se lo di y le sujeté la cabeza mientras bebía.

–Te agradezco que me recibieras en tu casa –me dijo–. Podría haberme congelado de frío ahí fuera, en el hielo. Podrías haber fingido que no me habías visto.

–El hecho de que te abandonara una vez no significa que sea capaz de hacerlo una vez más.

Ella negó con la cabeza, moviéndola de forma casi imperceptible.

–Tanto como has mentido, y ni siquiera has aprendido a hacerlo bien. La mayor parte de lo que uno dice debe ajustarse a la verdad. De lo contrario, la mentira resulta imposible de manejar. Sabes tan bien como yo que habrías sido capaz de abandonarme una segunda vez. ¿Has abandonado a alguien más?

Reflexioné antes de responder. Quería que lo que iba a decir fuese verdad.

–Sí, a una persona –respondí.

–¿Cómo se llamaba esa otra?

–No fue a una mujer. Sino a mí mismo.

Ella meneó la cabeza despacio.

–Ya no tiene sentido seguir dándole vueltas a lo mismo. De nuestras vidas se hizo lo que se hizo. Pronto habré muerto. Tú vivirás un tiempo aún. Después, también desaparecerás. Y entonces se borrarán las huellas. La luz centellea un instante entre dos oscuridades inmensas.

Extendió la mano, esta vez para aferrarse a mi muñeca. Sentí su pulso acelerado.

–Quiero decirte algo que seguramente ya sospechas. Jamás he amado a un hombre como te amé a ti. Por eso te busqué, para reencontrarme con ese amor. Para devolverte la hija que te había arrebatado. Pero, ante todo, porque quería morir cerca del hombre al que siempre había amado. Tampoco he odiado a nadie como te odié a ti. Pero el odio duele y yo ya tengo bastante dolor. El amor es un alivio, un remanso, tal vez incluso una seguridad que le resta horror al encuentro con la muerte. No hagas ningún comentario sobre lo que acabo de decirte. Sólo créeme. Y dile a Louise que venga. Me estoy dando cuenta de que me he mojado.

Fui a buscar a Louise, que se encontraba sentada en la escalera.

–Esto es muy hermoso –dijo–. Casi como en el corazón del bosque.

–A mí me da miedo la espesura del bosque –respondí–. Siempre me ha aterrado la idea de perderme si me alejaba demasiado del sendero.

–Tú tienes miedo de ti mismo. De nada más. Lo mismo que yo. O que Harriet, o que la maravillosa y joven Andrea. O que Caravaggio. Tenemos miedo de nosotros mismos y de lo que de nosotros vemos en los demás.

Entró en la habitación de Harriet para cambiarle el pañal. Yo me senté en el banco, bajo el manzano, justo al lado de la tumba del perro. En la distancia, se oía el sordo ronroneo del motor de un gran buque. ¿Tal vez la marina ya había iniciado sus maniobras habituales de otoño?

Harriet me había dicho que jamás había amado a nadie como a mí. Y eso me alteró el ánimo. No me lo esperaba. Era como si, finalmente, viese con claridad lo que para los dos había implicado mi traición hacia ella.

Yo la traicioné porque temía ser traicionado. Mi miedo a atarme, a sentimientos tan intensos que no podía controlarlos, me hizo alejarme. Ignoraba por qué había sido así. Pero yo sabía que no estaba solo. Que vivía en un mundo lleno de hombres que sufrían mi mismo miedo.

Había intentado verme a mí mismo en la figura de mi padre. Pero su miedo era otro. Él jamás había dudado en mostrar el amor que sentía por mi madre o por mí mismo, por más que mi madre no fue una persona con la que resultase fácil convivir.

Tenía que comprender todo aquello, me dije. «Antes de morir, tengo que saber por qué he vivido. Aún me queda algún tiempo. Y debo emplearlo bien.»

Sentí un enorme agotamiento repentino. La puerta de la habitación estaba entreabierta. Subí la escalera. Ya tumbado en la cama, encendí la lámpara de la mesita. En la pared, junto a la cama, hubo siempre unas cartas marinas que mi abuelo había encontrado en la playa. Están dañadas por el agua y son difíciles de descifrar. Pero representan Scapa Flow, cerca de las islas Orcadas, donde la flota inglesa constituyó su base durante la primera guerra mundial. En numerosas ocasiones he seguido con la mirada las angostas vías marítimas de Pentland Firth, recreando la imagen de las naves inglesas y sus avanzadillas, temerosas de descubrir el periscopio de un submarino alemán en la bocana de los puertos.

Me dormí con la lámpara encendida. Hacia las dos me despertaron los gritos de Harriet. Me cubrí los oídos con las manos y aguardé hasta que los analgésicos le hubiesen hecho efecto.

Vivíamos en mi casa, sumidos en un silencio que podía quebrarse en cualquier momento por los enloquecidos gritos de dolor. Pensaba cada vez con más frecuencia que, en realidad, deseaba que Harriet muriese pronto. Por ella, quería que se librase de tanto padecimiento, pero también por mí, y por Louise.

La intensa ola de calor se mantuvo hasta el 24 de julio. Aquel día anoté en el diario que soplaba un viento del nordeste y que había empezado a descender la temperatura. Un tiempo inestable de bajas presiones que se acumulaban sobre el mar del Norte vino a sustituir al largo periodo de calor. La noche del 27 de julio, una tormenta de componente norte arrasó el archipiélago. Un par de planchas del tejado, cerca de la chimenea, se soltaron y se estrellaron contra el suelo. Logré subir al tejado para sustituirlas por otras que llevaban muchos años almacenadas en uno de los trasteros, después de que derribasen los establos a finales de 1960.

Harriet empeoraba cada día. Ahora que las tormentas y el frente frío azotaban la costa, sólo permanecía despierta unos minutos al día. La cuidábamos entre los dos. Lo único que Louise hacía sola era lavarla y cambiarle los pañales.

Y yo me alegraba de no tener que hacerlo. Era una experiencia que no quería vivir con Harriet.

Se acercaba la época de la oscuridad otoñal. Las noches eran cada vez más largas, el sol ya no calentaba como hacía unas semanas. Louise y yo nos hicimos a la idea de que Harriet podía morir en cualquier momento. Su respiración era entrecortada y jadeante y rara vez salía de su estado de sopor. Cuando estaba despierta, solíamos sentarnos los dos a su lado. Louise quería que nos viera juntos. Harriet no hablaba mucho en los momentos de lucidez; preguntaba qué hora era, si no era ya la hora de comer. Su pérdida de orientación era cada vez más evidente. A veces creía que se encontraba en el bosque, dentro de la caravana; otras, que estaba en su casa de Estocolmo. En su conciencia no existía ninguna isla, ninguna habitación con hormiguero. Tampoco tenía conciencia de que estaba muriéndose. Cuando despertaba, lo hacía como si todo fuese lo más natural del mundo. Bebía un poco de agua, tomaba unas cucharadas de sopa y volvía a dormirse. La piel del cráneo estaba tan tensa que temía que se le quebrase y dejase el hueso al descubierto. «Es fea la muerte», pensé. Ya apenas si quedaban vestigios de la hermosa Harriet. Se había convertido en un esqueleto, pálida como la cera, cubierta por una manta; nada más.

Una de aquellas tardes de principios de agosto, Louise y yo nos sentamos en el banco del manzano. Nos habíamos abrigado y ella se había puesto en la cabeza una de mis viejas gorras.

–¿Qué vamos a hacer cuando muera? –pregunté–. Supongo que habrás pensado en ello. ¿Sabes, quizá, qué quiere que hagamos con su cuerpo?

–Quiere que la incineren. Hace un par de meses me mandó por correo el folleto de una funeraria. Puede que aún lo tenga. O quizá lo haya tirado a la basura. Había señalado en él el ataúd más barato y una urna que estaba rebajada.

–¿Tiene algún terreno para la inhumación?

Louise frunció el entrecejo.

–¿A qué te refieres?

–¿Sabes si hay algún panteón familiar? ¿Dónde están enterrados sus padres? A cada uno suele corresponderle una región, o una ciudad. Al menos antiguamente se hablaba de un terreno para la inhumación.

–Sus familiares están enterrados por todo el país. Jamás la he oído decir que haya ido a llevar flores a la tumba de sus padres. Ni tampoco ha dicho que quiera nada especial. Lo que sí tiene decidido es que no desea que le pongamos una lápida. Creo que prefiere que esparzamos sus cenizas al viento. Y, de hecho, no hay nada que lo impida.

–Bueno, es necesario un permiso –le advertí–. Jansson me contó que los pescadores de antaño pedían que esparciesen sus cenizas por los viejos bancos de arenque.

Guardamos silencio, pensando en lo que sucedería con Harriet. Yo tenía una sepultura. No había razón alguna que impidiese que a ella la enterraran a mi lado.

De pronto, Louise posó su mano sobre mi brazo.

–En realidad, no tenemos por qué pedir ningún permiso –aseguró–. Harriet podría muy bien ser una de tantas personas que hay en este país y que no existen.

–Todo el mundo dispone de un número de identidad –observé–. No podemos desaparecer de cualquier manera. Hasta que morimos, ese número de identidad existe.

–Bueno, siempre hay recursos –sugirió Louise–. Va a morir en tu casa. Podemos incinerarla como lo hacen en la India. Después, vertemos sus restos en el mar. Yo daré de baja su alquiler en Estocolmo y me llevaré sus cosas. Sin indicar una dirección de contacto. Dejará de retirar su pensión. Y yo le comunicaré al hospital que se ha muerto. Es lo único que les interesa saber. Puede que alguien empiece a preguntar dónde está. Pero puedo decir que llevo meses sin saber de ella. Y que su visita aquí fue breve y luego se marchó.

–¿Una breve visita?

–¿Quién crees que vendría a preguntarle a Jansson o a Hans Lundman por su siguiente destino después de dejar la isla?

–Exacto, eso es. Pero ¿adónde se fue? ¿Quién la llevó a tierra?

–Tú. Hace una semana. Nadie sabe ya si sigue aquí.

Empecé a comprender que Louise hablaba en serio. Dejaríamos que Harriet muriese aquí y nos encargaríamos de su entierro. ¿Saldría bien? No hablamos más del asunto esa tarde. Por la noche me costó conciliar el sueño. Al final, yo también empecé a creer que sería viable.

Dos días después, mientras cenábamos, Louise dejó el tenedor en la mesa.

–¡El fuego! –dijo de pronto–. Ya sé cómo podemos encenderlo sin que nadie empiece a hacer preguntas.

Escuché su propuesta. Al principio, me resistí. Pero después comprendí que era un plan muy hermoso.

La luna desapareció. La oscuridad se extendió sobre el archipiélago. Los últimos veleros del verano se deslizaban alejándose hacia sus puertos. La Marina seguía con sus prácticas al sur de las islas. De vez en cuando nos alcanzaba la onda de presión de algún cañonazo remoto. Harriet dormía casi las veinticuatro horas. Nos turnábamos para estar con ella. En mi época de estudiante de medicina, me gané un dinero extra haciendo guardias nocturnas. Aún recordaba la primera vez que cuidé de una persona que murió ante mis ojos. Ocurrió sin el menor movimiento, sin un sonido. Tan infinitamente breve era aquel gran paso. Durante una unidad de tiempo apenas mensurable, el ser vivo pasaba a estar entre los muertos.

Recuerdo que pensé: este ser humano que ahora está muerto es una persona que, en realidad, no existió nunca. Con la muerte se erradica todo cuanto existió. La muerte no deja huella, salvo la de aquello que a mí siempre me costó tanto. El amor, los sentimientos. Huí de Harriet porque conseguimos un alto grado de intimidad. Y ahora no tardará en desaparecer.

Louise se mostró triste los últimos días de la vida de Harriet. Yo, por mi parte, experimentaba un miedo creciente, consciente de que también yo me acercaba a aquello por lo que en ese momento pasaba Harriet. Temía la humillación que me esperaba y confiaba en que se me concediese una muerte dulce, que no me obligase a estar postrado largo tiempo antes de alcanzar la última orilla.

Harriet murió al alba, poco después de las seis del día 22 de agosto. Pasó la noche inquieta, los analgésicos ya no parecían surtir ningún efecto. Yo estaba haciendo café cuando Louise entró en la cocina. Se colocó a mi lado y esperó a que hubiese terminado de contar los diecisiete segundos del café.

–Mamá ha muerto.

Entramos en la habitación donde yacía Harriet. Le tomé el pulso con los dedos y le puse el estetoscopio para escuchar su corazón. Y, verdaderamente, estaba muerta. Nos sentamos en la cama. Louise lloraba tranquila, casi sin hacer ruido. En cambio yo no sentí más que un tormentoso alivio egoísta ante el hecho de no ser yo mismo quien yacía allí muerto.

Estuvimos en silencio unos diez minutos. Volví a comprobar los latidos de su corazón, pero no oí nada. Después, extendí sobre su rostro una de las toallas bordadas de mi abuela.

Nos tomamos el café, aún caliente. A las siete, llamé a la guardia costera. Hans Lundman me respondió en persona.

–Gracias por la fiesta del otro día. Debería haberte llamado.

–No, gracias a ti.

–¿Qué tal está tu hija?

–Bien.

–¿Y Harriet?

–Se fue.

–Andrea va por ahí luciendo sus preciosos zapatos de color celeste. Díselo a Louise.

–Lo haré. Te llamo para avisarte de que hoy pienso quemar un montón de basura. Por si alguien llama creyendo que hay un incendio.

–Bueno, la sequía ha pasado, al menos por este año.

–Ya, en fin, por si alguien cree que es mi casa la que está en llamas.

–Has hecho bien en llamar.

Salí al jardín. No corría la menor brisa. Una capa de nubes tenía encapotado el cielo. Bajé al cobertizo y saqué la lona que había preparado para cubrir el cuerpo. Ya la había embadurnado de brea y la extendí en el suelo. Louise le había puesto a Harriet el hermoso vestido que llevó en la fiesta estival. La había peinado y le había puesto carmín en los labios. Seguía llorando, tan en silencio como antes. Nos quedamos un rato abrazados.

–La voy a echar de menos –confesó–. He estado tan enfadada con ella durante tantos años. Y ahora comprendo que ha horadado en mi interior un pozo que siempre permanecerá abierto y por el que la tristeza entrará como un soplo, mientras yo viva.

Comprobé los latidos del corazón de Harriet una última vez. Su piel había empezado a adquirir ese tono amarillento que otorga la muerte.

Esperamos una hora. Después la sacamos de la casa y enrollamos su cuerpo en la lona. Yo tenía unos bidones de gasolina de reserva y con ellos preparé el lugar en el que su cuerpo ardería hasta consumirse.

La subimos en mi viejo barco y anegamos el cadáver y la cubierta con la gasolina.

–Será mejor que nos apartemos –advertí–. La gasolina prenderá lanzando grandes llamaradas. Si estás demasiado cerca, las llamas podrían alcanzarte.

Retrocedimos unos pasos. Miré a Louise. Ya había dejado de llorar. Asintió, yo encendí el extremo de un cordel embreado y lo arrojé al barco.

El barco rugió al arder. La lona impregnada en brea chisporroteaba y crujía. Louise me tomó la mano mientras yo pensaba que por fin le había encontrado utilidad a mi viejo barco. En efecto, en él podría enviar a Harriet a ese otro mundo en el que ni ella ni yo creíamos, aunque ambos abrigábamos la secreta esperanza de que existiese.

Mientras ardían las llamas, bajé al cobertizo, saqué una vieja sierra para metal, y comencé a aserrar el andador. Tras unos minutos, comprendí que la sierra estaba inservible. Dejé el andador en la barca junto con dos piedras y otras tantas cadenas. Remé rumbo a Norrudden y arrojé al fondo del mar el andador con las cadenas y el lastre. Allí no iba nadie a fondear ni tampoco a pescar, de modo que el andador no emergería a la superficie.

Una larga columna de humo ascendía hacia el cielo. Volví remando a la isla mientras pensaba que Jansson no tardaría en llegar. Encontré a Louise acuclillada, contemplando el barco en llamas.

–Desearía saber tocar algún instrumento –se lamentó–. ¿Sabes cuál era la música favorita de mamá?

–Creo que le gustaba el jazz tradicional. Cuando estábamos juntos, solíamos escuchar mucho jazz en el barrio de Gamla Stan.

–Te equivocas. Su canción favorita era *Sail Along Silvery Moon*. Una melodía bastante sentimental de los años cincuenta. No se cansaba de escucharla. Ahora la habría interpretado para ella, como salmo de despedida.

–Ni siquiera sé cuál es.

Louise tarareó la canción, algo insegura de la melodía. Tal vez la hubiese oído en alguna ocasión, pero nunca interpretada por un grupo de jazz.

–Hablaré con Jansson –le dije–. Harriet se marchó ayer. Yo la llevé. Un familiar vino en coche a recogerla para llevarla al hospital de Estocolmo.

–Dile que le manda saludos –advirtió Louise–. Así no le extrañará tanto que se haya ido.

Jansson llegó puntual, como de costumbre. Llevaba en el barco a un agrimensor que tenía un cometido que cumplir en Bredholmen. Nos hicimos un gesto a modo de saludo. Jansson bajó al embarcadero y observó la hoguera.

–He llamado a Lundman porque creí que tu casa estaba ardiendo –me dijo.

–No, he quemado el barco –expliqué–. Era imposible hacerlo navegar otra vez. Y no soportaba la idea de estar viéndolo arrumbado un invierno más.

–Has hecho bien –opinó Jansson–. Los barcos viejos se niegan a morir del todo, a menos que uno los astille o los queme.

–Harriet se ha ido. Yo mismo la llevé a tierra ayer. Me dijo que te despidiera de su parte.

–Muy amable. Salúdala de mi parte. Me cayó muy bien. Una señora muy agradable. Se encontraba mejor, espero.

–Iba directamente al hospital. No creo que esté mejor. Pero, en fin, te mandó sus saludos.

Jansson no tenía correo para mí y siguió su travesía con el agrimensor. Cayeron unas gotas dispersas que no tardaron en cesar. Volví a la hoguera. El espejo de popa ya se había soltado y empezaba a resultar imposible distinguir la madera calcinada del envoltorio de lona y su contenido. No olía a carne quemada. Louise estaba sentada en una roca. De pronto, pensé en Sima y me pregunté si mi isla no atraería la muerte. En efecto, aquí se había cortado la muchacha las venas para poner fin a su vida y aquí había venido a morir Harriet. El perro estaba muerto y enterrado y el gato, desaparecido.

Me sobrevino un súbito desaliento de mí mismo. ¿Tenía yo acaso algún contenido que pudiese llamar verdaderamente mío? Seguro que yo no era una mala persona. No era un hombre violento, ni un criminal. Pero había engañado a Harriet y también a otras personas. En los diecinueve años que mi madre estuvo ingresada en la residencia de ancianos, después de la muerte de mi padre, sólo la visité una vez. Y, para entonces, había pasado ya tanto tiempo, que ni siquiera me reconoció. Creía que yo era su hermano, que había fallecido hacía ya cincuenta años. No intenté convencerla de que era yo. Simplemente, me senté a su lado abrazándola. Claro que soy tu hermano, el que murió hace muchos años. Después la dejé. Y nunca volví a visitarla. Ni siquiera acudí a su entierro. Le dejé el encargo a una funeraria y, cuando me llegó la factura, la pagué. Aparte del cura y del organista, tan sólo había en la capilla un representante de la funeraria.

Y no asistí porque nadie podía obligarme. Ahora comprendía que no fui porque yo despreciaba a mi madre. Y, en cierta manera, también había despreciado a Harriet.

Tal vez hubiese vivido con el corazón lleno de desprecio por todo el mundo. Pero, ante todo, me despreciaba a mí mismo.

Ya no sabía si era un buen cirujano traumatólogo. Era un ser insignificante y asustado al comprobar en la persona de mi padre hasta qué punto la vida adulta puede convertirse en un infierno.

Pasó el día, al mismo ritmo lento de las nubes por el cielo. Cuando el fuego empezó a extinguirse, arrojé a la hoguera unos maderos que previamente había humedecido con gasolina. Incinerar a una persona era un proceso que requería tiempo, en especial si no se disponía de un horno en el que la temperatura pudiese alcanzar los mil grados, de modo que también se calcinasen los huesos.

El fuego ardía mientras llegaba el ocaso. Arrojé más leña al fuego y limpié las cenizas. Louise sacó una bandeja con comida. Nos bebimos el coñac que había quedado después de la fiesta y no tardamos en emborracharnos. Lloramos y reímos de dolor, pero también de alivio al saber que los padecimientos de Harriet habían terminado. Ahora que ella no se interponía entre nosotros recordándome el día en que la abandoné, la relación entre Louise y yo se tornó más íntima. Estábamos sentados en el césped, apoyados el uno en el otro, mientras veíamos cómo el humo de la pira funeraria se perdía en la oscuridad.

–Me quedaré en esta isla para siempre –declaró Louise.

–Quédate hasta mañana, por lo menos –le dije yo.

Ya al amanecer, dejé que el fuego se convirtiese en ascuas.

Louise se había quedado dormida acurrucada en el césped. La tapé con mi chaqueta. Cuando empecé a arrojar cubos de agua marina sobre las ascuas, se despertó. Ya no quedaba nada de Harriet ni tampoco del barco. Louise observaba las cenizas que yo iba amontonando.

–Nada –sentenció–. Hasta hace unos minutos era un ser vivo. Y ahora ya no queda nada.

–He pensado que podríamos llevarnos las cenizas en la barca y esparcirlas por el mar.

–No –se opuso ella–. No puedo. Debemos conservar sus cenizas como mínimo.

–No tengo ninguna urna donde guardarlas.

–Un tarro, lo que sea. Quiero conservar las cenizas. Podemos enterrarlas junto al perro.

Louise se encaminó al cobertizo. Me desagradó la idea de que el suelo bajo el manzano empezase a convertirse en un cementerio. Oí trajinar a Louise en el cobertizo, hasta que la vi salir con un tarro que había contenido lubricante para el viejo barco de motor del abuelo. Yo lo había lavado para guardar en él clavos y tornillos. Ahora estaba vacío. Sopló para eliminar el polvo y lo colocó junto al montón de cenizas antes de empezar a llenar el tarro con las manos. Entre tanto, bajé al cobertizo a buscar una pala. Después, cavé un hoyo junto a la sepultura del perro. Colocamos en él el tarro y cubrimos el agujero. Louise se perdió por entre las rocas y volvió al cabo de un rato con una roca en que los sedimentos habían conformado lo que se asemejaba a una cruz, y la colocó sobre la tumba.

Había sido un día muy duro y ambos estábamos agotados. Cenamos en silencio. Louise se fue a dormir a la caravana y yo rebusqué un buen rato en el armario del baño, hasta dar con un somnífero. Me dormí casi de inmediato y desperté diez horas después: no recordaba la última vez que había dormido tantas horas seguidas.

Cuando bajé a la cocina por la mañana, vi que Louise estaba sentada ante la mesa. La puerta de la habitación estaba abierta. Había limpiado todas las huellas visibles tras la lucha por la vida que en ella se había mantenido.

–Me marcho –anunció–. Hoy mismo. El mar está en calma. ¿Podrías llevarme en coche al puerto?

Me senté a la mesa. No estaba preparado en absoluto para su partida.

–¿Adónde vas a ir?

–Tengo varias cosas que hacer.

–El apartamento de Harriet puede esperar unos días, ¿no?

–No estaba pensando en el apartamento. ¿Recuerdas las cuevas con las pinturas atacadas por el moho?

–Pensé que ibas a enterrar a los políticos con tus cartas.

Louise negó con un gesto.

–Las cartas no sirven para nada. Tengo que hacer algo más.

–¿Qué?

–No lo sé. Aún no lo sé. De todos modos, también quiero ir a ver unos cuadros de Caravaggio. Ahora tengo dinero. Harriet me dejó casi doscientas mil coronas. De vez en cuando me daba algún dinero. Además, yo siempre he sido muy ahorrativa. Seguro que te preguntaste de dónde había sacado el dinero que viste cuando husmeabas en mi caravana. Pues ahorrando, simplemente. No sólo me dedico a escribir cartas. De vez en cuando también trabajo, como todo el mundo. Y nunca he malgastado mi dinero.

–¿Cuánto tiempo estarás fuera? Si no vas a volver, quiero que te lleves la caravana. No pinta nada aquí en la isla.

–¿Por qué te enfadas tanto?

–No estoy enfadado, estoy triste, porque te marchas y lo más probable es que no vuelvas nunca más.

Louise se levantó airada.

–Yo no soy como tú. Yo sí vuelvo. Además, aviso cuando me voy. Y si mi caravana no puede quedarse ahí, te sugiero que la quemes también. Y ahora me voy a hacer la maleta. Estaré lista dentro de una hora. ¿Vas a llevarme o no?

La mar estaba en calma, como un espejo, cuando la llevé en el barco de motor que, justo junto al embarcadero, lanzó un resoplido ominoso; una falsa alarma, en fin, pues fue bien todo el camino. Louise iba sentada en la proa, sonriente. Yo lamentaba haber estallado de aquel modo.

Un taxi la esperaba en el puerto. Sólo llevaba una mochila.

–Te llamaré –prometió–. Y te escribiré postales.

–¿Adónde puedo llamarte yo?

–Tienes mi número. No puedo asegurarte que esté siempre encendido, pero sí te prometo enviarle una postal a Andrea.

–Mándale otra a Jansson. Se pondrá loco de contento.

Se agachó para estar más cerca de mí.

–Arregla la caravana mientras estoy fuera. Límpiala. Y sácale brillo a los zapatos rojos que me he dejado allí.

Me acarició la frente y entró en el taxi, que se perdió pendiente arriba. Tomé el bidón de gasolina vacío y fui a llenarlo. El puerto estaba prácticamente desierto. Los veleros de recreo del verano habían desaparecido.

Cuando volví fui a dar un paseo por la isla y a buscar al gato una vez más. No lo encontré. Estaba más solo que nunca en toda mi vida.

Pasaron varias semanas. Todo volvió a ser como siempre. Jansson venía en su barco, de vez en cuando con una carta de Agnes, pero nada de Louise. La llamaba, pero no respondía. Los mensajes que le dejaba en el contestador se convirtieron en pequeñas anotaciones en el diario, vacías de contenido, acerca de cosas sin importancia y del gato, que seguía misteriosamente perdido.

Lo más probable era que lo hubiese atrapado un zorro que habría dejado la isla a nado.

Me sentía cada vez más inquieto. Pensé que no lo soportaría durante mucho más tiempo. Tenía que marcharme de la isla. Pero no sabía adónde.

Llegó septiembre con una tormenta de componente nordeste. Aún sin noticias de Louise. Y hasta Agnes había dejado de comunicarse conmigo. Por lo general, me pasaba el tiempo sentado a la mesa de la cocina mirando por la ventana. El paisaje parecía helarse allá fuera. Era como si la casa entera se viese poco a poco envuelta en un gigantesco hormiguero que, mudo, no paraba de crecer.

El otoño endureció el clima. Yo seguía esperando.

Cuarta parte
Solsticio de invierno

1

La noche del 3 de octubre llegó la escarcha.

En mis viejos diarios comprobé que nunca, en todos los años que llevaba en la isla, había estado a bajo cero ya en octubre. Seguía esperando que Louise se pusiera en contacto conmigo. Ni siquiera me había llegado una sola postal.

Aquella noche, sonó el teléfono. Era una mujer que preguntaba si yo era Fredrik Welin. Tanto su dialecto como su voz me resultaron familiares. Pero su nombre, Anna Ledin, no me decía nada.

–Soy policía. Ya nos conocemos.

Entonces caí en la cuenta. La mujer que encontramos muerta en la cocina. Anna Ledin era la joven policía que llevaba una cola de caballo bajo la gorra del uniforme.

–Te llamo por el perro –me dijo–. El spaniel de Sara Larsson que nos llevamos. Nadie lo reclamó. Y nos veíamos obligados a entregarlo para que lo sacrificaran. Así que me lo quedé yo. Es un perro muy hermoso. Pero resulta que estoy viviendo con un hombre que es alérgico a los perros. Es una hembra y no quiero que la sacrifiquen. Así que me acordé de ti. Anoté tu nombre y dirección, ¿recuerdas? Y quería preguntarte si tú podrías quedarte con ella. A ti seguro que te gustan los animales, puesto que te detuviste al verla en la carretera.

No dudé ni un instante.

–Mi perro murió hace poco. Puedo quedarme con ella. Pero ¿cómo llegará hasta aquí?

–Puedo llevártela yo. Me enteré de que Sara Larsson la llamaba *Rubí*. Un nombre algo insólito para un perro, pero yo no se lo cambié. Tiene cinco años.

–¿Cuándo piensas venir?

–A finales de la semana que viene.

No me atrevía a traerla en mi barco, porque es demasiado pequeño. Así que lo acordé con Jansson. Me hizo un montón de preguntas sobre de dónde había salido el perro, pero yo le contesté evasivo diciéndole que lo había heredado. Y dejó de preguntarme.

A las tres de la tarde del 12 de octubre, Anna Ledin llegó con el perro. Su aspecto era muy distinto sin el uniforme.

–Vivo en una isla –le dije–. Así que ella será la única señora del lugar.

Anna Ledin me dio la correa y *Rubí* se sentó a mi lado.

–Me voy ahora mismo, antes de que empiece a llorar. ¿Puedo llamarte y preguntar qué tal le va?

–Por supuesto que sí.

Anna Ledin se sentó al volante y se marchó. *Rubí* no tironeó de la correa para seguir al coche. Y tampoco dudó a la hora de subir al barco de Jansson.

Cruzamos las negras aguas de la bahía. Un viento gélido soplaba procedente del golfo de Finlandia.

Cuando llegamos a tierra y una vez que Jansson se había marchado, la solté. Echó a correr y se perdió entre las rocas, pero media hora más tarde ya había vuelto. Ahora mi soledad era más liviana.

Ya había llegado otoño.

Yo seguía preguntándome qué me estaba pasando. Y por qué Louise no me llamaba nunca.

2

No me gustaba el nombre del perro.

Y tampoco a ella parecía gustarle, pues nunca acudía cuando la llamaba.

Rubí no es nombre para un perro. ¿Por qué la habría llamado así Sara Larsson? Un día en que Anna Ledin llamó para saber del animal, le pregunté si sabía por qué le habían puesto ese nombre. Su respuesta fue sorprendente.

–Corría el rumor de que Sara, en su juventud, había trabajado como limpiadora en un buque de carga que solía hacer escala en Amberes. Se despidió del buque y entró como limpiadora en una fábrica de pulido de diamantes. Tal vez el recuerdo de las gemas le inspirase ese nombre.

–Pero, en ese caso, habría sido más lógico «diamante».

De repente, empezaron a oírse martillazos al otro lado del hilo telefónico. Me llegaban voces lejanas que gritaban y rugían mientras alguien parecía estar golpeando una plancha de latón.

–Tengo que dejarte.

–¿Dónde te encuentras?

–Deteniendo a un hombre que está saqueando un desguace.

Se interrumpió la conversación. Intenté imaginarme a la frágil y menuda Anna Ledin empuñando el arma y la cola de caballo balanceándose bajo la gorra. Seguro que no era agradable ser la víctima de una de sus detenciones.

Bauticé al perro con el nombre de *Carra.* Claro que, en parte, lo hice por mi hija, que nunca llamaba, y por su interés por Caravaggio. Pero ¿por qué se le da a un animal un nombre determinado? No lo sé.

Me llevó dos semanas de entrenamiento intensivo hacerla olvidar el nombre de *Rubí* y aceptar el de *Carra,* a cuyo grito acudía, a disgusto, correteando.

Pasó el mes de octubre con tiempo variable, una semana muy calurosa, como una canícula tardía, otros días de gélidos vientos del nordeste. A veces, cuando me ponía a contemplar el cielo, seguía las bandadas de pájaros que se reunían inquietos para, de repente, poner rumbo al sur.

Las aves migratorias inspiran con su partida hacia el sur una clase de melancolía de especial naturaleza. Del mismo modo que su regreso infunde alegría. El otoño cierra su capítulo, el invierno está cada vez más próximo.

Cada mañana, al despertar, me examinaba el cuerpo por ver si los achaques de la vejez comenzaban a salir a la luz. A veces me preocupaba que el flujo de la orina fuera debilitándose. Había algo especialmente humillante en el hecho de morir por algún fallo en las vías urinarias. Me costaba imaginar que los grandes filósofos griegos o los césares romanos hubiesen muerto de cáncer de próstata. Aunque, sin duda, así sucedió en algún caso.

Pensaba en mi vida y, de vez en cuando, anotaba en mi diario alguna vacuidad. Dejé de indicar de dónde soplaba el viento y los grados de temperatura real. En cambio, escribía vientos imaginarios y temperaturas inventadas. El 27 de octubre de ese año anoté para conocimiento de la posteridad que la isla había sufrido el azote de un tifón y que la temperatura nocturna era de treinta y siete grados.

Iba a sentarme en los distintos rincones que tenía para reflexionar. Mi isla estaba tan bien dispuesta que siempre había algún lugar al socaire. Los vientos nunca podían esgrimirse como excusa. Buscaba un lugar resguardado y me sentaba a meditar sobre por qué había elegido convertirme en el que era. Algunas de las bases eran, claro está, fáciles de descubrir. Había huido del miserable entorno de mi niñez en que el constante recuerdo de la dura vida que mi padre se veía obligado a llevar me infundió las fuerzas suficientes para romper con todo. Pero también era consciente de que debía agradecer a la casualidad el haber nacido en una época que posibilitaba tales cambios de clase. Una época en que los hijos de camareros humillados podían estudiar el bachillerato e incluso llegar a ser médicos. Pero ¿por qué me había convertido en una persona siempre a la búsqueda de escondites, en lugar de aspirar a la compañía? ¿Por qué no quería tener hijos? ¿Por qué había vivido siempre como un zorro, con la guarida llena de vías de escape?

La maldita amputación de la que no quise hacerme responsable era una de las razones. Pero yo no era el único traumatólogo del mundo al que le había sucedido algo así.

Hubo aquel otoño momentos en que el pánico se apoderaba de mí, abocándome a tardes interminables de absurdos programas televisivos y noches de insomnio en las que lamentaba y maldecía al mismo tiempo la vida que había vivido.

Finalmente, llegó una carta de Louise, como una especie de salvavidas para el que está a punto de ahogarse. Me decía, entre otras cosas, que había dedicado mucho tiempo a despejar el apartamento de Harriet. Me enviaba, además, un puñado de fotografías que había encontrado entre los papeles de su madre y de cuya existencia ella ni sabía. Atónito, observé las instantáneas de Harriet conmigo, tomadas hacía cerca de cuarenta años. A ella sí la reconocía, pero mi propia imagen me conmovió, pues me veía como a un extraño. En una de ellas, tomada en 1966 en algún lugar de Estocolmo, llevaba barba. Fue la única vez en mi vida que me dejé barba y ya lo había olvidado. No sabía quién había tomado las fotos, pero me fascinaba comprobar que, en el fondo, había un hombre que saludaba desde detrás de una botella de aguardiente.

A él sí lo recordaba, pero ¿adónde íbamos Harriet y yo aquel día?, ¿dónde estábamos?, ¿quién hizo la foto?

Hojeé curioso las demás fotografías. Tenía los recuerdos guardados en una sala que yo mismo había cerrado antes de arrojar la llave al mar.

Louise me confesaba que había descubierto muchos detalles de su niñez durante los días y las semanas que había dedicado a poner orden en el apartamento.

«Pero, ante todo, he comprendido que, en realidad, nunca supe nada de mi madre», decía. «Tenía cartas y diarios dispersos, casi siempre inconclusos, que contenían pensamientos y vivencias de los que mi madre jamás me hizo partícipe. Por ejemplo, soñaba con ser piloto de aviación. A mí, en cambio, me había dicho que la aterrorizaba la sola idea de emprender un viaje en avión. Quería plantar un jardín de rosas en Gotland, intentó escribir un libro que jamás concluyó. Pero lo que más me afectó fue descubrir todas las mentiras que me había contado. Surgen uno tras otro los recuerdos de mi niñez y, una y otra vez, la pillo en sus mentiras. En una ocasión, me dijo que una de sus amigas estaba enferma y tenía que ir a visitarla. Recuerdo que yo le pedí llorando que se quedara, pero su amiga estaba tan enferma que no le quedaba más remedio que marcharse. Ahora sé que se fue a Francia con un hombre con el que esperaba casarse, pero que no tardó en desaparecer de su vida. No quiero aburrirte con los detalles de lo que voy encontrando. Pero ahora sé que uno debe hacer limpieza antes de morirse. Me sorprende que Harriet, que sabía desde hacía tanto tiempo lo enferma que estaba, no abordase ella misma la tarea de desechar y quemar tantos papeles. Debía saber que yo los encontraría. La única explicación que se me ocurre es que ella quería que yo supiese que no era quien yo creía. ¿Sería importante para ella desvelarme la verdad, pese a que eso implicaría descubrir que me había mentido en tantas ocasiones? Aún no estoy segura de si debo admirarla o pensar que fue malvada. El apartamento ya está vacío. Echaré las llaves en el buzón antes de irme. Haré una visita a las cuevas y me llevaré a Caravaggio.»

La última frase de la carta me desconcertó. ¿Cómo iba a poder llevarse a Caravaggio a las cuevas francesas que quería proteger? ¿Habría alguna información oculta entre líneas que yo no era capaz de descifrar?

No me indicaba la dirección a la que podía escribirle. Aun así, aquella noche me senté a redactar una carta. Le hacía en ella comentarios sobre las fotografías, le hablaba de mi memoria, que fallaba, y le describía mis paseos por las rocas en compañía de *Carra.* Intenté explicarle cómo andaba a tientas por mi vida, como si hubiese ido a parar a un paisaje lleno de espinos en el que apenas si podía abrirme paso.

Pero sobre todo le decía que la echaba de menos. Lo repetía una y otra vez en la carta.

Cerré el sobre, le puse un sello y escribí su nombre. Después, la dejé en la mesa, a la espera de que un día me enviase su dirección.

Acababa de acostarme aquella noche, cuando sonó el teléfono. Me sobresalté, el corazón se me aceleró. A aquellas horas, no podía tratarse de una buena noticia. Bajé a la sala y contesté al teléfono. *Carra,* que estaba tumbada en el suelo, me miró inquisitiva.

–Soy Agnes. Espero no haberte despertado.

–No importa, de todos modos, duermo demasiado.

–Voy a ir a verte.

–¿Estás en el muelle del puerto?

–No, aún no. Pensaba llegar mañana, si te va bien.

–Desde luego que sí.

–¿Puedes ir a recogerme?

Oí el viento y las olas que se estrellaban contra los acantilados de Norrudden.

–Hace demasiado viento para mi barco. Pero lo arreglaré con alguien. ¿Cuándo llegas?

–A la hora del almuerzo.

–Ya procuraré que haya alguien esperándote para traerte.

Se despidió de forma tan brusca como había comenzado la conversación. Noté que estaba nerviosa. Al parecer, tenía prisa por venir.

Empecé a limpiar a las cinco de la mañana. Cambié la bolsa de la antigualla que tenía por aspiradora y comprendí que mi casa estaba, una vez más, llena de polvo.

Me llevó tres horas conseguir que quedase más o menos limpia. Después del baño, me sequé para entrar en calor y me senté a la mesa de la cocina para llamar a Jansson. Pero en lugar del suyo, marqué el número de la guardia costera. Hans Lundman se encontraba en uno de los barcos, pero me devolvió la llamada quince minutos después. Le pregunté si podía recoger en el embarcadero a una mujer y traerla a mi casa.

–Ya sé que no te está permitido llevar pasajeros –le dije–. Sé que está prohibido.

–Bueno, podemos hacer una patrulla por tu islote –respondió–. ¿Cómo se llama el pasajero?

–No, es una mujer. No puedes confundirte: sólo tiene un brazo.

Hans se parecía a mí. Al contrario que Jansson, ocultábamos nuestra curiosidad y apenas si hacíamos preguntas innecesarias. Sin embargo, no creo que Hans anduviese fisgando entre los papeles y pertenencias de sus compañeros.

Fui con *Carra* a dar un paseo por la isla. Era el 1 de noviembre, el mar se tornaba cada vez más gris, los árboles perdían sus últimas hojas. La visita de Agnes provocó en mí una gran expectación. Ante mi sorpresa, noté que me excitaba. Me la imaginaba en medio del suelo de la cocina, desnuda con el muñón al descubierto. Me senté en el banco junto al embarcadero y soñé una historia de amor imposible. Ignoraba qué querría Agnes, pero estaba seguro de que no venía a declararme su amor.

Tomé la espada y la maleta de Sima, que estaban en el cobertizo, y las llevé a la cocina. Agnes no me había dicho si pensaba quedarse, pero le preparé la cama en la habitación del hormiguero.

Había decidido sacar el hormiguero con la carretilla y asignarle algún lugar del prado, ya cubierto de arbustos y maleza. Pero como tantos otros planes, no había llegado a ponerlo en práctica.

Hacia las once me afeité y elegí una ropa que me puse para desecharla enseguida. Estaba nervioso como un adolescente ante aquella visita. Finalmente, volví a vestirme con la ropa de siempre, pantalón oscuro, mis botas recortadas y un jersey grueso con algún que otro cabo suelto. Ya por la mañana había sacado un pollo del congelador.

Recorrí la casa, quitando el polvo, aunque ya estaba limpio. A las doce me puse el chaquetón y bajé al embarcadero a esperarla. No era día de correo, así que Jansson no vendría a molestar. *Carra* estaba sentada en el borde del embarcadero y parecía intuir que algo iba a suceder.

Hans Lundman venía en el gran crucero de la guardia costera. Sus potentes motores se oían desde lejos. Cuando el barco asomó por la bocana de la bahía, me levanté del banco. Hans fondeó sólo por la proa, pues las aguas eran poco profundas junto al embarcadero. Agnes salió de la cabina de mandos con una mochila colgada al hombro. Hans llevaba el uniforme. Se inclinó apoyando las manos sobre la falca.

–¡Gracias! –le grité.

–Tenía que pasar por aquí de todos modos. Vamos a Gotland a buscar un velero sin capitán.

Nos quedamos viendo cómo retrocedía la gran embarcación. El cabello de Agnes se agitaba al viento. Sentí un deseo casi irrefrenable de besarla.

–Esto es muy hermoso –comentó–. He intentado imaginarme tu isla muchas veces. Pero veo que mis figuraciones eran erróneas.

–¿Qué veías en tu imaginación?

–La fronda. Pero no los acantilados de cara al mar abierto.

El perro se nos acercó y Agnes me miró inquisitiva.

–¿No decías que tu perro había muerto?

–Me dieron otro. Una policía. Es una larga historia. Se llama *Carra.*

Emprendimos la subida hacia la casa. Yo quise llevarle la mochila, pero ella se negó. Cuando entramos en la cocina, lo primero que vio fue la espada y la maleta de Sima. Agnes se sentó en una silla.

–¿Fue aquí donde ocurrió? Quiero que me lo cuentes todo. Inmediatamente. Ahora mismo.

Le fui dando cuenta de todos los detalles, tan desagradables que jamás se borrarían de mi memoria. Hasta que se le empañaron los ojos. Mi descripción resultó más bien un discurso fúnebre, no las observaciones clínicas de un suicidio que culminó en la cama de un hospital. Cuando terminé, Agnes no me hizo ninguna pregunta. Simplemente, revisó el contenido de la maleta.

–¿Por qué lo hizo? –pregunté–. Algo debió de ocurrir para que viniese aquí. Jamás imaginé que intentaría quitarse la vida.

–Tal vez porque aquí encontró cierta seguridad. Algo inesperado para ella.

–¿Seguridad? ¡Pero si se suicidó!

–Quizás esas situaciones sean tan desesperadas, que se precisan unas condiciones de tranquilidad para dar el último paso hacia la muerte. Quién sabe si no encontró esas condiciones aquí, en tu casa. Ella intentaba quitarse la vida de verdad. Sima no quería vivir. El que se hiciera los cortes no suponía un grito de socorro. Se los hizo para no tener que seguir oyendo el eco de sus propios gritos dentro de sí.

Le pregunté cuánto pensaba quedarse. Y ella me preguntó si podía quedarse hasta el día siguiente. Le mostré la cama en la habitación de las hormigas. Y se echó a reír. Por supuesto, me dijo, podía dormir allí sin problemas. Le dije que había pollo para cenar. Agnes fue al cuarto de baño y, cuando volvió, se había cambiado de ropa y se había recogido el pelo.

Me pidió que le mostrase la isla. *Carra* nos seguía. Le hablé del día que la vimos corriendo detrás del coche y cómo después nos guió hasta el cadáver de Sara Larsson. Noté que le molestaba mi charla. Quería disfrutar de lo que veía. Hacía un frío día otoñal, la fina alfombra de brezo se encogía al viento. El mar tenía un color plúmbeo y las rocas estaban cubiertas de olorosas algas. Algún que otro pájaro alzaba el vuelo desde las grietas y se dejaba llevar por las corrientes de aire que solían formarse frente a los acantilados. Llegamos hasta Norrudden, desde donde sólo se ven los atolones de Sillhällarna, los cuales apenas si dejan ver sus cimas sobre la superficie del agua, antes de que el mar abierto tome el relevo. Yo me quedaba un poco rezagado, observándola. Parecía emocionada ante lo que veía. Después, se volvió hacia mí y gritó:

–Hay algo que no te perdonaré jamás. Que ya no puedo aplaudir. Es uno de los derechos humanos, poder alegrarse por dentro y después poder expresarlo entrechocando las palmas de las manos.

Ni que decir tiene que no había nada que yo pudiese responder. Y ella lo sabía. Vino hacia mí, dándole la espalda al viento.

–Ya lo hacía de niña.

–¿El qué?

–Aplaudía cada vez que salía al campo y veía algo hermoso. ¿Por qué habríamos de aplaudir sólo cuando vamos a un concierto o cuando alguien pronuncia un discurso? ¿Por qué no va uno a aplaudir aquí, en medio de un acantilado? Yo creo que no he visto nunca nada más hermoso que esto. Te envidio por vivir aquí.

–Yo puedo aplaudir por ti –le propuse.

Agnes asintió y me condujo hasta la roca más alta y saliente. Mientras ella gritaba ¡bravo!, yo aplaudía. Fue una experiencia extraordinaria.

Proseguimos nuestro paseo hasta que llegamos a la caravana, en la parte trasera de la casa.

–No hay ningún coche, ni tampoco ninguna carretera, pero sí una caravana –observó–. Y un par de preciosos zapatos de tacón de color rojo.

La puerta estaba abierta y fija con un trozo de madera que yo le había puesto para que no diese golpes con el viento. Los zapatos relucían en la entrada. Nos sentamos en el banco, al abrigo de la brisa. Y le hablé de mi hija y de la muerte de Harriet. Pero evité contarle mi traición. De repente, me di cuenta de que no me escuchaba. Su mente estaba ocupada en otro asunto y comprendí que existía una razón concreta para su presencia en mi isla. No sólo quería ver mi cocina y recuperar la espada y la maleta.

–Hace frío –observó–. Es posible que los mancos seamos más sensibles que los demás al frío. La sangre se ve obligada a tomar otros caminos.

Entramos y nos sentamos en la cocina. Encendí unas velas que coloqué sobre la mesa. Ya empezaba a atardecer.

–Van a quitarme la casa –confesó de pronto–. La tengo alquilada, pues nunca pude permitirme comprarla. Ahora los propietarios piensan quitármela. Sin la casa, no me es posible continuar. Claro que puedo encontrar trabajo en alguna institución estatal. Pero no es eso lo que yo quiero.

–¿Quiénes son los propietarios?

–Dos hermanas millonarias que viven en Lausana. Se han agenciado una fortuna vendiendo falsos productos de salud. Al final, siempre terminan por verse obligadas a dejar de hacerles publicidad, porque sólo contienen un polvo sin propiedad alguna, mezclado con vitaminas. Pero enseguida vuelven a la carga con nuevos nombres y otros envases. La casa pertenecía a su hermano, que falleció sin más herederos que las hermanas. Y ahora quieren quitarme la casa puesto que los habitantes del pueblo se han quejado de mis muchachas. Y con la casa, me quitan también a las chicas. Vivimos en un país donde la gente pretende que aquellos que son diferentes vivan aislados en el bosque, o quizás en una isla como ésta. Sentía que necesitaba alejarme un tiempo para reflexionar. Tal vez para pasar mi luto. O tal vez para soñar que tenía dinero para comprar la casa. Pero no lo tengo.

–Si yo pudiera, la compraría.

–No he venido a pedirte nada semejante. –Se levantó de la mesa–. Voy a salir un rato –dijo–. Daré una vuelta por la isla antes de que anochezca.

–Llévate al perro –le propuse–. Si la llamas, se irá contigo. Es una buena compañera de viaje. Y no ladra nunca. Mientras, prepararé la cena.

Me quedé en la puerta mientras ella y el perro desaparecían por las rocas. *Carra* se volvió varias veces para ver si la llamaba. Comencé a preparar la comida al tiempo que imaginaba que besaba a Agnes.

De pronto caí en la cuenta de que hacía muchos años que no soñaba despierto. Había soñado despierto con la misma escasa frecuencia con que me había ejercitado en la vida erótica.

Agnes parecía menos abatida cuando regresó.

–He de confesar –dijo aun antes de quitarse el chaquetón y sentarse a la mesa–, he de confesar que no he podido resistir la tentación de probarme los zapatos rojos de tu hija. Me quedan como un guante.

–No podría regalártelos aunque quisiera.

–Mis muchachas me matarían si apareciera allí con tacones. Pensarían que había sufrido una transformación y que me había convertido en una persona distinta de la que creen que soy.

Se arrebujó en el sofá de la cocina siguiendo mis movimientos mientras yo ponía la mesa y la comida. Le hice algunas preguntas sobre lo que estaba ocurriendo pero, puesto que respondía con monosílabos, terminé por guardar silencio. Terminamos de cenar sin decir una palabra más. Al otro lado de la ventana reinaba la oscuridad. Después, tomamos café. Yo había encendido la vieja chimenea que sólo utilizo para calentarme en los días verdaderamente fríos del invierno. El vino que bebimos durante la cena me había afectado. Y Agnes tampoco parecía del todo sobria. Cuando hube servido el café, dejó de guardar silencio y, de pronto, empezó a hablar de su vida y de los años difíciles.

–Buscaba consuelo –confesó–. Intenté darme a la bebida. Pero vomitaba siempre que bebía. Y entonces me pasé al hachís, pero me producía sueño y me ponía enferma y acrecentaba mi angustia por lo ocurrido. Intenté encontrar amantes que soportasen el hecho de que me faltase un brazo, empecé a practicar deporte para discapacitados y me convertí en una corredora de distancia media bastante buena, pero cada vez más hastiada. Empecé a escribir poesía y cartas a distintos periódicos, estudié la historia de la amputación en medicina. Busqué trabajo como presentadora en todos los canales de la televisión sueca e incluso en algún canal extranjero. Pero en nada hallé consuelo, poder despertarme por la mañana sin tener que pensar en la terrible desgracia que me había sobrevenido. Intenté, cómo no, utilizar una prótesis, pero tampoco funcionó. Hasta que un día, tres años después de la operación, me coloqué desnuda ante el espejo, como si me hallase ante un tribunal, y admití que era manca. Y entonces, sólo me quedaba Dios. Busqué el consuelo en la genuflexión. Leí la Biblia, intenté acercarme al Corán, asistí a las reuniones de la Iglesia Evangélica de Pentecostés y de esa Iglesia horrenda llamada Palabra de Vida. Fui tanteando distintas sectas, pensé incluso en meterme a monja. Ese otoño viajé a España y recorrí el largo Camino de Santiago de Compostela. Seguí la ruta de los peregrinos y, según la costumbre, llevaba en la mochila una piedra que debía arrojar cuando hubiese encontrado la solución a mis problemas. Mi piedra era una caliza de cuatro kilos. La llevé todo el camino y no la solté hasta llegar a mi destino. En todo momento mantuve la esperanza de que Dios se me revelaría y se dirigiría a mí. Pero Dios hablaba en voz muy baja. Y nunca llegué a oírla. Alguien gritaba más que Él y ahogaba sus palabras.

–¿Quién?

–El diablo. Gritaba sin cesar. Y aprendí que Dios habla con voz susurrante mientras que el diablo lo hace a gritos. Y en la lucha que los dos libraban no había lugar para mí. Cuando me cerré las puertas de la Iglesia, ya no me quedaba nada. No había consuelo que disfrutar. Aunque aquel hallazgo fue en sí un consuelo, según descubrí. De modo que decidí dedicarme a aquellos cuya situación era peor que la mía. De ese modo entré en contacto con esas chicas de las que nadie, salvo yo, quiere saber nada.

Bebimos el resto del vino y empezábamos a sentirnos cada vez más ebrios. A mí me costaba concentrarme en lo que decía, puesto que lo que deseaba era tocarla, hacerle el amor. Ya hablábamos entre risitas, a causa del alcohol, y ella empezó a describirme las distintas reacciones que provocaba su muñón.

–A veces contaba que un tiburón se había tragado el brazo en las costas de Australia. O que un león me lo había devorado en la sabana, en Botswana. Solía ser muy cuidadosa con los detalles, pues entonces la gente me creía. Para aquellos que, por distintas razones, no me caían bien, componía relatos truculentos y desagradables. Así, por ejemplo, era capaz de contarles que alguien me lo había aserrado con una motosierra, o que se me había quedado atrapado en una máquina que me lo había ido cortando centímetro a centímetro. En una ocasión conseguí que un tipo fuerte y robusto se desmayase. Lo único que nunca se me ha ocurrido decir es que cayó en manos de caníbales que lo cortaron en trocitos antes de comérselo.

Salimos a contemplar las estrellas y a escuchar el bramido del mar. Yo intentaba mantenerme lo más cerca de ella para poder rozarla. Pero ella no lo notó.

–Existe una música que nunca oímos –observó.

–El silencio emite un canto. Y eso sí puede oírse.

–No me refiero a eso. Estaba pensando en una música que nosotros no somos capaces de captar con nuestro oído. Algún día, en un futuro muy lejano, cuando nuestro oído se haya refinado y se hayan creado nuevos instrumentos, tendremos capacidad de oír e interpretar ese tipo de música.

–Es una hermosa idea.

–Pues yo creo que sé cómo sonará. Como las voces humanas, las más nítidas del mundo. Seres humanos cantando sin temor.

Volvimos a entrar. Yo estaba ya tan ebrio que me tambaleaba al andar. De nuevo en la cocina, me serví un coñac. Agnes tapó su copa con la mano y se levantó.

–Necesito dormir –afirmó–. Ha sido una noche extraña. Ya no estoy tan deprimida como cuando llegué.

–Quiero que te quedes aquí –le dije–. Y que duermas conmigo, en mi habitación.

Me levanté y la agarré. Ella no me empujó cuando la atraje hacia mí, pero cuando intenté besarla, empezó a oponer resistencia. Me decía que lo dejase, pero ya no había manera de dejarlo. Allí estábamos, en la cocina, tironeando y empujándonos. Ella me gritaba, pero yo la arrastré hasta ponerla contra el borde de la mesa y ambos nos deslizamos hacia el suelo. Entonces logró liberar su única mano y me arañó en la cara. Me asestó tal patada en el estómago que me quedé sin respiración. No podía ni hablar, buscaba una escapatoria que no existía mientras ella sostenía ante sí uno de mis cuchillos de cocina.

Finalmente, me levanté y me senté en una silla.

–¿Por qué has hecho eso?

–Lo siento. No era mi intención. Esta soledad me enloquece.

–No te creo. Puede que estés solo, no lo sé. Pero no ha sido ésa la razón de que te lanzaras sobre mí.

–Quisiera que pudieras olvidarlo. Perdóname. No debería beber.

Agnes dejó el cuchillo y se colocó ante mí. Su rostro irradiaba ira y decepción. No había nada que yo pudiese decir para disculparme. De modo que empecé a llorar. Ante mi asombro, sentí que no lloraba para escabullirme. Mi vergüenza era auténtica.

Agnes se sentó en el sofá con el rostro vuelto, mirando a través de la oscura ventana. Me enjugué las lágrimas y me soné la nariz.

–Sé que es imperdonable. Lo lamento, quisiera borrarlo.

–No sé qué haces ni qué te has creído. Si pudiera, me iría ahora mismo. Pero es de noche y no es posible. Así que me quedaré hasta mañana.

Se levantó y salió de la cocina. Oí que colocaba una silla contra el picaporte de la puerta. Salí e intenté mirar por la ventana. Pero ella había apagado la luz. Tal vez sospechaba que yo estaría fuera intentando verla. La perra apareció de entre las sombras, pero la aparté con el pie. En estos momentos no soportaba su presencia.

Aquella noche me quedé despierto en la cama. A las seis, bajé a la cocina y apliqué el oído a la puerta, pero no pude saber si estaba despierta o si seguía dormida. Me senté a esperar. A las siete menos cuarto, abrió la puerta y apareció en la cocina, ya con la mochila en la mano.

–¿Cómo puedo salir de aquí?

–Hay calma chicha. Si esperas a que se haga de día, puedo llevarte yo mismo.

Agnes empezó a ponerse las botas.

–Quisiera decirte algo de lo que pasó anoche.

Ella levantó la mano con un gesto enérgico.

–No hay nada que decir. No eres la persona que yo creía. Quiero marcharme de aquí lo antes posible. Esperaré a que claree sentada en el embarcadero.

–Por lo menos, podrías escuchar lo que quería decirte.

Ella no se molestó en contestar. Simplemente, se colgó la mochila al hombro, tomó la maleta y la espada de Sima en la mano y se perdió en la oscuridad.

No tardaría en amanecer. Comprendí que ella no me prestaría atención si bajaba a hablar con ella en el embarcadero. Así que me senté a la mesa de la cocina y escribí una carta:

«Las chicas podrían trasladarse aquí. Deja que las hermanas y la gente del pueblo se queden la casa como ellos quieren. Tengo licencia para construir una casa sobre los cimientos de piedra del viejo establo. En el cobertizo hay una habitación que podría aislarse bien y acondicionarse. Y dos de las habitaciones de la casa nunca se usan. Además, si ya tengo una caravana, podría traer otra más. Aquí no falta el espacio».

Bajé al embarcadero. Ella se puso de pie y subió al barco. Le di la carta sin decirle nada. Ella vacilaba, sin saber si aceptarla o no. Finalmente, se la guardó en la mochila.

El mar relucía como un espejo. El ruido del motor rasgaba la calma y espantaba a los patos que, a nuestro paso, iban huyendo hacia mar abierto. Agnes iba sentada en la cubierta de proa, dándome la espalda.

Fondeé en la parte más baja del muelle y apagué el motor.

–Aquí para un autobús –le dije–. En aquella pared tienes los horarios.

Ella trepó hasta el muelle sin decir una palabra.

Yo volví a casa y me acosté a dormir. A mediodía, saqué mi viejo rompecabezas de Rembrandt y esparcí las piezas sobre la mesa. Volví a empezarlo desde el principio, aun sabiendo que jamás lo terminaría.

Al día siguiente de la partida de Agnes se desató un vendaval de componente nordeste. Me despertó el golpeteo de una de las ventanas. El viento era casi huracanado. Me vestí y bajé para comprobar las amarras del barco. Había marea alta. El oleaje se estrellaba contra la cumbre de los acantilados, salpicando la pared del cobertizo. Aseguré el ancla con un anclaje extra. El viento aullaba contra las paredes. Cuando yo era niño y el viento soplaba con tal intensidad, me asustaba. Del cobertizo, cuando había tormenta, emanaban sonidos semejantes a gritos de personas que estuviesen atacándose. Ahora, en cambio, aquel viento me contagiaba una sensación de seguridad. En aquel momento, en medio del vendaval, me sentía inaccesible.

La tormenta se prolongó dos días más. Uno de esos días, Jansson vino con el correo. En contra de lo habitual, llegaba con retraso. Cuando se aproximó al embarcadero, me contó que se le había parado el motor entre Röholmen y Höga Skärsnäset.

–Nunca había tenido problemas antes –se lamentó–. Claro que es normal que el motor falle con este tiempo.

Tuve que soltar un ancla de arrastre y, aun así, estuve a punto de encallar en las escolleras de Röholmen. Si no hubiera conseguido arrancarlo otra vez, habría naufragado por ahí.

Jamás lo había visto tan conmocionado. Sin que él me lo pidiera, le sugerí que se sentara en el banco, para tomarle la tensión. La tenía un poco alta, pero no más de lo esperable tras una situación como la que acababa de vivir.

Volvió a subir al barco, que se mecía chocando contra el embarcadero.

–Hoy no tengo correo –me dijo–. Pero Hans Lundman me encargó que te trajera un periódico.

–¿Por qué?

–No lo sé. Es de ayer.

Jansson me entregó un ejemplar de uno de los grandes diarios.

–¿No te comentó nada?

–Sólo que te lo diera. Hans no habla a menos que sea absolutamente necesario, ya lo sabes.

Cuando Jansson empezó a retroceder en contra del fuerte viento, le empujé por la proa para que pudiera salir del embarcadero. Poco faltó para que encallase al virar. En el último momento logró que la fuerza del motor lo sacase de la bahía.

Al alejarme del embarcadero descubrí un objeto blanco flotando en la orilla, en el lugar donde estaba la caravana. Me acerqué y comprobé que se trataba de un cisne muerto. Su largo cuello se enroscaba como una serpiente por entre las algas. Volví al cobertizo, dejé el periódico sobre la estantería de las herramientas y me enfundé un par de guantes de trabajo. Después, saqué el cuerpo del cisne. Un cordel de nailon se le había enrollado en las plumas y le había causado un profundo corte en el cuerpo. Se había muerto de hambre, al no poder buscar alimento. Coloqué el cuerpo sobre una de las rocas. Los cuervos y las gaviotas no tardarían en devorarlo. *Carra* me seguía, olisqueando el ave.

–No es para ti –le dije–. Es para otros.

De repente, el rompecabezas empezó a aburrirme. Bajé al cobertizo, rebusqué hasta encontrar una de las viejas redes de platija y me senté con ella en la cocina, dispuesto a remendarla. Mi abuelo se había armado de paciencia y me había enseñado a empalmar cabos y a remendar redes. Mis dedos aún conservaban la técnica. De modo que estuve allí sentado, remendando carreras, hasta que cayó la tarde. En mi mente mantuve una conversación con Agnes a propósito de lo que había sucedido. En el mundo imaginario, podíamos hacer las paces.

Por la noche, cené los restos del pollo. Después de comer, me tumbé en el sofá de la cocina a escuchar el aullido del viento. Estaba a punto de poner la radio para oír las noticias cuando recordé el periódico que Jansson me había traído. Cogí la linterna y bajé de nuevo al cobertizo.

Hans Lundman no solía hacer nada sin una intención concreta. Me senté, pues, a la mesa y empecé a revisar a conciencia las páginas del diario. En alguna de ellas había una noticia que él quería que yo viese.

Lo encontré en la página número cuatro, en la sección internacional. Era una fotografía de una cumbre de dirigentes europeos, presidentes y primeros ministros. Se habían puesto de pie para la foto. En el fondo, se veía a una mujer desnuda que sostenía una pancarta. El texto al pie de la imagen aludía con pocas palabras a la vergonzosa interrupción. Una mujer vestida con una gabardina negra había accedido a la sala de la conferencia de prensa con una identificación falsa. Una vez allí, se quitó la gabardina y alzó la pancarta. Varios guardias de seguridad acudieron diligentes a sacarla de la sala. Observé bien la fotografía y sentí una punzada en el estómago. En uno de los cajones de la cocina tenía una lupa. Con ella, volví a inspeccionar la instantánea. Mi desasosiego crecía a medida que se confirmaban mis sospechas. Aquella mujer era Louise. Reconocí su rostro, aunque estaba parcialmente girado. No cabía la menor duda de que era Louise, con la pancarta por encima de la cabeza y un gesto triunfante y retador.

El texto de la pancarta hablaba de las cuevas donde el moho corrompía las antiquísimas pinturas rupestres.

Hans Lundman era un hombre muy perspicaz y la había reconocido. Tal vez incluso ella le hubiese hablado durante la fiesta de aquellas cuevas que ella pretendía proteger a cualquier precio.

Tomé un paño de cocina para secarme el sudor que me empapaba la camisa. Me temblaban las manos.

Salí y, arrostrando el viento, llamé al perro y me senté en la oscuridad, en el banco de la abuela.

Sonreí. Louise estaba ahí, en algún lugar, y me devolvía la sonrisa. En verdad que tenía una hija de la que podía estar orgulloso.

3

Un día, a mediados de noviembre, llegó por fin la carta que tanto había esperado. Todo el archipiélago sabía que había sido mi hija la protagonista de los disturbios ante la reunión de los jefes de Estado europeos. Yo me alegraba de que Hans Lundman hubiese tenido la sagacidad de reconocer a Louise, de modo que fui el primero en enterarse. Su costumbre de otear el horizonte en busca de objetos extraños lo había convertido sin duda en un buen observador también a la hora de hojear el periódico.

Pero, en fin, todos lo sabían. Seguramente, Jansson había contribuido a la difusión y magnificación del rumor. Hans Lundman me lo confirmó. Se decía que Louise había ejecutado un *striptease* total ante el grupo de señores boquiabiertos, se desnudó por completo y empezó a inclinarse de un lado a otro, describiendo una serie de eróticos movimientos, mientras la sacaban de allí. Entonces atacó a los guardias, mordió a uno de ellos, y unas gotas de sangre salpicaron los zapatos de Tony Blair. Podrían haberla condenado a una larga pena de cárcel.

Un día, recibí una carta de alguien que firmaba «verdadero cristiano» y que expresaba su opinión de que mi hija y yo éramos de esas personas que «no son necesarias». Por un instante, sentí un profundo malestar. Pudiera ser que, un buen día, un grupo de verdaderos cristianos se presentase en mi isla para atacarnos a Louise y a mí.

Louise estaba en Amsterdam. Me escribió que se alojaba en un pequeño hotel próximo a la estación de ferrocarril y del barrio rojo de la ciudad. Se dedicaba a descansar y visitaba a diario una comparativa de Rembrandt y Caravaggio. Tenía bastante dinero. Varias personas que no conocía en absoluto le hicieron regalos, los periodistas le pagaron sumas fabulosas por su relato. Y nunca la castigaron por lo que hizo. Terminaba su carta diciéndome que pensaba venir a primeros de diciembre.

En esta carta sí me daba una dirección. Le respondí de inmediato y le di la carta a Jansson, junto con la otra que aún no le había enviado. Vi la curiosidad en el rostro de Jansson al ver el nombre de Louise, pero no me hizo el menor comentario.

La carta de Louise me infundió valor para escribirle a Agnes. No sabía nada de ella desde que se marchó después de su visita. Me sentía avergonzado. Por primera vez en mi vida, no lograba hallar una excusa para mi comportamiento. No podía ignorar lo sucedido aquella noche.

Le escribí pidiéndole perdón. Sólo eso. Una carta de diecinueve palabras, escogidas con mucho esmero. No había una sola expresión aduladora ni intento alguno de buscar subterfugios.

Dos días después, me llamó. Me había dormido frente al televisor y creía que era Louise quien llamaba cuando eché mano del auricular.

–He recibido tu carta. Lo primero que pensé fue tirarla sin abrirla siquiera. Pero la leí. Acepto tu disculpa si es sincera.

–Cada una de las palabras que te escribí.

–Creo que no sabes a cuál me refiero. Hablaba de lo que decías de mis muchachas y tu isla...

–Por supuesto que podéis venir.

–No me atrevo a creérmelo.

–Pues es verdad.

Oía su respiración.

–Venid aquí –la animé.

–Ahora no. Todavía no. Tengo que pensar.

Y me colgó.

Volví a sentir la misma euforia que con la carta de Louise. Salí a contemplar las estrellas y pensé que pronto haría un año desde que Harriet apareció en el hielo y mi vida empezó a cambiar.

A finales de noviembre, la costa sufrió las consecuencias de una nueva y durísima tormenta. Era de componente este y culminó la noche del segundo día. Bajé al embarcadero y vi que la caravana se mecía vacilante al viento. Con ayuda de dos piedras de lastre y varios troncos arribados a la orilla la afiancé por la parte posterior. Ya había sacado del armario un viejo radiador eléctrico y un cable, con el fin de caldearla para cuando llegara Louise.

Cuando pasó la tormenta, di una vuelta por la isla. Los vendavales del este solían arrastrar muchos maderos a las playas. Pero en esa ocasión no encontré nada. Sin embargo, sí que hallé la vieja cabina de un pesquero. Al principio creí que era la parte superior de un buque que se habría dislocado durante la tormenta. Pero cuando me acerqué vi que no era más que aquella cabina que se había estrellado contra mis acantilados. Tras un instante de reflexión, entré en casa y llamé a Hans Lundman. A pesar de todo, lo que había encontrado podrían ser los restos de un buque pesquero. Una hora después, la guardia costera arribaba a mi isla. Logramos arrastrar la cabina a tierra y afianzarla con cuerdas. Hans constató que era antigua y que no tenían ningún informe de pesqueros extraviados.

–Supongo que habrá estado en tierra en algún lugar y que el viento la arrojó al mar. Se ve completamente podrida y lleva mucho tiempo sin usarse en un barco. Lo más probable es que tenga treinta o cuarenta años.

–¿Qué debo hacer con ella? –pregunté.

–Si tuvieras niños pequeños, podrías haberla convertido en una casita de juegos. Pero en tu caso no sirve más que para hacer leña.

Le conté que Louise vendría a casa en diciembre.

–En realidad, no comprendo cómo pudiste verla en la foto del periódico. Era muy mala. Y aun así, descubriste que era ella.

–Uno nunca sabe por qué ve lo que ve. Andrea la echa de menos. No pasa un día sin que se ponga los zapatos y pregunte por ella. Así que la recordamos a menudo.

–¿Le mostraste a Andrea la fotografía?

–Por supuesto que sí.

–Pues no creo que sea apropiada para niños. Después de todo, ¡estaba desnuda!

–¿Y qué? No es bueno para los niños ocultarles la verdad. Los niños sufren con las mentiras, al igual que los adultos.

Hans desapareció tras la rueda del timón y metió la marcha atrás. Yo fui al cobertizo a buscar un hacha, volví y corté la cabina en pedazos. Me resultó bastante fácil, puesto que la madera estaba podrida.

Acababa de terminar y estaba estirando la espalda cuando sentí en el pecho un dolor punzante. Puesto que había diagnosticado angina de pecho muchas veces en mi vida, supe enseguida a qué se debía el dolor. Me senté sobre una piedra, respiré hondo, me desabotoné la camisa y aguardé. Después de unos diez minutos, pasó el dolor. Esperé otros diez minutos antes de volver a casa, caminando muy despacio. Eran las once de la mañana. Llamé a Jansson. Tuve suerte, era uno de los días en que no salía a repartir correo. No le dije nada de mi dolor, sólo que viniese a buscarme.

–Pues vaya una decisión más repentina –observó.

–¿Qué quieres decir con eso?

–Por lo general, sueles preguntarme con una semana de antelación.

–¿Puedes venir a recogerme o no?

–Estaré en el embarcadero dentro de media hora.

Cuando llegamos a tierra, le dije que lo más probable era que volviese ese mismo día, pero que no podía precisar la hora. Jansson estallaba de curiosidad, pero no le di ninguna pista.

En el centro de salud expliqué lo que me había sucedido. Tras una breve espera me sometieron a los exámenes habituales, me hicieron una ecografía y pude hablar con un médico. Pensé que sería uno de los médicos contratados que van y vienen entre los centros de salud de pueblos que no logran atraer a personal dispuesto a quedarse periodos más largos. Me dio la medicación y el tratamiento que yo esperaba. Y también un volante para el hospital, donde me examinarían más a fondo.

Llamé a Jansson y le pedí que viniese a recogerme. Luego compré dos botellas de coñac y volví al puerto.

Y fue después, ya de vuelta en la isla, cuando sentí miedo. La muerte había venido a probar mi capacidad de resistencia. Me tomé una copa de coñac. Entonces subí a la cumbre y lancé al mar un grito, con todas mis fuerzas. Grité para deshacerme del miedo, que yo disfrazaba de ira.

El perro estaba sentado a cierta distancia, observándome.

Ya no quería estar solo. No quería llegar a ser como algunas de las rocas, mudos testigos del paso inexorable de los días y del tiempo.

El 3 de diciembre me hicieron las pruebas en el hospital. Mi corazón no presentaba ningún fallo grave. Los medicamentos, algo de ejercicio y una alimentación adecuada podrían mantenerme vivo muchos años aún. El médico tenía más o menos mi edad. Y le dije la verdad, que yo también había sido médico pero que ahora me encargaba de un puerto pesquero de la costa. Mostró un amable desinterés por mi confidencia y, a modo de despedida, me dijo que padecía una angina de pecho nada grave.

Louise llegó el 7 de diciembre. La temperatura había descendido, el otoño empezaba a dejar paso al invierno. El agua de lluvia que formaba charcos en las rocas empezó a congelarse por las noches. Louise me llamó desde Copenhague y me pidió que avisase a Jansson para que la recogiera. La comunicación se interrumpió antes de que yo pudiese hacerle más preguntas. Encendí el radiador en la caravana, cepillé sus zapatos, barrí y puse sábanas limpias en la cama.

El dolor en el pecho no se había repetido. Le escribí una carta a Agnes para preguntarle si había terminado de pensárselo. Recibí una postal por respuesta. Era una reproducción de un cuadro de Van Gogh, y me decía simplemente: «Aún no».

Me pregunté qué habría pensado Jansson cuando la leyó.

Louise bajó al embarcadero sin más equipaje que la misma mochila que llevaba cuando partió. Pensé que aparecería arrastrando grandes maletas llenas de todo lo que hubiese ido comprando durante su expedición. Pero la mochila se veía más vacía si cabe que cuando se marchó.

Jansson parecía querer quedarse en el embarcadero. Le tendí un sobre con la cantidad que solía pedir por cada carrera y le di las gracias. Louise saludó al perro. El animal y ella parecieron conectar de inmediato. Abrí la puerta de la caravana, que estaba caldeada. Ella dejó la mochila y vino conmigo a la casa. Antes de entrar, se detuvo un instante ante el pequeño túmulo bajo el manzano.

Para cenar preparé bacalao, que Louise comió como si llevase tiempo pasando hambre. Me pareció más pálida y quizá también más delgada que cuando se marchó. Me contó que, cuando dejó la isla, ya había estado madurando la idea de irrumpir en alguna de las cumbres políticas que se celebraban cada año.

–Lo planeé todo sentada en el banco que hay junto al cobertizo –confesó–. Me daba la sensación de que las cartas no tenían la menor repercusión. Comprendí que tal vez nunca la hubiesen tenido, salvo para mí misma. Y, en esta ocasión, opté por otra vía.

–¿Por qué no me dijiste nada?

–No te conozco lo suficiente. Quizás hubieses intentado impedírmelo.

–¿Por qué iba a hacer tal cosa?

–Harriet siempre intentaba convencerme para que hiciese lo que ella quería. ¿Por qué ibas a ser tú distinto?

Yo quería hacerle más preguntas sobre su viaje, pero ella negó con un gesto. Estaba cansada y necesitaba dormir.

Hacia la medianoche la acompañé a la caravana. El termómetro del exterior indicaba un grado. Louise se estremeció de frío y me tomó del brazo. Era la primera vez que hacía algo así.

–Echo de menos el bosque –confesó–. Y echo de menos a mis amigos. Pero ahora la caravana está aquí. Has sido muy amable al caldearla antes de mi llegada. Esta noche dormiré profundamente y soñaré con todos los cuadros que he visto durante los meses que he estado fuera.

–También he cepillado los zapatos rojos –advertí.

Louise me besó en la mejilla antes de entrar en la caravana.

Se mantuvo algo apartada los primeros días después de su llegada. Venía a comer cuando la llamaba, pero hablaba poco y llegaba incluso a irritarse cuando le hacía demasiadas preguntas. Una noche bajé a la caravana a mirar por la ventana. Estaba sentada a la mesa, escribiendo algo en un bloc de notas. De repente, volvió el rostro hacia la ventana. Yo me agaché como un rayo y contuve la respiración. No abrió la puerta y yo confiaba en que no me hubiese visto.

Mientras esperaba a que volviese a ser accesible, me dediqué a dar a diario un paseo con el perro, para mantenerme en forma. El mar tenía un color plúmbeo y las aves escaseaban cada vez más. El archipiélago estaba encerrándose en su cascarón invernal.

Una noche, redacté lo que sería mi nuevo testamento. Por supuesto, Louise heredaría todo cuanto poseía. Me angustiaba la idea de la promesa que le había hecho a Agnes. Pero hice lo que siempre hacía, ahuyentaba el desasosiego y pensaba que, seguramente, hallaríamos una solución llegado el momento.

La mañana del decimoctavo día de su llegada, encontré a Louise sentada a la mesa de la cocina cuando yo bajé a desayunar, hacia las siete.

–Ya me he repuesto del cansancio –declaró–. Ahora ya estoy en disposición de volver a ver gente.

–Agnes –propuse–. Me gustaría invitarla a venir. Tal vez tú puedas convencerla de que venga con las chicas.

Louise me miró inquisitiva, como si no me hubiese oído bien. Pero no intuí el inminente peligro. Le conté la visita de Agnes, aunque, claro está, nada dije de lo sucedido entre nosotros.

–Se me había ocurrido que Agnes y sus chicas podrían mudarse aquí cuando pierdan la casa en la que tienen el centro de rehabilitación.

–¿Piensas regalar la isla?

–Aquí no estamos más que el perro y yo. Todo este espacio podría empezar a ser otra vez de alguna utilidad, ¿no te parece?

Louise golpeó fuera de sí la taza que tenía delante y que, junto con el plato, cayó al suelo rompiéndose en mil pedazos.

–¿Piensas regalar mi herencia? ¿Ni siquiera me darás la satisfacción de poder heredarte? Yo, que hasta ahora no he recibido nada de nada.

Más que responder, balbuceé:

–No voy a darle nada. Simplemente, le permitiré vivir aquí.

Louise se quedó observándome un rato. Parecía una serpiente. Después, se levantó de la silla con tal violencia que la volcó. Agarró su cazadora y se marchó dejando la puerta abierta. Esperé que volviese hasta el último instante.

Al cabo de unos minutos cerré la puerta. Por fin había comprendido qué había supuesto para ella el hecho de que yo, un buen día, apareciese ante la puerta de su caravana. Con ello le había otorgado un entorno al que pertenecer. Incluso había abandonado el bosque por el mar, por mí y por mi isla. Y ahora creía que pensaba arrebatárselo todo.

Yo había apartado todo pensamiento acerca de lo que sería de la isla cuando yo faltase. Salvo Louise, nadie podía reclamarla en herencia. En alguna ocasión, sopesé la idea de donarla a alguna fundación del archipiélago. Pero tal gesto no conduciría más que a facilitarles a los avariciosos políticos la posibilidad de sentarse a disfrutar del mar en mi embarcadero. Ahora, en cambio, todo era distinto. Si fallecía aquella misma noche, Louise aparecería como mi única heredera por línea directa. Lo que hiciese a partir de ese momento, sería su opción y su responsabilidad.

Louise no volvió a subir a la casa en todo el día. Por la noche, bajé a la caravana y la encontré tumbada en la cama. Tenía los ojos abiertos, pero dudé antes de dar unos golpecitos en la puerta.

–¡Vete de aquí!

Me gritó con voz chillona y tensa.

–No puede ser que no podamos hablar de ello.

–Me voy.

–Nadie podrá quitarte la isla nunca. No tienes por qué preocuparte.

–¡Fuera!

–¡Abre la puerta!

Tanteé el picaporte y comprobé que no había echado la llave. Pero no me dio tiempo a abrirla, pues ella se adelantó y me la estampó en la boca. Me reventó los labios y, al caer hacia atrás, me golpeé la cabeza contra una piedra. Antes de que hubiese logrado levantarme, ella se me vino encima y me golpeó en el rostro con los restos de una vieja cinta de corcho que había en el suelo.

–Para ya, estoy sangrando.

–Sí, pero no lo suficiente.

Logré agarrar la cinta y arrancársela de las manos. Entonces empezó a golpearme en la frente con el puño. Finalmente, conseguí zafarme de su ataque.

Y nos quedamos los dos de pie, jadeando.

–Ven conmigo a casa, debemos hablar.

–Tienes un aspecto horrible. No era mi intención golpearte con tanta fuerza.

Volví a la cocina y, cuando me vi la cara, lancé un grito. La tenía llena de sangre. Comprendí que no habían sido sólo los labios, sino que también me había reventado la ceja derecha. «Me ha dejado KO», pensé. «Para algo aprendió a boxear, aunque fue la puerta la que me asestó el peor golpe.»

Me limpié el rostro, envolví unos cubitos de hielo en un paño y me los apliqué contra la boca y el ojo. Pasó un buen rato hasta que oí sus pasos al otro lado de la puerta. Al verme, se asustó.

–¿Es muy grave?

–Sobreviviré. Pero las habladurías volverán a correr por el archipiélago. Mi hija no sólo se desnuda ante los hombres que gobiernan el mundo. Además vuelve a casa y se comporta como una loca violenta contra su anciano padre. Tú, que te has dedicado al boxeo, deberías saber cómo se queda la cara.

–No era mi intención.

–Por supuesto que sí lo era. De hecho, creo que en realidad me matarías antes de permitirme que redactase un testamento en virtud del cual tú quedases desheredada.

–Me indigné.

–No tienes que darme ninguna explicación. Pero te equivocas. Lo único que pretendía era ayudar a Agnes y sus muchachas. Ni ella ni yo sabemos por cuánto tiempo. Eso es todo, sólo eso. Ni promesas ni regalos.

–Creí que pensabas abandonarme otra vez.

–Yo nunca te abandoné. Abandoné a Harriet. No sabía ni que existieras. Tal vez, de haberlo sabido, las cosas habrían sido diferentes.

Puse nuevos cubitos en el paño, pero ya tenía el ojo casi cerrado por la inflamación.

Empezábamos a calmarnos. Nos sentamos a la mesa de la cocina. Me dolía toda la cara. Extendí la mano y la posé sobre la de Louise.

–No voy a arrebatarte nada. Esta isla es tuya. Si no quieres que Agnes venga con sus chicas y que viva aquí mientras encuentran otro hogar, puedes dar por supuesto que les diré que no es posible.

–Siento haberte hecho tanto daño. Pero hace un rato, yo tenía el mismo aspecto, sólo que por dentro.

–Bueno, vamos a dormir –propuse–. Mañana mis moretones serán perfectos.

Me levanté y me fui a mi habitación. Oí a Louise cerrar la puerta tras de sí.

Habíamos estado muy cerca del ojo del huracán. Pasó a nuestro lado, pero no llegó a envolvernos del todo.

«Aquí está sucediendo algo», me dije casi animado. «Nada definitivo, pero aun así... Vamos camino de algo nuevo y desconocido.»

Los días de diciembre se presentaron nublados y plúmbeos. El 12, anoté en mi diario que estuvo nevando un rato por la tarde, una nevada leve y escasa que no tardó en cesar. Las nubes pendían inquietas en el cielo.

Las heridas y los moretones de la cara me dolían y sanaban muy despacio. Jansson me observó estupefacto la mañana siguiente a la pelea, cuando lo recibí en el embarcadero. Louise bajó a saludarlo. Y le sonrió. Yo intenté sonreír también, pero sin éxito. Jansson no pudo contenerse y preguntó por lo ocurrido.

–Un meteoro –le dije–. Una piedra que cayó del cielo.

Louise seguía sonriendo. Pero Jansson no volvió a preguntar.

Le escribí a Agnes una carta en la que la invitaba a venir a conocer a mi hija. Me contestó pocos días después diciéndome que todavía era demasiado pronto. Tampoco había decidido aún si aceptar o no mi oferta. Sabía que no podía dejar que pasara mucho tiempo, pero seguía sin estar segura. Comprendí que continuaba ofendida y decepcionada.

Pero creo que también sentí cierto alivio al saber que no vendría, pues seguía sin confiar en que Louise no estallase en un nuevo ataque.

Recorríamos juntos la isla todos los días en compañía del perro. Yo escuchaba mi corazón. Me había acostumbrado a tomarme la tensión a diario, un día en estado de reposo, otro no.

Pero mi corazón latía tranquilo dentro de las costillas. Como un caminante apacible, mi más fiel compañero de viaje al que no había prestado mucha atención a lo largo de mi vida. Paseaba por la isla, hacía equilibrio por las resbaladizas rocas, me detenía de vez en cuando y observaba el horizonte. Si me mudaba de aquella isla, lo que más echaría en falta serían el horizonte y las rocas. Este mar interior que, poco a poco, se transformaba en una ciénaga, no siempre despedía un olor agradable. Era un mar poco aseado que olía agrio como la resaca. En cambio el horizonte era limpio, como las rocas.

Cuando daba mis paseos diarios con las botas recortadas, era como si llevase el corazón en la mano. Aunque todas mis constantes estuviesen bien, a veces me sobrevenía el pánico. «Voy a morir ahora mismo, dentro de unos segundos se me parará el corazón. Todo habrá pasado; la muerte me asestó su golpe de gracia sin que yo estuviese preparado.»

Pensé que debería hablar con Louise de mi temor. Pero no le dije nada.

Se acercaba el solsticio de invierno. Un día, Louise se sentó en mi silla, en medio de la cocina, y me pidió que le sostuviese un espejo. Cortó su larga melena con las tijeras de la cocina, se tiñó el resto de rojo y, al cabo de unas horas, al contemplar el resultado, rió satisfecha.

Ahora se apreciaba mejor su rostro. Era como un seto que hubiesen limpiado de malas hierbas.

Al día siguiente, me tocó a mí el turno. Yo había intentado oponerme, pero su tozudez me venció. Así que me senté en la silla de la cocina mientras ella me cortaba el pelo. Notaba sus dedos ligeros en torno las gruesas tijeras. Me dijo que estaba perdiendo pelo por la coronilla y que, además, me quedaría bien el bigote.

–Me encanta tenerte aquí –le dije–. En cierto modo, todo es más evidente ahora. Antes, cuando observaba mi rostro en un espejo, nunca estaba seguro de lo que veía. Ahora sé que me veo a mí, no una cara transitoria que atisbo de pasada.

Louise no respondió. Pero noté que le caía una lágrima en la mejilla. Mi hija estaba llorando. Y yo también empecé a llorar. Ella no dejaba de cortarme el pelo. Ambos lloramos en silencio, ella detrás de la silla con las tijeras en la mano, yo con mi toalla sobre los hombros. Nunca nos dijimos nada al respecto después, tal vez porque nos sentíamos avergonzados, o porque no era necesario.

Ésa es una herencia que compartimos mi hija y yo. Ninguno de los dos hablamos sin motivo. Ambos somos bastante callados.

La gente de las islas no suele ser escandalosa ni usar muchas palabras. El horizonte siempre es demasiado grande para expresarlo en palabras.

Un día, Louise le puso a *Carra* un lazo rojo en el cuello. El animal no pareció apreciar el detalle, pero tampoco intentó quitárselo.

La noche víspera del solsticio de invierno, me senté un rato en la cocina a hojear mi diario. Después anoté:

«El mar está en calma, no hay viento, un grado bajo cero. *Carra* lleva un lazo rojo, la relación entre Louise y yo es ya íntima».

Pensé en Harriet. Sentí que la tenía justo a mi lado, a mi espalda, leyendo lo que acababa de escribir.

4

Louise y yo decidimos celebrar el hecho de que, a partir de entonces, los días empezarían a ser más largos. Louise prepararía la comida. Por la tarde, me tomé las medicinas y me tumbé a descansar en el sofá de la cocina.

Había pasado medio año desde que estuvimos sentados en el jardín, celebrando la fiesta en la penumbra de la noche estival. Esa noche del solsticio de invierno, Harriet no nos acompañaría. Tomé conciencia de repente de que la añoraba como no lo había hecho jamás. Aunque estaba muerta, la notaba más cerca que nunca. ¿Por qué iba a dejar de echarla en falta sólo porque estuviese muerta?

Me quedé tumbado en el sofá y dejé pasar un buen rato hasta que me obligué a mí mismo a levantarme para afeitarme y cambiarme de ropa. Me puse un traje que no usaba casi nunca. Con mano inexperta, me hice el nudo de la corbata. El rostro que me devolvía el espejo me llenó de temor. Me había hecho viejo. Le hice un mohín y bajé a la cocina. Ya caía el ocaso que precedería a la noche más larga del año. El termómetro indicaba dos grados bajo cero. Fui a buscar una manta y me senté en el banco, bajo el manzano. El aire era fresco, gélido, inusitadamente salado. En la distancia, los gritos de las aves, cada vez más dispersos, más escasos.

Debí de dormirme en el banco. Cuando desperté, ya había anochecido. Tenía frío. Eran las seis, es decir, que había dormido durante casi dos horas. Louise estaba ante los fogones cuando entré. Me sonrió.

–Dormías como una viejecita –me dijo–. No quise despertarte.

–Soy una viejecita –respondí–. Mi abuela solía sentarse en ese banco. Siempre tenía frío, salvo cuando soñaba con el suave rumor de los robles. Tal vez me esté convirtiendo en ella.

En la cocina hacía calor. Louise había encendido tanto los fogones como el horno, y los cristales de la ventana se habían empañado.

Una serie de extraños aromas empezaron a inundar la cocina. Louise sostenía en la mano una cuchara que había sacado de una olla humeante.

Aquello sabía, en cierto modo, como madera vieja calentada al sol. Agrio y dulce a un tiempo y, además, amargo, atractivo, exótico.

–Suelo mezclar mundos en mis guisos –explicó–. Cuando comemos, encontramos el camino al hogar de personas que viven en partes del mundo que jamás hemos visitado. Los olores son nuestros recuerdos más inveterados. La leña con la que nuestros antepasados alimentaban sus hogueras, cuando se escondían en las cavernas y grababan y pintaban en las paredes aquellos animales ensangrentados, debía de oler como lo hace hoy. No sabemos lo que pensaban, pero sí cómo olía la leña.

–En otras palabras, en todo lo cambiante existe algo permanente –observé yo–. Siempre hay alguna anciana pasando frío sentada en un banco bajo un manzano.

Louise tarareaba mientras cocinaba.

–Tú viajas sola por el mundo –le dije–. Pero allá en el norte, en el bosque, estás rodeada de hombres.

–Hay muchos hombres buenos. Pero es más difícil encontrar un hombre de verdad. –Al ver que yo quería continuar la conversación, alzó la mano en señal de protesta–. No, ahora no, después tampoco, nunca. Cuando tenga algo que contarte, te lo contaré. Claro que hay hombres en mi vida. Pero son míos, no tuyos. Soy de la opinión de que no hay que compartirlo todo. Si ahondamos demasiado en los demás, nos arriesgamos a que se malogre la amistad.

Mientras hablaba, le di unos agarradores que, según recordaba, siempre habían estado en aquella cocina, desde que yo era niño. Ella levantó una gran cazuela y retiró la tapadera. Olía intensamente a pimienta y limón.

–Tiene que quemarte la garganta –explicó–. Ningún plato está bien preparado si no te pones a sudar mientras lo comes. Los platos que no contienen ningún secreto llenan el estómago de decepción.

Yo la observaba mientras removía el contenido de la cazuela para mezclarlo bien.

–Las mujeres remueven –dijo–. Los hombres golpean y cortan y destruyen y talan. Las mujeres remueven, remueven y remueven.

Salí a dar un paseo antes de comer. Cuando llegué al embarcadero, volví a sentir de pronto ese dolor ardiente en el pecho. Me dolía tanto, que estuve a punto de caer desmayado.

Llamé a Louise a gritos y, cuando llegó, creí que iba a perder el conocimiento. Ella se sentó enseguida acuclillada a mi lado.

–¿Qué te pasa?

–El corazón. Angina de pecho.

–¿Te estás muriendo?

Lancé un rugido que se abrió paso a través del dolor.

–¡No pienso morirme! Hay un bote con unas pastillas azules junto a mi cama.

Ella echó a correr y regresó con una pastilla y un vaso de agua. Yo sostuve su mano y, al cabo de un rato, se me pasó el dolor. Estaba sudoroso y me temblaba todo el cuerpo.

–¿Se te ha pasado?

–Sí, ya pasó. No es peligroso, pero duele mucho.

–Tal vez sea mejor que te tumbes a descansar un rato.

–De eso nada.

Caminamos despacio hacia la casa.

–Ve a buscar unos cojines del sofá de la cocina –le dije–. Nos sentaremos un rato aquí fuera en la escalera.

Louise volvió con los cojines y nos sentamos muy juntos, ella con su cabeza sobre mi hombro.

–Me mantendré con vida.

–Piensa en Agnes y en sus muchachas.

–No sé si al final saldrá.

–Vendrán, ya lo verás.

Le apreté la mano. El corazón ya me latía sosegado, pero el dolor seguía acechando en sus entresijos. Aquél era el segundo aviso. Aún podía vivir muchos años, pero todo tenía un fin, yo también.

Nuestra cena festiva se malogró. Cenamos, sí, pero no nos quedamos mucho tiempo de sobremesa. Yo subí a mi habitación y me llevé el teléfono. En mi dormitorio había una toma que nunca utilizaba. Mi abuelo la había hecho instalar en los últimos años, cuando tanto él como mi abuela empezaron a tener achaques. Quería poder llamar si alguno de los dos estaba tan mal que la escalera fuese un obstáculo demasiado largo y pesado de salvar. No fui capaz de decidir si llamar o no. Al final, era ya cerca de la una, pero marqué el número sin el menor reparo. Ella contestó casi de inmediato.

–Disculpa que te despierte a estas horas.

–No, no estaba dormida.

–Sólo quería saber si has tomado una decisión.

–He estado hablando con las chicas. En cuanto oyen hablar de la isla me gritan que no; ellas no saben lo que implica vivir sin asfalto y sin coches. Les infunde miedo ese cambio.

–Pues tienen que elegir entre el asfalto y tú.

–Creo que yo soy lo más importante.

–¿Quiere eso decir que os venís?

–No voy a contestarte ahora, a medianoche.

–Pero ¿puedo confiar en lo que creo que pasará?

–Sí. Pero déjalo ya. Es muy tarde.

Se oyó el clic al colgar el auricular. Me tumbé en la cama y pensé que, aunque no me lo había dicho claramente, ya podía dar por seguro que vendría.

Me quedé despierto largo rato. Hacía un año, tal día como hoy, pensaba que ya no me sucedería nada más. Ahora, en cambio, tenía una hija y, además, angina de pecho. La vida había girado el timón y había tomado otro rumbo.

Cuando desperté, ya habían dado las siete y Louise estaba levantada.

–Tengo que ir a pasar un tiempo en los bosques –me dijo–. Pero ¿puedes quedarte solo? ¿Me prometes que no te vas a morir?

–¿Cuándo piensas volver? –pregunté–. Si no te quedas mucho tiempo, podré mantenerme con vida.

–Hasta la primavera. Pero no permaneceré en el bosque todo el tiempo. Haré algún que otro viaje.

–¿Adónde?

–Cuando la policía me soltó, conocí a un hombre que quería que hablásemos de las cuevas y las pinturas destruidas por el moho. Y al final terminamos hablando de otras cosas.

Yo deseaba preguntarle quién era. Pero ella se puso el índice en la boca, ordenándome silencio.

–Ahora no.

Al día siguiente, llegó Jansson a recogerla.

–Bebo muchísima agua –me gritó cuando el barco empezaba ya a retroceder para salir del embarcadero–. Aun así, siempre estoy sediento.

–Hablaremos de ello después –le contesté.

Fui a la casa a buscar los prismáticos y seguí su partida hasta que la embarcación desapareció en la niebla, por detrás de Höga Siskäret.

Ahora ya sólo quedábamos el perro y yo. Mi buena amiga *Carra*.

–Esto se quedará tan silencioso como siempre –le dije al perro–. Al menos, por un tiempo. Después, se construirán casas. Y las muchachas pondrán la música demasiado alta, gritarán y blasfemarán y, a veces, sentirán que odian la isla. Pero vendrán a vivir aquí, y tendrán que aceptarlo. Una manada de caballos salvajes está en camino.

Carra seguía luciendo el lazo rojo. Se lo quité y lo dejé aletear al viento.

Ya bien entrada la noche me senté ante el televisor, aunque le quité el sonido. Y me puse a escuchar mi corazón.

Tenía el diario en la mano y anoté en él que el solsticio de invierno había pasado.

Después, me levanté, dejé el diario y tomé uno nuevo.

Al día siguiente empezaría a escribir algo muy distinto. Tal vez una carta dirigida a Harriet, aunque fuese demasiado tarde ya para enviársela.

5

El hielo no llegó a asentarse aquel invierno.

Cuajó en tierra y en los golfos de las islas, pero las bahías quedaron abiertas al mar. Hacia finales de febrero hubo un periodo de intenso frío y vientos del norte, pertinaces y heladores. Pero a Jansson no se le presentó la ocasión de usar el hidrocóptero, con lo que yo tampoco tenía que taparme los oídos los días que venía con el correo.

Un día, justo después de que la gran helada hubiese dado paso a un tiempo más clemente, ocurrió algo que jamás olvidaré. Acababa de abrir a hachazos la delgada capa de hielo que cubría mi agujero y de darme mi baño, cuando descubrí al perro que, tumbado en el embarcadero, mordisqueaba lo que se me antojó el esqueleto de un pájaro. Puesto que los perros pueden dañarse la garganta con los huesos, me acerqué y se los quité de la boca. Después los arrojé a las heladas algas que flotaban en la orilla y llamé al perro para que me siguiese hasta la casa.

Y más tarde, cuando ya me había vestido y había entrado en calor, volví a recordar el esqueleto. Aún sigo sin saber qué me movió a hacer aquello pero, me calcé las botas y bajé al embarcadero para buscarlo. Aquel trozo de hueso no procedía, de ningún modo, de un pájaro. Así que me senté en el embarcadero dándole vueltas en la mano pensando si no sería de un visón o de una liebre.

Al cabo de un rato comprendí qué era lo que sostenía en la mano. No podía ser otra cosa. En efecto, se trataba de un hueso de mi gato desaparecido. Lo dejé en el embarcadero, a mis pies, preguntándome dónde lo habría encontrado el perro. Sentí en mi interior un gélido dolor ante la idea de que el gato, por fin, hubiese vuelto.

Me fui a dar una batida por la isla con el perro, pero el animal no olfateó más restos, no había ni rastro por ninguna parte. Tan sólo aquel pequeño hueso, como si el gato hubiese enviado un saludo para decirme que no debía seguir buscando ni indagando. Estaba muerto, y muerto llevaba ya mucho tiempo.

En mi diario, escribí acerca del hueso. Tan sólo unas palabras.

«El perro, el hueso, el duelo.»

Enterré el hueso del gato junto a las tumbas del perro y de Harriet. Era día de correo, así que bajé al embarcadero. Jansson llegó a la hora de siempre, anunciado por el zumbido de su motor. Fondeó en el embarcadero y me contó que se sentía cansado y que tenía una sed constante. Por las noches, había empezado a notar tirones en las corvas.

–Podría ser diabetes –apunté–. Suele presentar esos síntomas. Yo no puedo examinarte aquí, pero creo que debes acudir al centro de salud.

–¿Es una enfermedad mortal? –me preguntó atemorizado.

–No necesariamente. Tiene tratamiento.

No pude evitar sentir cierta satisfacción al comprobar que el bueno de Jansson, siempre tan sano, hubiese recibido el primer arañazo en la armadura, como todos los demás mortales.

Él pareció sopesar mi respuesta y, acto seguido, se inclinó y sacó del barco un gran paquete, que me entregó sin decir nada.

–No espero ningún paquete, no he pedido nada.

–A mí no me lo cuentes. El paquete es para ti. Y viene con el porte pagado.

Cogí el paquete que, ciertamente, llevaba escrito mi nombre con bellas mayúsculas. Pero no indicaban el nombre del remitente.

Jansson se alejó del embarcadero. Aunque padeciese diabetes, viviría muchos años. Al menos nos sobreviviría a mí y a mi corazón, que ya me había enviado las primeras señales de aviso.

Me senté en la cocina y abrí el paquete. Contenía un par de zapatos negros con tonos violáceos. Giaconelli había escrito una nota en la que me aseguraba que «es un honor y una satisfacción para mí presentarles mis respetos a tus pies».

Me cambié de calcetines y me puse los zapatos, que probé dando unos pasos por la cocina. Se adaptaban a mi pie con tanta perfección como él me había prometido. El perro me observaba desde el umbral de la puerta del vestíbulo. Entré en la habitación del hormiguero y les mostré a las hormigas mis zapatos nuevos.

No recordaba la última vez que sentí una alegría semejante.

A partir de aquel día y durante todo el invierno, daba un par de vueltas diarias por la cocina con los zapatos de

Giaconelli. Jamás los usé fuera y siempre los volvía a colocar en su caja.

A principios de abril llegó la primavera. La capa de hielo aún cubría mi golfo. Pero tampoco ahí tardaría mucho en derretirse.

Una mañana, bien temprano, empecé a retirar el hormiguero.

Ya había llegado el momento. No podía dejarlo más.

Utilicé una pala para despegarlo poco a poco y lo coloqué en la carretilla.

De pronto, la pala tintineó al chocar contra un objeto. Cuando lo liberé de pinochas y hormigas, comprobé que se trataba de una de las botellas vacías de Harriet. Pero había algo dentro de la botella, así que la abrí. Era una fotografía enrollada, una instantánea de nosotros dos cuando éramos jóvenes, un recuerdo de los últimos días en que estuvimos juntos.

Nos encontrábamos junto a un lago. Quizás en Riddarfjärden. El aire enredaba el cabello de Harriet y yo sonreía a la cámara. Recordé que le habíamos pedido a un extraño que nos hiciese una foto.

Le di la vuelta y vi que Harriet había dibujado en el reverso un mapa. Representaba una isla. Debajo del dibujo se leía lo siguiente: «Hasta aquí llegamos tú y yo».

Permanecí largo rato en la cocina, contemplando la fotografía.

Después proseguí con mi tarea de conducir a las hormigas a su nuevo futuro. Cuando cayó la tarde, yo ya había terminado. El hormiguero se había mudado de lugar.

Di un paseo por mi isla. Las bandadas de pájaros sobrevolaban el mar.

Era como si Harriet hubiese escrito: «Aquí habríamos llegado tú y yo».

No más lejos. Pero sí hasta aquí.

Últimos títulos

El clan de los insomnes
Vivian Abenshushan

Conjura en la Arcadia
Sealtiel Alatriste

Insensatez
Horacio Castellanos Moya

Tres lindas cubanas
Gonzalo Celorio

Estrella de la calle sexta
Luis Humberto Crosthwaite

El lenguaje de las orquídeas
Adriana González Mateos

Nostalgia de la luz
Mario González Suárez

La verdadera historia de Nelson Ives
Francisco Hinojosa

El actor se prepara
Hugo Hiriart

Retratos personales
Enrique Krauze

Guadalajara de noche
León Leiva Gallardo

Cuaderno de flores
Luis Felipe Lomelí

El invierno apenas comienza
Andrés de Luna

Cóbraselo caro
Élmer Mendoza

La gente extraña
David Miklos

Grieta de fatiga
Fabio Morábito

La santa de San Luis
David Ojeda

La noche
Agustín Ramos

La noche del pez
Enrique Rentería

La muerte me da
Cristina Rivera Garza

Una de dos
Daniel Sada

El ombligo del dragón
Ximena Sánchez Echenique

El ejército iluminado
David Toscana

Expediente del atentado
Álvaro Uribe